LA MORT FRAPPE AUSSI
LES GENS HEUREUX

Sophie Hannah est née en 1971 à Manchester. Diplômée d'espagnol et de littérature anglaise, elle a enseigné à la Manchester Metropolitan University's Writing School avant de créer, en 2019, un master d'écriture de romans policiers et thrillers à l'Université de Cambridge. Après plusieurs recueils de poésie récompensés par de nombreux prix (dont le Prix du festival Daphné Du Maurier), elle se tourne vers l'écriture de thrillers psychologiques, qui deviennent des best-sellers traduits en quarante-neuf langues et dont certains ont été adaptés à la télévision. Elle a été choisie en 2014 par les héritiers d'Agatha Christie pour écrire les nouvelles aventures d'Hercule Poirot.

SOPHIE HANNAH

La mort frappe aussi les gens heureux

TRADUIT DE L'ANGLAIS PAR FABIENNE GONDRAND

ÉDITIONS DU MASQUE

Titre original :

HERCULE POIROT'S SILENT NIGHT
Publié par HarperCollins*Publishers*.

© Éditions du Masque, un département des éditions
Jean-Claude Lattès, 2023, pour la traduction française.
ISBN : 978-2-253-24979-5 – 1ʳᵉ publication LGF

*À Kate Jones, qui réussit tout brillamment
et dont les suggestions éditoriales
ont considérablement amélioré ce livre.*

PROLOGUE

Saint-Sylvestre 1931

Mon expérience était un échec. Je reposai mon stylo et envisageai de déchirer la feuille en mille morceaux. Je finis par la froisser en boule, la jetai en direction de la flambée de l'âtre, et ratai.

Hercule Poirot, assis de l'autre côté de la pièce, leva les yeux de son livre.

— Votre entreprise vous contrarie, mon ami ?

— C'est un fiasco.

— Placez plutôt une feuille vierge devant vous. Votre esprit produira instantanément des idées de meilleure facture.

Ses yeux verts allaient et venaient entre la pile de feuilles bien ordonnée au bord de son bureau et la boule froissée de mon projet avorté, laquelle tranchait ostensiblement sur la toile de fond par ailleurs immaculée de son salon londonien.

Je savais ce qu'il se disait : en allant chercher une nouvelle feuille, j'en profiterais forcément pour remédier au désordre qui m'était entièrement imputable. Hercule Poirot n'est pas le genre d'homme à tolérer le moindre dérangement dans son environnement immédiat pendant plus de… combien de temps au juste ? Si je ne faisais rien, serait-il affaire de secondes ou de minutes avant qu'il ne me demandât de ranger la pagaille que j'avais semée ?

Bien déterminé à ne pas ternir ma réputation d'invité exemplaire, je réagis promptement. Ma seconde tentative vit l'objet incriminé atterrir à sa place dans la cheminée. Je m'en retournai à mon fauteuil sans me munir de nouvelle feuille de papier.

— Vous ne souhaitez pas réessayer ? demanda Poirot. Vous renoncez à… – comment avez-vous dit ? – … à votre idée « épatante » ?

— Certaines idées sont séduisantes jusqu'à ce qu'on tente de les concrétiser.

Mon erreur avait été de vouloir transformer la mienne animation postprandiale, alors qu'il m'apparaissait clairement qu'elle était tout sauf une forme de divertissement.

— Vous pourriez peut-être me dire ce que vous aviez à l'esprit, si la surprise n'est plus de mise… ?

— Ce n'était rien, vraiment. (J'étais trop gêné pour en parler.) Je vais plutôt faire une grille de mots croisés.

— Tant de secrets, fit Poirot en se laissant aller contre le dossier de son fauteuil. Quand il est question de secrets, je repense toujours aux paroles prononcées par Mlle Verity Hunt dans sa robe de soirée rouge vif. Vous en souvenez-vous, Catchpool ?

— Malheureusement, oui.

J'estimais le conseil supposément sage qu'avait formulé Mlle Hunt comme étant le plus gros ramassis d'absurdités qu'il m'ait été donné d'entendre.

De façon prévisible, Poirot répéta l'agaçant axiome en question, peut-être dans l'espoir de me provoquer :

— « Quelle que soit la chose que vous désirez cacher par-dessus tout, armez-vous de courage puis révélez-la au monde entier. Vous serez instantanément libéré. » C'est d'une grande sagesse, je trouve.

— Ce sont des âneries, contrai-je. Vous serez uniquement libéré du secret. Secret que vous avez choisi en premier lieu parce que vous préfériez ça aux choses dont vous serez tout sauf libéré pendant un long moment si vous avouez en bloc : ingérence sans fin et harcèlement à tort et à travers, à n'en pas douter. Et encore, si vous n'enfreignez pas la loi. Dans le cas d'un criminel – mettons, un assassin –, vous ne réchapperiez pas franchement au bourreau si vous proclamiez être coupable, non ?

Poirot opina du chef.

— Je considère moi aussi le cas de figure d'un assassin.

Aucun de nous deux ne prononça le nom de l'individu qui occupait encore considérablement nos esprits.

— C'est vrai, reprit-il. Une fois les crimes commis, le subterfuge devient nécessaire pour se soustraire à la justice. Mais je me demande… Sans la détermination à cacher ce terrible secret coûte que coûte, il n'y aurait eu aucun mobile pour commettre le moindre crime.

— Répétez un peu, Poirot.

J'avais cru mal entendre.

— C'est évident : si l'assassin n'avait pas jugé essentiel de commettre deux meurtres pour garder le secret à l'abri…

— C'est parfaitement faux, coupai-je, incapable de contenir ma désapprobation.

Sa déclaration erronée était à mes yeux tout aussi intolérable que la boule de papier gisant par terre l'était aux siens.

— Le mobile des meurtres n'était pas la peur que d'autres le découvrent. Pas du tout.

— Quel est donc cet accès de délire ? Évidemment que c'était la raison !

— Non, absolument pas.

Poirot prit un air alarmé.

— Je ne vois pas où vous voulez en venir, mon ami. N'avez-vous pas souvenir d'avoir entendu de la bouche de l'assassin la confirmation… ?

— Aussi distinctement que vous.

Un peu plus d'une semaine s'était écoulée depuis que Poirot avait annihilé chez l'assassin toute volonté de pousser plus avant la supercherie en dévoilant l'intégralité des faits, à sa façon bien à lui. Ses déductions avaient fait mouche dans les moindres détails, et pourtant… il était aussi fascinant que frustrant de constater qu'il avait tout faux sur le *pourquoi* du comment – et que son erreur ne faisait surface que maintenant, soit huit jours plus tard.

Je scrutai son visage à la recherche du moindre signe laissant voir qu'il s'amusait à me mettre à l'épreuve, et n'en trouvai aucun ; il était parfaitement sérieux. C'était incroyable.

Il resta un instant silencieux, partant du principe qu'il avait forcément raison et moi tort. C'est ainsi que nous procédions traditionnellement. Étions-nous en train de déroger de façon inédite à nos principes ? Plus je retournais la question, plus j'en avais la certitude : les meurtres du Norfolk que Poirot venait de résoudre de main de maître n'avaient pas été commis dans le but de protéger le secret de l'assassin. Prêter foi à une telle théorie trahissait une incompréhension profonde des événements qui avaient eu lieu à l'hôpital St Walstan et à Frellingsloe House entre le 8 septembre et Noël.

Je me dirigeai rapidement vers le bureau de Poirot et prélevai quatre feuillets au sommet de la pile de feuilles vierges. Jusqu'ici, j'ai pris soin de rédiger un compte rendu de toutes les affaires que Poirot a résolues avec mon aide (infiniment imparfaite mais à jamais dévouée). Toutefois, je n'avais pas encore commencé à coucher par écrit ma version des meurtres du Norfolk. Jusqu'en cet instant, je trouvais qu'il était trop tôt.

Il restait quelques heures avant le dîner. En temps normal, je ne me lance pas dans une tâche d'une telle ampleur à l'approche de la fin de l'année, mais je refusais d'attendre une seconde de plus. En silence, je songeai par-devers moi : « Le lecteur avisé jugera si le secret était ou non le mobile. » Sur ce, je repris mon stylo et remontai au tout début…

19 DÉCEMBRE 1931

1

Une visite indésirable

Poirot et moi débattions des mérites respectifs de la dinde et du canard, afin de décider lequel des deux devrait figurer au menu de notre déjeuner de Noël, lorsqu'on frappa à la porte de son salon de Whitehaven Mansions.

— Entrez ! dit-il.

Cette interruption tombait à point nommé. Elle me permettrait de m'assurer que j'avais bien fait tout mon possible et que j'étais raisonnablement en mesure de m'avouer vaincu. J'avais plaidé en faveur de la dinde, mais à dire vrai je préférais le canard. Une croyance profondément ancrée dans la tradition m'avait poussé à aller à l'encontre de mes goûts personnels. Étant donné que Poirot était l'hôte de nos festivités de Noël, il semblait légitime qu'il fît les choses à sa façon – j'en étais arrivé à cette conclusion lorsque George, le valet de Poirot, se pencha dans l'entrebâillement de la pièce avec un air quelque peu gêné.

— Navré pour l'interruption, monsieur, mais une dame demande à vous voir. Elle n'a pas rendez-vous, mais affirme que c'est une affaire de la plus haute importance. D'après elle, cela ne peut attendre, pas même jusqu'à demain.

— Je peux y aller…, proposai-je en me relevant à moitié.

— Non, non, Catchpool, restez. Je ne suis pas disposé à recevoir d'invitée surprise cet après-midi. Depuis le désagrément causé par la Bourse américaine, j'ai remarqué que la plupart des gens peinent à évaluer avec précision l'urgence de leur situation.

Je lui répondis que nous avions remarqué la même chose à Scotland Yard.

— Ils toquent à ma porte en sollicitant instamment l'aide d'Hercule Poirot. Ma foi, j'écoute patiemment, et la plupart du temps, il n'en ressort rien de plus qu'un malentendu facile à résoudre – une altercation sans intérêt avec un associé d'affaires ou quelque chose dans ce goût-là. Pas de quoi déconcerter ou délecter les petites cellules grises.

— Oui. Des bagatelles exagérées jusqu'à en faire des catastrophes, acquiesçai-je en repensant à la femme qui avait fait irruption dans mon bureau deux semaines plus tôt en exigeant que j'enquête sur le « vol » de ses lunettes.

Le lendemain, elle m'avait appelé pour me dire que le scélérat non identifié les avait remises dans la poche de sa blouse de jardinage ; en d'autres termes, elle avait oublié qu'elle les y avait mises. « Considérez l'affaire close », avait-elle conclu d'un ton brusque, sans se douter que c'était ma résolution depuis l'instant où j'avais posé les yeux sur elle.

Je sentis une profonde satisfaction gonfler ma poitrine, comme à chaque fois que je me rappelais que j'entamais à peine le deuxième de mes quinze jours de vacances.

— Que dois-je répondre à Mme Surtees ? demanda George à Poirot. C'est le nom de la dame : Enid Surtees.

Comme il répétait le nom, l'envie me prit instantanément de me trouver ailleurs. J'avais senti ma poitrine se crisper. *Enid Surtees*. C'était incroyable : j'ignorais tout d'elle, pourtant j'aurais voulu que George la mette à la porte. Avais-je déjà croisé ce nom quelque part ? Un sentiment d'effroi m'avait submergé. Comme toujours, il faisait chaud dans le salon de Poirot, pourtant ma nuque s'était transie de froid, comme si on avait soufflé un air glacial dessus.

Je restai immobile dans mon fauteuil. Après tout, il ne s'était rien passé. Une chose était indubitable : je ne connaissais pas de femme répondant au nom d'Enid Surtees.

— Faites-la entrer, George, dit Poirot. (Une fois son valet parti, il ajouta :) C'est votre réticence évidente qui a fait pencher la balance en sa faveur, Catchpool. Cette femme vous est connue, n'est-ce pas ?

— Non.

— Ah. Voilà qui pique ma curiosité. Votre visage raconte une tout autre histoire. Ma foi, nous n'allons pas tarder à le savoir. Peut-être avez-vous brisé le cœur d'une autre jeune femme, rit-il.

— Je n'ai jamais brisé le cœur de personne.

— Mais ce n'est pas vrai. Et Fee Spring ? Elle…

— Certaines femmes se brisent le cœur tout à fait… unilatéralement. Si briser les cœurs est un

19

passe-temps, je peux vous assurer que je ne m'y suis jamais adonné délibérément.

— Ah. C'est ce que vous pensez, mon ami ?

— Quelques conversations aimables avec une serveuse – rien de plus, et parfaitement inévitables si l'on désire un café dans son établissement –, et voilà qu'elle se met en tête, sans aucun encouragement de ma part, de…

Mon plaidoyer fut interrompu par le retour de George toquant à la porte. Le battant s'ouvrit sur une femme enveloppée dans un bonnet, un manteau et une écharpe de laine bleu marine, dont elle s'employa aussitôt à se débarrasser. George ramassa les vêtements sur le bras du canapé avant de se retirer en refermant la porte du salon derrière lui.

Ma bouche dut s'ouvrir toute grande. Malgré moi j'émis une onomatopée indigne, qu'aucune lettre de l'alphabet ne réussira à traduire correctement.

Poirot se leva et tendit la main, que la malheureuse intruse s'empressa de serrer. La connaissais-je ? Oh ça oui, pour la connaître, je la connaissais !

— Bonjour, madame Surtees.

La physionomie émaciée, de haute stature, elle arborait une chevelure dorée et un visage pâle, de forme carrée, qu'éclairaient ses yeux d'un bleu perçant. Pour citer sa propre rengaine, elle paraissait « avoir soixante ans à tout casser – parce que j'évite scrupuleusement le soleil, tu comprends, Edward. Je pense que tu serais bien avisé d'en faire autant, sans quoi ton visage et ton cou finiront tannés comme ceux de ton père avant tes quarante ans ». En réalité, elle avait dépassé les soixante ans depuis belle lurette. Elle fêterait son soixante-dixième anniversaire en mars de l'année prochaine.

Elle ne s'appelait pas Enid Surtees.

— Bonjour, mère.

— Pardon ? s'étonna Poirot. C'est votre mère ? (Il pivota vers elle.) Vous êtes…

— Je m'appelle Cynthia Catchpool, monsieur Poirot. Je suis la mère d'Edward, chacun sa croix. J'ai dû user de procédés malhonnêtes pour obtenir une entrevue avec vous. Enid Surtees est une de mes connaissances.

Voilà. C'est pour cela que j'avais déjà entendu ce nom. Il avait été égrené dans un déluge de patronymes lorsque ma mère avait commencé à faire pression sur moi pour que je passe Noël avec elle et tout un éventail de parfaits inconnus dans un minuscule village du Norfolk qui « donne vraiment l'impression d'être au-delà du bout du monde, Edward. Absolument charmant ».

Pour autant que je sache, il n'y avait pas d'« au-delà » une fois qu'on avait atteint le bout du monde. Quelle description épouvantable. Ces derniers temps, j'avais remarqué que je rechignais de plus en plus à quitter Londres. Toute vie semblait prendre fin, ou tout du moins peiner à perdurer, lorsqu'on s'éloignait trop de la grande ville.

Et pour ma part, passer du temps avec ma mère restait le plus grand défi de mon existence. J'étais déjà prisonnier de l'inflexible tradition qui voulait que je la rejoigne à Great Yarmouth tous les étés. Il était hors de question que j'ajoute une épreuve hivernale à ma charge filiale. D'autant plus que si je cédais une fois, ma mère s'attendrait à ce que la même chose se reproduise sans faute année après année. Je n'avais pas passé un seul Noël avec l'un ou l'autre de mes parents depuis mes dix-huit ans et n'avais aucunement l'intention de changer.

Mon premier « Non, merci », prononcé d'une voix ferme, était manifestement passé à la trappe. Ma mère avait poursuivi sa campagne avec empressement, en recouvrant d'une voix forte toutes mes tentatives de porter mes protestations à son attention. Elle avait énuméré les personnes qui se trouveraient sur place, à Munby-on-Sea – parmi lesquelles Enid Surtees –, avant de s'exclamer que nous passerions tous un merveilleux Noël à nous adonner à des jeux dont je n'avais jamais entendu parler (« Tellement plus piquants que tout ce que j'aurais pu inventer, c'est sûr ! ») dans ce qui devait être le plus beau manoir de toute l'Angleterre : « Vraiment exceptionnel. Un bijou ! Une œuvre d'art, pourrait-on dire. Frellingsloe House, de son petit nom Frelly pour les intimes – dont tu feras bientôt partie, Edward ! La maison est située à l'extrémité de la côte du Norfolk, perchée sur une falaise impressionnante. Un sentier mène directement de l'arrière de la demeure à des marches qui descendent sur une petite plage. C'est parfait pour toi ! Toi qui adores nager dans l'eau glacée ! Oh, et le panorama depuis le manoir est splendide. On voit jusqu'à… l'autre pays de l'autre côté de la mer. (Sur ce, elle avait agité la main en l'air au hasard. Puis les traits de son visage s'étaient crispés.) Ce pourrait être ta toute dernière chance de voir Frelly, mon chéri.

— Voir une maison dont j'ignorais l'existence il y a encore un instant ne fait pas particulièrement partie de mes intentions, avais-je répondu.

— Quelle tristesse, avait poursuivi ma mère. Cette pauvre vieille Frelly est condamnée, j'en ai bien peur – mais seulement parce que tout le monde baisse les bras trop vite. Dans cette portion du Norfolk, la désintégration de la côte est tout bonnement atroce. C'est en rapport avec l'argile des falaises. Je ne comprends pas que personne n'ait fait sienne la mission de remplacer l'argile défectueuse par une argile de meilleure qualité. Cela doit bien exister quelque part. Il n'est tout de même pas au-dessus des facultés de l'homme d'en trouver et d'en ramener à Munby. Ils feraient bien de cesser de tergiverser pour enfin *faire* quelque chose, sans quoi cette pauvre Frelly finira par être emportée par les eaux. Je m'en occuperais bien, mais… ma foi, ce n'est pas à moi d'en décider. En plus je ne connais rien à l'argile. Et puis c'est impossible de soulever la question quand toute la famille évite le sujet. Alors qu'ils y pensent tous constamment. La crainte de la tragédie à venir plane sur tout. Les experts estiment qu'il reste à Frelly trois ou quatre années, au plus. »

Rien dans sa description n'était le moins du monde séduisant – ni l'infortunée demeure qui allait terminer engloutie sous les flots, ni l'atmosphère de désastre imminent qui, d'après ma mère, imprégnait la moindre fissure et jusqu'au dernier recoin des bâtiments menacés. Partant du principe que ses descriptions spectaculaires exerceraient sur moi la même impression irrésistible qu'elles avaient eue sur elle (et éludant le fait que, loin d'être une version plus jeune et masculine d'elle, j'avais des avis et des goûts bien à moi), elle continua en épluchant par le menu tous les détails aussi succulents qu'horribles qui lui passaient par la tête, en lien avec Frellingsloe House et ses habitants : un membre de la famille était en train de succomber à un type de cancer rare ; deux sœurs qui se haïssaient habitaient les lieux ; leurs parents avaient une dent contre les parents de leurs maris respectifs (Je ne demandai pas pourquoi. L'affaire semblait impliquer quantité de générations de quantité de clans. Pour suivre, il aurait fallu être généalogiste). Quant au médecin local, qui avait pris une chambre à Frellingsloe House, il était probablement amoureux de la matriarche de la famille, « ou en tout cas, à l'évidence, il n'est pas amoureux de la femme à qui il est fiancé. C'est très étrange, Edward ». Pendant ce temps, la matriarche, dont le nom m'échappe (peut-être était-ce Enid Surtees), « manigançait clairement quelque chose » avec le pensionnaire de la maison, un jeune vicaire.

Ma mère avait marmonné en outre quelques mots au sujet de difficultés financières, dont les causes étaient mystérieuses, avait-elle sous-entendu, mais qui expliquaient peut-être la présence des deux pensionnaires.

Épouvanté par le détail de l'imbroglio vénal qu'elle espérait m'infliger pendant l'intégralité des vacances de Noël, j'élaborai promptement un plan pour la contrecarrer. Je m'inventai un engagement préalable en priant pour qu'il se dresse comme un rempart d'une solidité inébranlable : je lui annonçai que j'avais été invité à passer Noël avec Poirot. Et qu'en outre j'avais accepté. Tout était arrangé. (Ce qui s'avéra peu de temps après, une fois que j'eus lâché une ou deux allusions en passant.)

— Si vous permettez, madame Catchpool… (L'intonation tranchante de Poirot me ramena à la situation délicate dans laquelle nous nous trouvions.) Certaines personnes verraient d'un mauvais œil l'arrivée chez eux d'un individu sous un motif fallacieux. Je suis de ces personnes.

— Et je vous en félicite, rétorqua ma mère en approuvant avec un large sourire. Moi-même je m'y opposerais farouchement. (Elle prit place dans le fauteuil le plus proche de la cheminée.) Dans la mesure du possible, je préfère clairement dire la vérité, mais… eh bien, vous comprenez à quel point la vie peut être compliquée, monsieur Poirot. Vous plus que quiconque ! J'ai lu tout ce qu'Edward a écrit sur les exploits que vous avez accomplis ensemble, je sais donc que vous n'êtes pas contre le fait de déformer la vérité si cela peut servir votre cause. Si j'avais donné mon vrai nom, mon fils vous aurait exhorté à me chasser. Vous l'ignorez sans doute, mais cela fait des années que je demande à vous rencontrer. Edward m'a fourni toutes sortes d'excuses pour justifier que c'était impossible. Il aime séparer les choses. J'imagine qu'il se dit que vous allez me trouver un peu… exubérante, même pour un Français comme vous.

— Je ne suis pas français, madame. Je suis…

— Et si nous prenions les dispositions nécessaires pour que votre domestique nous apporte du thé ? poursuivit ma mère sur sa lancée avant de se retourner impatiemment vers la porte du salon. Et peut-être un délicieux petit quelque chose à se mettre sous la dent ? Après quoi nous pourrons parler affaires – car il ne faudra pas tarder à lever le camp.

— Pour aller où ? demandai-je. Quelles affaires ?

— Noël. Tape du pied autant que tu veux, Edward, mais il n'y a rien à faire : j'ai bien peur que M. Poirot et toi ne soyez pas en mesure de passer Noël ensemble ici même dans cette... cette pièce.

Elle leva les yeux vers le plafond, puis tourna la tête vers la fenêtre. Je me demandai si elle comparait la superficie de l'appartement de Poirot à la magnificence de Frellingsloe House, voire à sa propre demeure : la vaste ferme humide du Kent où j'avais passé mon enfance, dont les poutres de bois auraient tout aussi bien pu être les barreaux d'une prison.

— Ce n'est pas grave, dit-elle joyeusement. Vous aurez plein d'autres Noël pour vous organiser comme bon vous semble – Edward n'en fait qu'à sa tête, tout comme vous sans doute, monsieur Poirot. Toutefois, cette année vous passerez Noël en ma compagnie à Munby-on-Sea.

Hors de question, songeai-je en silence et avec force. De mes deux semaines de vacances, passer Noël avec Poirot à Whitehaven Mansions était la partie qui me mettait le plus en joie.

— Ne te fatigue pas à ergoter, Edward, dit ma mère. Vous prendrez la route tous les deux avec moi cet après-midi, une fois que nous aurons fini le thé et les gâteaux. Après avoir entendu mon histoire, M. Poirot ne verra pas les choses autrement.

S'attendait-elle à ce que Poirot fasse apparaître comme par magie une farandole de gâteaux des tiroirs de son bureau ?

— Quelle histoire, madame ?

— Celle de Stanley Niven, répondit-elle de manière appuyée, comme si nous savions forcément de qui il s'agissait.

Aussi loin que je me souvienne, son nom ne figurait pas dans la liste des participants au calvaire de Noël dans le Norfolk.

— Cette histoire provoque un grand désarroi chez tout le monde et j'ai la ferme intention d'y mettre un terme, poursuivit-elle. Qu'étais-je censée faire ? Rester à ma fenêtre à regarder les vagues se briser contre le rivage, sachant qu'à Londres mon fils se trouvait en compagnie de l'homme – le seul homme au monde, devrais-je dire – qui peut sans l'ombre d'un doute nous venir en aide ?

Ces quelques mots me laissaient supputer que ma mère avait pris ses quartiers à Frellingsloe House bien avant Noël, étant donné qu'aucune vague n'était visible depuis sa demeure du Kent. Je me demandai si mon père et elle avaient abandonné l'idée de passer du temps ensemble sous le même toit. Le cas échéant, je ne pourrais pas leur en tenir rigueur.

— Qui est Stanley Niven ? voulut savoir Poirot. De quel problème est-il la cause ?

— Oh, le pauvre homme ne dérange plus personne – même s'il a forcément gêné quelqu'un à un moment ou à un autre, sans quoi on ne lui aurait pas défoncé la tête à l'aide d'un vase.

— M. Niven a été agressé ?

— Plus que cela. Il a été assassiné. Ceci étant dit, M. Niven en soi est sans importance. C'est un parfait inconnu, et là n'est pas la question. Toutefois, en se faisant assassiner là où il l'a fait – dans cette chambre, dans ce pavillon –, il a engendré un problème de taille pour une de mes très bonnes amies. Pour toute sa famille, en fait.

C'était typique de ma mère d'aller croire que l'assassinat d'un homme comptait seulement en ce qu'il portait préjudice à ses amis et à elle.

— M. Niven a été assassiné dans un hôpital ? confirma Poirot.

— Oui, un petit établissement à la périphérie de Munby-on-Sea : le St Walstan's Cottage Hospital. Où l'on est censé sauver des vies, ajouta-t-elle de manière appuyée, comme si le sort funeste de Stanley Niven démontrait le caractère profondément malsain de toute l'institution. Pour autant que je sache, le personnel de St Walstan n'a pas avancé la moindre hypothèse qui puisse mener à l'arrestation de l'assassin, pas plus que la police du Norfolk. (Elle leva les bras au ciel.) Chacun espère que l'autre résoudra la question. Les gens de Munby sont étranges, monsieur Poirot. Ils n'ont pas l'air de vouloir faire quoi que ce soit. Je me demande si c'est la proximité de la mer qui les met dans cet état. Sur la côte, on est sans cesse ramené au fait qu'on ne peut *pas aller plus loin*. (Elle hocha la tête, en accord total avec elle-même, comme à son habitude.) Quoi de plus démoralisant ? La vie humaine s'arrête forcément avec la fin des terres.

— À moins de posséder un bateau, objectai-je. Si vous détestez la côte à ce point, pourquoi allez-vous à Great Yarmouth une fois l'an ?

— Oh, mais *l'été* sur la côte du Norfolk, c'est une tout autre histoire, répliqua-t-elle vivement. Aurez-vous la gentillesse de m'accompagner à Munby, monsieur Poirot ? Vous et Edward ? On a tant besoin de vous, là-bas. Stanley Niven a été assassiné le 8 septembre et la police n'est pas plus avancée aujourd'hui qu'elle ne l'était le jour même. C'est lamentable ! Plus de trois mois plus tard, l'affaire n'est toujours pas élucidée. Et mon amie Vivienne subit une angoisse intolérable et totalement injustifiée étant donné, comme je l'ai dit, que M. Niven est un parfait inconnu tant pour elle que pour nous tous. Si seulement il était allé se faire assassiner ailleurs… mais non. (Ma mère poussa un soupir.) Il a été tué dans le pavillon 6 de l'hôpital St Walstan, ce qui met la pauvre Vivienne dans tous ses états.

— Pourquoi donc, si ce M. Niven lui était inconnu ? demandai-je. Pourquoi votre amie est-elle bouleversée par le fait qu'il a été assassiné dans cet hôpital en particulier ?

— Si je me lance maintenant dans des explications, nous allons rater notre train, argua ma mère. Nous devons nous hâter. Dès que nous aurons pris notre thé (là encore, elle jeta un œil en direction de la porte du salon), nous devrons nous mettre en route. Du moins, si vous êtes d'accord, monsieur Poirot ? Je vous en prie, dites-moi que je peux compter sur votre aide dans cette affaire.

2

Voyage imprévu dans le Norfolk

Deux heures et quarante-cinq minutes plus tard, Poirot, ma mère et moi avions embarqué à bord d'un train à destination du Norfolk. Pour ce qui était de n'en faire qu'à ma tête, je repasserais. Ma mère pensait-elle réellement cela de moi ? Car c'est précisément l'opinion que j'avais d'elle : elle obtenait toujours gain de cause – jusqu'à, en cette occasion, des gâteaux et du thé servis dans la plus belle porcelaine de Poirot, grâce à l'ingéniosité de son valet, George.

Jusqu'au tout dernier moment, j'étais resté persuadé que Poirot lui opposerait une fin de non-recevoir. Je connaissais par cœur l'expression qui se peignait sur son visage quand il se préparait à dire non à quelqu'un, étant si fréquemment le récipiendaire de ses refus. À un moment donné, pourtant, ma mère avait dit quelque chose qui avait retenu son attention. Je l'avais vu de mes yeux. La lueur dans son regard avait changé. Je n'aurais su dire ce qui avait fait pencher la balance.

Elle était en train de parler de la victime du meurtre, Stanley Niven, qui d'après elle était d'un caractère aimable et d'un tempérament charmant. Au moment de sa mort, il était âgé de soixante-huit ans, avait une famille qui l'adorait et pas d'ennemis à proprement parler. Il était le patient préféré de tous les médecins et de toutes les infirmières du St Walstan's Cottage Hospital, le premier à rire et à se montrer encourageant malgré ses problèmes de santé. Sa bonne humeur était telle qu'on ne pouvait que se sentir enjoué en sa présence, peu importe l'état d'esprit qu'on eût en arrivant. À soixante-huit ans, il était à la retraite, après avoir été le chef du bureau de poste de Cromer, où clients et employés lui étaient tout dévoués.

À ce stade de sa description de M. Niven, ma mère m'avait adressé un regard sévère :

— Un tel homme n'est pas censé se faire assassiner, Edward : un homme joyeux et apprécié, qui a travaillé dur toute sa vie et qui supporte ses ennuis de santé avec le sourire et beaucoup de courage. Il faut sérieusement que toi et tes amis de Scotland Yard envoyiez un message sans équivoque aux scélérats de cette nation : s'ils persistent à priver les gens de leur vie, qu'ils choisissent des candidats plus méritants. Bien évidemment, c'est toujours mal de prendre la vie d'autrui, inutile de le préciser, Edward – c'est moi qui t'ai appris à faire la distinction entre le bien et le mal, si tu te souviens bien. Mais le fait est que les crimes ne sont pas tous aussi odieux les uns que les autres. Qu'advient-il de cette grande nation, je te le demande, quand un homme tel que Stanley Niven n'est plus à l'abri ? Non pas que je me préoccupe de lui à titre personnel, comprends bien.

— Oui, vous avez été tout à fait claire à ce sujet, dis-je. C'est uniquement le désagrément infligé à votre amie Vivienne qui vous préoccupe.

— Pas à elle seulement, rétorqua ma mère. Toute la famille est touchée. Et il s'agit là de bien plus que d'un simple désagrément, Edward, ne te montre pas si désinvolte. Vivienne est… eh bien, trois mois se sont écoulés depuis le meurtre et elle n'est plus qu'une coquille vide. C'est effrayant à voir. Bien évidemment que le décès de Stanley Niven importe à quelqu'un quelque part, je n'en doute pas. Loin de moi l'idée de suggérer l'inverse. Comme d'habitude, tu t'entêtes à interpréter mes paroles avec la plus grande malveillance.

Poirot lui avait demandé d'expliquer le lien entre le meurtre à l'hôpital et l'angoisse à laquelle son amie était en proie.

— Pourquoi, dans sa grande détresse, votre amie n'est-elle plus qu'une coquille vide ?

— Parce que si ce crime n'est pas résolu avant la nouvelle année, alors son mari risque d'être assassiné lui aussi – en tout cas, Vivienne en est convaincue. Auquel cas elle risque de devenir tout à fait folle. Irrémédiablement, je le crains. Vous permettez que je m'explique, monsieur Poirot ? Autant que je vous raconte une petite histoire le temps que nous prenions notre collation.

Poirot n'avait pas répondu immédiatement. Il s'était contenté de marmonner entre ses dents : « On ne pouvait que se sentir enjoué en sa présence. » Après quoi, il avait lissé ses moustaches du bout des doigts en regardant fixement la théière en porcelaine qui trônait sur la table entre nous. Il avait fini par conclure avec un soupir :

— Apparemment, nous allons devoir changer nos plans, Catchpool, et accompagner votre mère dans le Norfolk.

Était-ce son allusion à la jovialité qu'inspirait Stanley Niven qui l'avait fait changer d'avis ? Dans ce cas, je ne voyais pas le rapport. Aucune autre explication ne fut donnée – sur rien, par personne – et l'effervescence des préparatifs prit le relais. À présent que le train nous emmenait dans le Norfolk, je me trouvais tout aussi déconcerté que je l'avais été dans le salon de Poirot par le fait que le meurtre non élucidé de Stanley Niven pût gâcher la vie de Vivienne, l'amie de ma mère, et faire dire à cette dernière que son mari allait lui aussi être assassiné.

Tandis qu'un vent impitoyable mugissait dans notre wagon, je m'accrochai à l'unique consolation qu'on avait bien voulu me donner : la déclaration qu'avait faite Poirot, alors qu'il coiffait son chapeau et enfilait son manteau pour aller à la gare :

— Je me propose de mener à terme ce que la police du Norfolk a échoué à accomplir en trois mois et onze jours en… en disons dix heures. (Il avait eu un sourire.) Sans compter le temps passé à dormir, naturellement. Le meurtre a été commis dans un hôpital ? Eh bien, il faudra interroger les infirmières sur place, puis au poste de police… examiner les réponses données – démêler le vrai du faux. Puis laisser tranquillement les petites cellules grises faire leur travail. De bout en bout, il me faudra probablement quelque chose comme quinze heures pour comprendre ce qui s'est passé. Je doute qu'il faille plus longtemps.

Puis il s'était adressé à ma mère :

— Soyez bien certaine, madame : je résoudrai le meurtre de Stanley Niven puis rentrerai chez moi en l'espace de quelques jours. Catchpool et moi-même passerons Noël *chez Poirot*, comme prévu.

— Non, non, avait-elle riposté en agitant la main. Cela ne fera pas du tout l'affaire. Vous resterez au moins jusqu'au 27 décembre.

Et voilà qu'en cet instant elle en profitait pour insister de nouveau fermement :

— Vous ne pourrez pas repartir avant le 27 au plus tôt, monsieur Poirot. Autant que cela soit bien clair d'entrée de jeu. Oh, je suis sûre que vous n'allez faire qu'une bouchée de cette enquête, mais voyez-vous, votre visite à Munby a *deux* objectifs et l'élucidation du meurtre à l'hôpital St Walstan en est un seul. Or les deux sont d'égale importance.

— Catchpool, auriez-vous l'obligeance d'aller fermer la fenêtre qui est ouverte dans le wagon voisin ? demanda Poirot. Ce vent violent fait tout pour m'arracher les moustaches du visage et les renvoyer à White-haven Mansions. Il y a forcément une fenêtre ouverte quelque part, et comme toutes celles que je vois sont closes…

J'obtempérai ; bien évidemment, il avait vu juste. À mon retour, Poirot interrogeait ma mère :

— Donc avant d'être tué, Stanley Niven avait subi une intervention chirurgicale à l'hôpital St Walstan ?

— Oui. Mais ne me demandez pas quel type d'opération. Tout ce que je sais c'est qu'il était censé s'en remettre. Rien à voir avec la situation d'Arnold.

— Qui est Arnold ? voulut savoir Poirot.

— Le mari de Vivienne bien sûr. Arnold et Vivienne Laurier : nos hôtes à Munby et les propriétaires de Frellingsloe House.

— Arnold est malade, lui aussi ? demanda Poirot.

— Il est mourant, devinai-je à voix haute.

Ma mère n'avait pas manqué de me dire qu'un membre de la famille Laurier était condamné.

— Oui, le pauvre homme n'a plus longtemps à vivre, confirma-t-elle. Le Dr Osgood – le médecin d'Arnold en plus d'être le locataire d'Arnold et Vivienne – a déclaré qu'il lui restait tout au plus trois à six mois à vivre.

Encore moins qu'il n'en restait à sa maison, songeai-je.

— Et il sera bientôt transféré à St Walstan, où il passera le restant de ses jours, expliqua ma mère. Dans le pavillon 6, précisément. D'où l'urgence du problème.

— Le fameux Arnold n'a sans doute pas envie de voir débarquer deux invités de plus, avançai-je. Deux inconnus.

— Oh, Hercule Poirot est tout sauf un inconnu dans l'esprit d'Arnold. C'est bien pour cela que vous allez rester tous les deux jusqu'au 27…

— Non, madame.

— Jusqu'au 27 décembre. Si, monsieur Poirot. En guise de cadeau pour Arnold, voyez-vous, pour remplacer celui dont vous allez le priver. Mais le vôtre sera bien mieux : il passera son dernier Noël dans sa Frelly adorée, non seulement en compagnie de sa famille, mais en outre avec sa grande idole.

Elle avait murmuré le mot « idole » avec une révérence toute particulière.

— Qu'est-ce que Frelly ? demanda Poirot.

— C'est un surnom ridicule donné à la maison – Frellingsloe House – qu'absolument rien ne nous oblige à utiliser, expliquai-je.

— Oh, Edward, ne fais pas ton grincheux, dit sèchement ma mère.

— Madame… vous avez affirmé que j'étais sur le point de priver M. Laurier d'un cadeau. De quoi vouliez-vous parler ?

— Oh, cela ne le dérangera pas du tout ! Le plaisir qu'il aura à passer Noël avec vous sera pour lui un tout nouveau cadeau.

— Assez ! Je ne suis pas d'accord avec cette histoire de nouveau cadeau.

Poirot parlait avec lenteur, en articulant distinctement. Qu'il s'imaginât que cette approche allait faire mouche avec ma mère m'amusait beaucoup.

— Ma question concernait l'ancien cadeau. Vous me dites que je vais priver Arnold Laurier de quelque chose qui lui tient à cœur, alors que je n'ai aucune envie de priver un mourant et aucune idée du fameux cadeau originel qu'il s'attend à recevoir. Je vous en prie, madame, expliquez-vous. De plus : vous voudrez bien cesser de me dire ce que j'ai à faire, sans quoi je descends à la prochaine gare et je rentre chez moi.

— Seigneur, vous les hommes, alors, déplora ma mère en secouant la tête. À vous entendre, je m'évertue à vous cacher la vérité, monsieur Poirot, alors que mon seul souhait est de vous la dévoiler entièrement. Le cadeau originel, comme vous dites – celui qu'Arnold attend avec l'excitation de l'écolier avant la bataille de boules de neige –, est la résolution du meurtre de Stanley Niven. Meurtre qu'il résoudrait *lui-même*, je veux dire. C'est ce qu'il se propose de faire, dès qu'il entrera à l'hôpital St Walstan en début d'année.

Le train cahota, manifestement aussi choqué que moi par ce nouveau rebondissement. Il m'avait semblé comprendre qu'Arnold Laurier était très affaibli, comme tout mourant qui se respecte.

— Ce pauvre inconscient tient absolument à attraper le tueur, dit ma mère. Il sera bientôt « sur les lieux », tel qu'il le répète avec délectation, à l'endroit idéal pour mener l'enquête. Vous êtes son inspiration, monsieur Poirot. Il prétend maîtriser vos méthodes et raconte à qui veut l'entendre qu'il en est capable – que lui, Arnold Laurier, réussira là où l'inspecteur Mackle et ses hommes ont échoué. Si la police n'a pas arrêté le coupable au bout de trois mois, c'est sans doute sans espoir pour eux – tel est l'argument d'Arnold. Il est votre plus fervent admirateur depuis des années, depuis que je lui ai relaté la première enquête que vous et Edward avez menée et que vous avez résolue de main de maître. J'ai bien peur qu'il ne soit gentiment obsédé par votre personne. Au moindre entrefilet vous concernant dans le journal, vous pouvez être sûr qu'Arnold aura découpé la page pour la coller dans son scrapbook. Et comme il est censé entrer à St Walstan juste après les vacances de Noël… ma foi, son argument est que d'attendre la mort dans un lit d'hôpital est nettement moins amusant que de s'attaquer à une savoureuse affaire de meurtre…

— Le meurtre n'a rien de savoureux, interrompis-je.

— Certes, Edward, concéda ma mère en me gratifiant d'un rare regard approbateur avant de tourner son attention vers Poirot. C'est pour cela que ma chère Vivienne est dans tous ses états. Arnold et elle sont merveilleusement heureux en ménage depuis quarante ans. Elle adhérait tout à fait au projet d'envoyer Arnold à St Walstan, jusqu'à ce qu'il s'y déroule un meurtre. À présent, cette perspective l'épouvante, comme il se doit. Elle est terrifiée à l'idée qu'un tueur rôde dans l'hôpital et qu'Arnold soit sa prochaine victime – tout particulièrement s'il annonce à tout le monde qu'il s'est donné pour mission de découvrir la vérité sur la mort de Stanley Niven. Arnold ne fait pas vraiment dans la nuance et je ne doute pas qu'il raconte à tous les médecins, tous les autres patients et à qui veut l'entendre qu'il « joue à Poirot », comme il dit. Il prétend ne pas avoir peur et peine à comprendre l'angoisse de Vivienne. C'est plutôt l'inverse : il glousse comme un gamin à qui on fait des chatouilles et il dit : « De toute façon, je suis en train de mourir, ma chérie », comme si ce n'était qu'une vaste blague. « Quel mal y a-t-il à cela ? Autant mourir heureux, en attelant ma cervelle à une question importante, au service de la justice. » Voilà ce qu'il dit. Son enthousiasme le perdra.

— M. Laurier est-il un homme heureux ? demanda Poirot.

— Oh, oui. Même avant le meurtre de Stanley Niven et la perspective de résoudre une enquête, il trouvait toujours le moyen d'avoir une pêche d'enfer. Même quand le Dr Osgood lui a annoncé que sa vie touchait à sa fin. Sa première réaction a été : « Oh, mais quelle vie, Robert. Quelle vie. » Robert, c'est le prénom du Dr Osgood, ajouta inutilement ma mère. Chez n'importe qui d'autre, j'aurais désapprouvé avec force cette attitude cavalière face à la mort, mais... il est impossible de blâmer Arnold. Rapport à son enthousiasme, voyez-vous.

C'est d'un ton particulièrement attentif que Poirot demanda :

— Les personnes qui le connaissent diraient-elles d'Arnold Laurier qu'il est enjoué ?

— Ce mot aurait pu être inventé pour le décrire, acquiesça ma mère.

— Donc il partage – partageait – cette qualité avec Stanley Niven ?

Ainsi avais-je vu juste : c'était la mention du caractère joyeux de Niven qui avait retenu l'attention de Poirot. Il semblait à présent tout aussi captivé d'apprendre qu'Arnold Laurier était également de composition heureuse et exubérante. Mais pourquoi donc, de grâce ?

— Vous avez raison, acquiesça ma mère. Je n'avais pas fait le rapprochement. Je vous en prie, pas un mot de cette... de cette similarité à Vivienne. Elle se fait déjà un sang d'encre à cause de l'autre.

— De l'autre quoi ? demandai-je.

— De l'autre point commun entre Arnold et Stanley Niven : le pavillon 6 de l'hôpital St Walstan. Stanley Niven y occupait une chambre individuelle – dans laquelle il a été assassiné. Et la chambre voisine est celle qui a été réservée pour Arnold, qu'il a pour projet d'investir début janvier. Les deux chambres sont séparées par une simple cloison, dit-elle comme si elle était convaincue que deux chambres d'hôpital requéraient une délimitation plus imposante. Bien évidemment, l'hôpital accepterait d'attribuer une autre chambre à Arnold, mais il ne veut pas en entendre parler. S'il le pouvait, il prendrait celle dans laquelle M. Niven a été tué. Rien de tel que d'être « sur les lieux », selon lui. En plus de quoi il refuse de rester chez lui et de passer le restant de ses jours à Frelly, bien que Vivienne le supplie de revoir sa position. C'est pourquoi votre visite à Munby est de la plus haute importance, monsieur Poirot. Aucun autre plan ne peut fonctionner. Croyez-moi, si ce n'était pas absolument nécessaire, je ne vous aurais pas dérangé. C'est le seul moyen. Vivienne vous sera profondément reconnaissante de répondre présent sur les deux fronts.

— Et quels sont ces fronts ? (Poirot avait l'air agité. Il détestait quand les choses lui échappaient.) En quoi souhaitez-vous que je réponde présent ?

— N'ai-je donc pas expliqué abondamment la situation ? Tâche numéro un : passer Noël à Frelly avec le pauvre Arnold. Rien ne lui ferait plus plaisir – et tant d'autres Noëls vous attendent, monsieur Poirot. Contrairement à lui. Ne gâchez pas son tout dernier.

— Mère, c'est abominablement injuste...

— J'ai déjà annoncé à Vivienne que vous aviez accepté, continua-t-elle tête baissée. Elle sera occupée à préparer une merveilleuse surprise pour Arnold aujourd'hui : l'arrivée de deux invités de choix pour Noël !

— Madame, combien de fois dois-je vous répéter que je ne pourrai pas rester...

— Et numéro deux : résoudre le meurtre de Stanley Niven, de sorte que le bon à rien qui l'a tué finisse à la potence et ne représente plus de danger pour Arnold ou quiconque à St Walstan. Après quoi Vivienne n'aura plus rien à craindre. Elle aura la certitude qu'en intégrant sa chambre d'hôpital Arnold sera à l'abri du tueur. (Ma mère avait soigneusement tout prévu.) Il doit être privé – par vous, monsieur Poirot – du cadeau qu'il se serait fait en élucidant le meurtre de Stanley Niven. En guise de compensation, il recevra un autre cadeau : il passera son dernier Noël à Frelly en votre compagnie.

— Madame...

— Oh, et vous pourriez en profiter pour lui révéler certains de vos procédés d'enquête. Il en serait ravi – quoiqu'il ne doive sous aucun prétexte s'approcher de cet hôpital, pas tant que le tueur rôde. Du moment qu'il reste bien à l'abri chez lui, il n'y a aucune raison que vous ne lui fassiez quelques confidences. (Elle sourit.) Sollicitez son avis de temps à autre, donnez-lui le sentiment d'être utile. Un peu comme vous le faites avec Edward.

3

Notre arrivée à Munby

Le vent, ce soir-là dans le Norfolk, soufflait à en emporter son homme. Après avoir eu maille à partir avec lui, je risquais fort de trouver des airs d'amateur à son homologue londonien. À peine sorti du train, je sentis les larmes couler de mes yeux. Poirot s'essuyait les siens avec un mouchoir.

J'ancrai fermement mes pieds au sol. Il ne fallait surtout pas se laisser ballotter dans ce genre d'environnement, dans lequel rien ou presque ne permettait de se tenir et où des champs plats s'étiraient à des kilomètres à la ronde dans une odeur de terre mouillée.

Deux hommes nous attendaient à la gare. Le plus jeune des deux, d'une trentaine d'années, nous dit en tendant la main :

— Monsieur Poirot, inspecteur Catchpool, Felix Rawcliffe. Bienvenue à Munby ! Quel plaisir de vous accueillir pour Noël !

— Merci, mais… nous avons l'intention de repartir bien avant Noël, le reprit Poirot.

— Bien avant Noël ? répéta Rawcliffe. Vous vous y prenez un peu tard. Nous sommes le dix-neuf aujourd'hui. Noël arrive à grands pas.

Rawcliffe, qui s'exprimait de manière inélégante, donnait l'impression qu'une bataille se livrait entre ses mots et ses dents, sans qu'aucun en sorte clairement vainqueur. La petite trentaine, il arborait un visage émacié de forme triangulaire et une posture inclinée vers l'avant qui laissait craindre l'effondrement à tout instant. Son écharpe verte, bouffante par endroits et pendante à d'autres, lui tombait quasiment aux genoux.

— C'est déjà Noël, déclara ma mère.

Je lui rétorquai que son affirmation jurait avec le calendrier chrétien et elle répondit :

— Je veux parler du calendrier mondain, Edward, tout comme Felix. Tu n'es tout de même pas en train d'accuser d'hérésie ce jeune vicaire exemplaire ?

— Ce n'était point du tout son intention, répondit Rawcliffe avec bonne humeur. Quel que soit le calendrier, nous sommes enchantés de vous accueillir tous les deux. (S'adressant à moi en particulier, il ajouta :) Cela me réchauffe le cœur de faire la connaissance d'un brave gars prêt à faire tout ce chemin malgré les intempéries pour passer Noël avec sa mère. J'aurais fait la même chose pour ma défunte maman bien-aimée, que son âme repose en paix.

D'aucuns l'auraient jugé d'une beauté conventionnelle. Ses dents ne faisaient pas saillie, pas plus qu'elles n'étaient trop grosses ni mal rangées ; seulement, chaque mot prononcé donnait à son auditoire une conscience aiguë de leur présence.

Felix Rawcliffe était donc le vicaire locataire de Frellingsloe House. Il présenta l'homme plus âgé comme étant le Dr Robert Osgood : un type costaud aux alentours de la soixantaine, aux cheveux bouclés de la couleur de la limaille de fer et au front légèrement plus haut d'un côté que de l'autre. Il avait l'air imposant, monumental, presque. Il était tête nue, ce qui par un temps pareil laissait des doutes sur sa santé mentale et lui donnait l'air, à l'instar d'une statue, d'être insensible aux éléments. Je me souvenais que le Dr Osgood était le médecin d'Arnold Laurier, ainsi que son locataire.

Je trouvai étrange qu'on eût envoyé ces deux messieurs pour nous accueillir – presque impoli. On n'envoyait pas des invités pour aller chercher des invités, même si au sens strict, un locataire n'était pas un invité. Pour autant que je me souvienne, tous les autres convives qui passaient Noël à Frellingsloe House, exception faite d'Osgood et de Rawcliffe, étaient soit de la famille Surtees soit de la famille Laurier. De quelles informations disposais-je concernant M. et Mme Surtees ? Ils n'étaient point locataires. Ils étaient invités, mais pas dans le sens conventionnel du terme. Il y avait quelque chose chez ces deux-là...

Je regrettais de ne pas avoir prêté attention aux descriptions-fleuves que ma mère m'avait faites de tout ce petit monde. J'avais été bien naïf de croire que je ne croiserais jamais leur route. J'étais à peu près sûr qu'elle m'avait expliqué que les Surtees étaient un couple âgé, parents de... quelqu'un d'autre sous le même toit, était-ce possible ? Ou bien Mme Surtees – Enid – était-elle la sœur de Vivienne Laurier et la belle-sœur du mourant, Arnold ? Quelque part dans ce tableau se trouvaient deux sœurs qui étaient autrefois les meilleures amies du monde et qui aujourd'hui se haïssaient.

J'avais repoussé l'inéluctable du mieux possible, mais le temps était venu de sourire, de serrer la main d'Osgood et de Rawcliffe et de me comporter tel que la politesse l'exigeait. J'y parvins au prix d'un certain effort. J'avais conscience que ces deux hommes ne m'avaient fait aucun mal ; je les considérais néanmoins comme des ravisseurs et la remarque de Rawcliffe sur le fait que j'avais couvert une grande distance pour passer Noël avec ma mère m'avait agacé. J'étais ici pour l'unique raison que Poirot s'était donné pour mission de résoudre le meurtre de Stanley Niven. L'assister dans son travail constituait jusqu'à ce jour le plus grand honneur de ma vie. Jamais je ne refuserais de lui porter assistance, quelles que soient les épreuves à traverser. Ce Noël en compagnie de ma mère, loin d'être l'objet de ma visite dans le Norfolk, était un effet secondaire que j'étais prêt à endurer si besoin, tout en espérant sincèrement me l'épargner.

À mon grand soulagement, tout le monde m'ignora ouvertement dès l'instant où nous prîmes place dans l'automobile. Assise entre Poirot et moi, ma mère assaillit ce dernier de plus de faits dont il aurait jamais besoin concernant le village de Munby-on-Sea : les maisons demeurées dans la même famille depuis des générations ; les petites propriétés ayant récemment liquidé des terres ; les rues honorées par la présence de gens aux patronymes à consonance royale, dont je n'avais jamais entendu parler.

Pendant ce temps, Rawcliffe et le Dr Osgood débattaient à voix basse du personnage de Rosaline dans le *Roméo et Juliette* de Shakespeare. Il devait s'agir de la suite d'une conversation qui avait démarré avant notre arrivée en gare, sans quoi cela n'avait aucun sens. Ayant raté le préambule, je trouvai la seconde partie incompréhensible. Rosaline n'était-elle pas le premier amour de Roméo, qu'il avait laissé en plan dès l'instant où il avait posé les yeux sur Juliette ? C'est ce qu'essayait manifestement de faire valoir Felix Rawcliffe – malgré ses dents qui se donnaient beaucoup de mal pour déjouer ses efforts –, que l'on pouvait modifier l'objet de son amour si tel était son souhait.

Le Dr Osgood rétorqua que Rawcliffe ne comprenait pas « comment marchent ces choses-là » et qu'il ferait bien d'en parler à un certain père Peter. Apparemment, le père Peter était considérablement plus âgé et expérimenté que Rawcliffe. Je me représentai un vieux prêtre de paroisse aux cheveux d'un blanc immaculé ébouriffés par le vent et à la barbe blanche raidie par une pellicule de sel de mer qui, à ses heures perdues, discourait sur les tragédies de Shakespeare.

Soudain une question me frappa : comment le Dr Osgood et Rawcliffe avaient-ils su dans quel train nous trouver ? Ma mère n'avait passé aucun appel téléphonique entre son arrivée dans le salon de Poirot et l'instant présent. Ce qui laissait une seule et unique possibilité : elle avait la certitude que nous allions obéir à ses ordres. Elle était décidément la personne la plus exaspérante que j'aie jamais connue.

Comme pour accompagner ma rancœur, j'éprouvai une petite bouffée d'anxiété tandis que Rawcliffe nous conduisait au gré de minuscules routes sinueuses dans l'automobile malmenée par la pluie et les bourrasques. Je pouvais difficilement soulever la question, étant donné que deux conversations se tenaient en parallèle, mais je venais de prendre conscience que Poirot ignorait tout du danger encouru par Frellingsloe House et me reprochais de ne pas lui en avoir parlé. Il aurait forcément voulu savoir que nous allions passer la nuit dans une maison qui n'allait pas tarder à disparaître sous les flots.

Le Dr Osgood pivota sur son siège pour s'adresser à Poirot :

— Mme Catchpool nous a assurés que vous seriez en mesure d'élucider le meurtre de Stanley Niven là où la police a échoué.

— Oh, je vous en prie, appelez-moi Cynthia, docteur, interjeta ma mère. Je ne cesse de vous le répéter et vous ne cessez de l'oublier.

— Je ferai de mon mieux pour résoudre le problème, monsieur. Ce qui vous assure, vous le savez peut-être, le plus haut niveau d'excellence.

— En effet, répondit Osgood d'un ton où la désapprobation le disputait à la méfiance.

J'avais à maintes reprises tenté d'expliquer à Poirot que l'autocongratulation n'était pas très bien perçue chez nous autres les Anglais. Mais peut-être le docteur n'était-il pas le moins du monde offensé par l'assurance de mon ami belge ; après tout, il avait eu la même politesse glacée envers Felix Rawcliffe à propos de Rosaline éconduite par Roméo.

— J'espère que vous êtes un détective aussi talentueux que l'on veut bien nous le faire croire, dit-il à

47

Poirot. Je vous fais davantage confiance qu'à la police locale, néanmoins… je crains qu'il s'agisse d'une affaire épineuse, même pour l'esprit le plus vif.

— Pourquoi dites-vous cela ? demanda Poirot.

— En raison des faits relatifs à l'affaire. Lesquels, s'ils n'étaient fermement établis, me sembleraient invraisemblables, dit Osgood. Stanley Niven, la victime, se trouvait dans son lit d'hôpital dans une chambre individuelle du pavillon 6. Il a été vu vivant à deux heures. Entre deux heures et deux heures vingt, je me suis entretenu avec diverses personnes dans le couloir du pavillon, et je peux vous certifier que personne n'est entré ou sorti de la chambre de M. Niven. Même après, j'ai fait des allers-retours dans le pavillon, tout comme les autres médecins et les infirmières.

J'eus l'impression qu'Osgood s'était répété les faits bien des fois pour essayer de leur trouver un sens.

— Personne n'a remarqué quoi que ce soit d'incongru ou de louche, continua-t-il. On n'a surpris aucune personne indésirable. Il semble donc peu probable, voire impossible, qu'un intrus ait pu pénétrer dans la chambre de M. Niven, le tuer, puis ressortir au cours du bref intervalle où les faits ont dû avoir lieu. L'inspecteur Mackle est convaincu que le tueur est un proche de Niven, mais il n'a pas réussi à le prouver et je pense pour ma part qu'il se trompe. Ce jour-là, aucun membre de la famille n'a été vu dans le pavillon – or ils ne seraient pas passés inaperçus. J'ai personnellement fait la connaissance des quatre proches soupçonnés par l'inspecteur Mackle. À tous points de vue, ce sont de bons chrétiens qui aimaient Stanley Niven de tout leur cœur et à qui il ne serait jamais venu l'idée d'assassiner qui que ce soit. On ne peut pas toujours en dire autant des parents des patients, soit dit en passant. Et... c'est une chose difficile à faire comprendre à ceux qui ne le connaissaient pas, mais M. Niven était un homme d'une compagnie charmante, si prévenant à l'égard des autres. Je ne conçois pas que quiconque ait souhaité sa mort – et pourtant, à l'évidence, c'est le cas et nous n'y pouvons rien, conclut-il avec un soupir.

— Justice peut être faite, observa Poirot. Je suis ici pour m'en assurer.

— J'espère que vous aurez plus de chance que l'inspecteur Mackle, commenta Felix Rawcliffe.

— Heureusement, je ne m'en remets pas à la chance, monsieur. J'ai mes petites cellules grises, précisa Poirot en montrant sa tête. Elles ne me déçoivent jamais.

— La santé et le bonheur des vivants sont à présent mes priorités absolues, affirma le Dr Osgood. Je veux parler de la santé mentale comme de la santé physique. Que vous a dit Mme Catchpool – Cynthia – de la situation de Vivienne Laurier ?

— Je sais seulement que son mari, Arnold Laurier, est gravement malade, répondit Poirot.

— Arnold sera bien chanceux s'il vit assez longtemps pour voir un autre été, commenta le médecin. C'est possible, mais peu probable. Cependant, son état d'esprit est sensiblement meilleur que celui de sa femme. Je m'inquiète bien plus pour elle ; raison pour laquelle je vous implore, monsieur Poirot : par pitié, faites tout votre possible pour résoudre ce meurtre avec diligence. La santé mentale de Vivienne en dépend.

— Dites-m'en plus, je vous prie.

Ma mère secoua la tête.

— Pour une personne dans sa situation, Vivienne ne se porte pas si mal que ça. Elle est aussi saine d'esprit que vous et moi, docteur. Elle fait le deuil de l'homme qu'elle aime depuis quarante ans et qu'elle s'apprête à perdre, voilà tout. Que voulez-vous qu'elle fasse, qu'elle danse la gigue ? Il est possible de faire son deuil *avant* un décès, vous savez. J'en ai été témoin chez plusieurs de mes amies sur le point de devenir veuves. Le chagrin se manifeste en premier, et au moment le plus inopportun, alors qu'il faut affronter la gravité de la maladie et la soudaineté de la mort, sans compter l'épreuve du quotidien. La mort, quand enfin elle advient, peut être un soulagement.

— C'est possible, concéda le Dr Osgood, mais…

Ma mère ne lui laissa pas le loisir de poursuivre.

— Vous êtes aussi terrible que mon amie Sunny. Pendant un temps, notre petit groupe de dames dans le Kent a connu une horrible crise, lorsque Sunny a refusé de comprendre en quoi la perte d'un époux après un demi-siècle de vie commune pouvait être autre chose qu'une aubaine et une bénédiction. Des gens comme ça, j'en ai rencontré des tas. Ce qui est frappant, c'est qu'ils n'ont jamais assez de discernement pour s'abstenir de partager leur point de vue. Sunny a déclenché une dispute particulièrement déplaisante – aux floralies de Chelsea, qui plus est. Était-elle vraiment obligée de faire ça dans un lieu public ? Quelqu'un l'a poussée vigoureusement, au point de la faire tituber dans les rosiers grimpants, mais elle s'est évertuée à continuer. Je peinais à en croire mes oreilles. Sincèrement, nous savons bien qu'un certain nombre de femmes, arrivées à l'âge de Sunny, ont plutôt envie de se débarrasser de leur mari et de profiter de quelques années de liberté à la fin de leur vie – mais est-il vraiment indispensable de le répéter à l'envi à une amie qui préférerait garder son bien-aimé auprès d'elle jusqu'à la fin ? (Ma mère secoua la tête.) Comme j'étais la seule à saisir les arguments des deux parties, j'ai dû arrêter la bagarre.

Le Dr Osgood avait l'air un peu abasourdi. Il se ressaisit et s'adressa à Poirot :

— Ce n'est pas la détresse de Vivienne qui m'inquiète le plus. Une irrationalité déconcertante s'est emparée d'elle. Elle dit avoir peur, mais c'est une peur insensée.

— Peur de quoi ? demandai-je.

— Elle est persuadée que quelqu'un va assassiner Arnold s'il met les pieds à l'hôpital St Walstan, expliqua le Dr Osgood. La famille a planifié son installation là-bas, dans le pavillon 6, il y a des mois de cela. Un projet viable. Indubitablement dans l'intérêt d'Arnold. Il aura bientôt besoin de soins jour et nuit. Jusqu'ici, Vivienne a fait un travail remarquable auprès de lui, et bien évidemment le fait que je prenne une chambre sous le toit des Laurier s'est révélé utile, mais je ne peux pas me permettre d'être toujours sur place. L'heure est venue, vraiment, de considérer l'hôpital St Walstan comme l'endroit adéquat pour Arnold. C'était entendu. Il devait s'y installer au début du mois de janvier. J'ai recommandé d'avancer la date, mais Arnold tenait absolument à passer son dernier Noël à Frellingsloe House.

Je notai que le Dr Osgood n'utilisait pas le petit nom de Frelly. Grand bien lui fasse. Une pensée saugrenue

51

me traversa l'esprit : lui et Felix Rawcliffe étaient peut-être les Poirot et Catchpool du temps jadis, on les avait forcés à se rendre à Frellingsloe House puis, des années plus tard, à s'y installer. Je frissonnai à l'idée qu'une fois passé le seuil de la demeure familiale des Laurier on ne pût plus jamais s'en retourner.

Toutefois, Poirot et moi ne manquerions pas d'en repartir. Après deux jours, grand maximum : il n'en faudrait pas plus. Après tout, c'était loin d'être la première fois que je désirais ardemment quitter un endroit à peine arrivé : à bien y réfléchir, tel était mon état d'esprit la plupart du temps, et ce, depuis longtemps. À commencer par mes années d'internat, jusqu'à Scotland Yard plus récemment... Je me demandai si cette manie était répandue, ou si j'étais le seul imbécile au monde à choisir des destinations qu'il n'avait aucune envie d'atteindre. Une seule chose me réjouissait : voir l'esprit brillant de Poirot à l'œuvre. La perspective de le voir résoudre le meurtre de Stanley Niven m'aurait semblé tout particulièrement stimulante si une bonne dose de présence maternelle n'avait pas fait partie du marché.

— Donc Arnold a obtenu gain de cause, continua Osgood. Il a été convenu qu'il passerait Noël chez lui, après quoi il prendrait ses quartiers à St Walstan. C'est alors que Stanley Niven se fait assassiner dans le pavillon : un parfait inconnu, sans aucun lien avec les Laurier, et voilà que Vivienne se met en tête qu'Arnold est la prochaine victime du tueur de l'hôpital !

— Je ne trouve rien de surprenant à ce que Mme Laurier rechigne à envoyer son mari malade sur le lieu d'un meurtre, objecta Poirot.

— Moi non plus, si ça s'arrêtait là.

Le Dr Osgood s'était retourné vers l'avant, si bien que je ne discernais plus l'expression de son visage.

— Que voulez-vous dire ? lui demanda Poirot.

— Je passe la moitié de ma semaine à St Walstan. Les parents de plusieurs patients du pavillon 6 m'ont confié partager les inquiétudes de Vivienne concernant la sécurité dans le pavillon et dans l'enceinte de l'hôpital en général. Certains médecins et certaines infirmières aussi. St Walstan n'est plus le refuge qu'il était autrefois. Pour autant, la plupart des gens n'ont pas perdu le sens commun. Ils comprennent bien que c'est la haine d'un individu qui entraîne un meurtre.

— Ce n'est pas toujours le cas, souligna Poirot. L'argent en est très souvent la raison.

Le docteur fronça les sourcils.

— Afin d'hériter, vous voulez dire ?

— Parfois, assurément. Parfois il est question de chantage. Quand la personne soumise au racket épuise sa réserve de fonds…

— Ce qui confirme ce que je viens de dire, monsieur Poirot. Qu'il soit question d'héritage, de chantage ou d'une haine profonde, le mobile s'applique toujours à un individu.

— Ah ! acquiesça Poirot. Je vois ce que vous voulez dire. D'après vous, les patients qui partagent le même pavillon que la victime ne sont pas plus en danger que, disons, des patients séjournant dans un hôpital à une centaine de kilomètres d'ici.

— Et que ceux qui ne séjournent pas à l'hôpital, compléta Osgood. Oui, tout à fait. Si le mobile du tueur concerne d'autres patients de St Walstan, pourquoi n'y a-t-il eu aucun meurtre depuis le 8 septembre, il y a de cela plus de trois mois ? Et pourquoi le coupable devrait-il frapper encore, à l'hôpital ou ailleurs ? À mon avis, il n'y a aucune raison de le croire. On ne sait rien de lui, ni son nom, ni sa situation. Il est tout aussi probable – plus probable, devrais-je dire – que son mobile s'appliquait exclusivement à Stanley Niven et à personne d'autre.

— D'après les explications de ma mère, Arnold Laurier s'est donné pour tâche de résoudre le meurtre de Stanley Niven, dis-je. Est-ce là ce qui pourrait inquiéter son épouse – qu'il devienne une proie toute désignée pour le tueur ?

— Non, répondit Osgood. Dès l'instant où nous avons appris l'assassinat de Stanley Niven, Vivienne a pris peur pour Arnold. Je me tenais à côté d'elle quand elle a appris la nouvelle. Arnold n'avait alors rien dit de son intention de se mêler à l'enquête. Il n'avait pas encore entendu parler du meurtre dans le pavillon 6. J'ai vu la réaction de Vivienne, monsieur Poirot : elle n'était pas préoccupée, pas inquiète tel qu'on aurait pu s'y attendre. Elle a instantanément plongé *dans un état de terreur*. Comme si...

Osgood s'interrompit.

— Je vous en prie, continuez, l'incita Poirot.

— J'allais dire : comme si elle savait qui était l'assassin, pourquoi il avait tué Stanley Niven et pourquoi il allait s'en prendre à Arnold, conclut le docteur.

4

L'épouvante

Quelques secondes s'écoulèrent, que ma mère passa à emplir l'air d'exclamations insignifiantes :

— Vraiment, docteur, quelle absurdité ! Du pur mélodrame ! Quelle consternation venant de vous – une telle fantaisie venant d'un homme de science.

Force était de reconnaître qu'une de ses remarques était pertinente :

— Si Vivienne connaissait l'assassin de Stanley Niven, et savait qu'il avait l'intention de tuer Arnold, pourquoi diable n'en a-t-elle rien dit à la police ?

Le Dr Osgood marmonna quelques syllabes inaudibles.

— Tout ce que je peux vous dire, madame Catchpool…

— Cynthia.

— … c'est que Vivienne m'a étreint le bras avant de murmurer : « Arnold sera la prochaine victime. » Tels sont les mots qui sont sortis de sa bouche lorsqu'elle a appris la mort de Stanley Niven. Elle était à ça de s'effondrer, je vous le dis. Quand nous nous sommes retrouvés seuls tous les deux peu de temps après, elle m'a de nouveau saisi les bras, les yeux écarquillés par la peur, et elle m'a dit : « Et si l'assassin avait l'intention de tuer Arnold depuis le début ? » Et de répéter en boucle : « Je ne l'enverrai pas dans cet hôpital, Robert. C'est hors de question ! » Elle m'a supplié de l'aider à persuader Arnold et le reste de la famille, afin qu'il reste chez lui. Qu'il meure chez lui. Jusqu'ici, elle a échoué. En tout cas, elle n'a certainement pas réussi à convaincre le patient, qui bout d'impatience à l'idée d'infiltrer le pavillon 6 et de jouer au fin limier.

— C'est fort intéressant, nota Poirot.

— Elle est dans le même état de peur grandissante depuis cet instant, déclara Osgood. Si la situation perdure, elle finira par y rester. Voilà pourquoi vous devez agir vite : mettre ce tueur hors d'état de nuire assurera la sécurité d'Arnold à St Walstan et permettra à Vivienne de cesser de se torturer. Alors peut-être reprendra-t-elle une alimentation normale. Elle n'a plus que la peau sur les os – outre la terreur, elle s'inflige un stress en prétendant que son niveau d'anxiété est parfaitement normal et devrait paraître compréhensible à son entourage.

— Je ne trouve rien de mystérieux ni d'inexplicable à la peur que ressent Vivienne, contra ma mère. Pour une dame de son âge et de son milieu, un meurtre inexpliqué touchant de si près l'un de ses proches est terrifiant en soi. J'ai de la chance d'avoir un fils inspecteur à Scotland Yard ; grâce à Edward, je suis en mesure d'appréhender le meurtre comme un aspect ordinaire, quoique malheureux, de la vie de tous les jours.

— Peut-être, concéda Poirot. Bien que, comme le Dr Osgood, je ne voie pas de raison valable à ce que Mme Laurier considère son mari comme la prochaine victime du tueur. Et si cette peur s'exprimait comme une certitude…

— C'était le cas, acquiesça Osgood.

— Alors cela exige une explication.

Ma mère rit.

— Vous autres les hommes avez la manie de compliquer les choses, vous ne croyez pas ? Je suis là devant vous – la meilleure amie au monde de Vivienne –, et pas l'un de vous ne pense à m'interroger, *moi*. Ah, ma foi. À la place, vous interrogerez Vivienne et vous aurez votre explication, monsieur Poirot. Elle vous dira ce qu'elle m'a confié depuis belle lurette : à savoir qu'elle a parfaitement conscience qu'il n'y a aucune logique là-dedans. Comme il est naïf de s'imaginer que nos pires craintes reposent forcément sur une base rationnelle. Souvent, il n'en est rien. Au risque de vous provoquer, docteur Osgood… (et là ma mère prit le soin de battre des paupières) Vivienne ne se donne pas en spectacle avec moi tel qu'elle le fait avec vous. Elle reconnaît que, au plus profond d'elle, elle a horriblement peur qu'Arnold soit la prochaine victime du tueur *et* que cela n'a aucun sens. Elle ne voit aucune raison à ce qu'on veuille tuer Arnold, pourtant elle en est convaincue – essentiellement en raison de la date du premier meurtre, le 8 septembre…

— Mère, interrompis-je. Évitez de parler de « premier meurtre », alors que…

— … au cours de l'heure qu'elle a passée sur place, dans la chambre voisine. Une simple coïncidence, bien évidemment, mais…

— Attendez ! Qu'avez-vous dit, madame ? Veuillez répéter.

— J'ai dit que la date du décès de Stanley Niven était simplement affaire de coïncidence, tout comme le fait que les deux chambres aient été mitoyennes.

— Vivienne Laurier se trouvait dans le pavillon 6 de l'hôpital St Walstan quand Stanley Niven a été tué ? interrogea Poirot.

— Oui, ils y étaient tous, précisa ma mère. Ne vous l'ai-je pas déjà dit ? Je croyais l'avoir fait.

— Non, madame. Qui sont-ils, « tous » ?

— Les Laurier. Enfin, la plupart d'entre eux.

— Que faisaient-ils dans l'enceinte de l'hôpital le 8 septembre ? demandai-je.

À cette date, Arnold Laurier n'était pas encore un patient de St Walstan, si bien qu'ils ne pouvaient pas être occupés à lui rendre visite.

— Ils avaient été conviés à faire le tour de l'établissement, répondit-elle. À rencontrer des docteurs et des infirmières, à visiter les locaux – tout particulièrement la chambre qui allait accueillir Arnold. Ne vous emballez pas, monsieur Poirot. Je vois bien votre réaction, mais tout cela ne veut rien dire. C'est sans doute pourquoi je n'ai pas eu la présence d'esprit d'en parler. Tout comme Vivienne, vous attribuez une signification profonde à une simple coïncidence. Et aucun membre de la famille Laurier n'aurait pu tuer Stanley Niven, si vous pensiez à ça. Ils se trouvaient tous les cinq à l'intérieur de la chambre réservée pour Arnold, accompagnés par une infirmière, porte close, tandis que Stanley Niven se faisait tuer dans la chambre voisine. Et puis pourquoi l'un d'entre eux aurait-il souhaité sa mort ? Il leur était parfaitement inconnu.

Poirot et moi échangeâmes un regard. Le moteur de l'automobile descendit d'un ton tandis que nous ralentissions aux abords de deux grands poteaux d'angle, deux colonnes rectangulaires surmontées d'une boule ronde. Nous étions arrivés. Une pancarte était accrochée au poteau le plus proche de moi, mais la pénombre m'empêchait de déchiffrer le nom de la demeure. À travers les vitres fermées du véhicule me parvint le bruit d'une mer agitée. Quelques secondes plus tard, j'aperçus droit devant la forme d'une imposante bâtisse.

Frelly. Non, jamais je ne donnerais ce sobriquet à la maison, ni ne penserais à elle en ces termes. C'était puéril.

— Qui était dans la chambre ? demanda Poirot à ma mère. Donnez leurs noms : vous avez dit « tous les cinq ». Vivienne Laurier et une infirmière. Qui d'autre dans la famille Laurier ?

— L'infirmière s'appelle Zillah Hunt, dit le Dr Osgood. Je me trouvais moi aussi à l'hôpital ce jour-là. Le récit de Mme Catchpool est exact. Je les ai tous vus sortir de la chambre après que le meurtre a été commis. Naturellement la police a interrogé tout le monde, et tous les six – Zillah Hunt et les cinq Laurier – ont dit la même chose : à aucun moment personne n'est entré ni sorti de la chambre d'Arnold, jusqu'à ce qu'ils la quittent tous ensemble. Personne n'a ouvert la porte jusqu'à ce qu'ils s'en aillent en groupe.

— Qui étaient les cinq Laurier ? demanda une nouvelle fois Poirot.

Ma mère égrena les noms :

— Vivienne ; Douglas et Jonathan, les deux fils de Vivienne et Arnold ; et leurs épouses Madeline et Janet.

J'ignore pourquoi la mention de ces deux prénoms me les remit en mémoire des semaines plus tard, mais ce fut bel et bien le cas. *Madeline et Janet.* Les souvenirs sont de drôles de créatures ; on croit qu'elles ont pris la poudre d'escampette, et soudain voilà qu'elles resurgissent après avoir rôdé dans l'ombre tout du long.

Madeline et Janet étaient les deux sœurs de Frellingsloe House qui se haïssaient. Et… ma mère ne venait-elle pas de préciser que chacune d'elles était mariée à un des fils d'Arnold et Vivienne Laurier ? Oui, tout me revenait à présent : Madeline et Janet Laurier étaient des sœurs qui avaient été proches autrefois, jusqu'à ce que Janet tombe amoureuse puis épouse le fils cadet des Laurier, des années après que sa sœur avait épousé l'aîné. À en croire ma mère, Madeline avait vu d'un très mauvais œil l'arrivée de sa petite sœur dans la famille Laurier.

Soudain, l'image complète me revint en mémoire. Je me souvenais d'Enid Surtees, ainsi que de son mari, même si son prénom m'échappait encore. M. et Mme Surtees étaient les parents de Madeline et Janet Laurier, nées Surtees.

Je m'apprêtais à demander confirmation de ces informations à ma mère lorsque Poirot intervint :

— Et Arnold Laurier ? Lui-même ne s'est-il pas rendu à l'hôpital ce jour-là, afin de visiter la chambre qu'il allait occuper ?

— Non, répondit le Dr Osgood. L'après-midi en question, il était particulièrement souffrant, et il a gardé la chambre.

— Donc Zillah Hunt, l'infirmière, et les cinq membres de la famille Laurier se trouvaient à proximité lorsque Stanley Niven a été assassiné, conclut Poirot avec lenteur. Qui d'autre ?

— D'autres docteurs et infirmières, répondit Osgood. Les infirmières Olga Woodruff et Bee Haskins. Le Dr Wall. Et tous les patients du pavillon 6, quoique je puisse vous assurer qu'aucun d'eux n'est le coupable.

Il avait omis de mentionner un nom, peut-être parce qu'il lui semblait trop évident. N'empêche, étant donné qu'il avait ajouté les patients du pavillon à sa liste dans le souci d'être le plus exhaustif possible, je trouvais intéressant qu'il ne se soit pas inclus. Selon ses propres dires, le Dr Robert Osgood se trouvait lui aussi, au même titre que toutes les autres personnes qu'il avait pris le soin de mentionner, à proximité immédiate de la scène de crime.

5

Frellingsloe House

Une fois à l'intérieur de Frellingsloe House, je comprris à quel point la description que ma mère en avait donnée n'était pas tant une exagération qu'un fieffé mensonge. Le lieu n'avait rien d'un magnifique joyau d'une beauté inégalée, malgré ses vitraux aux jolis motifs circulaires englobant des croix. Les cercles étaient en verre bleu et les croix, composées de petites fleurs vert et rose. Les carreaux situés à proximité de la porte d'entrée étaient fissurés.

Poirot et moi nous tenions devant deux porches cintrés richement décorés qui donnaient l'impression d'avoir été abandonnés au beau milieu du vaste hall d'entrée. Le premier menait à une cage d'escalier et le second à un couloir. Ils semblaient mal positionnés, comme s'ils avaient dû se trouver respectivement plus à gauche et plus à droite.

Le bâtiment était certes spacieux, mais il n'avait rien d'un manoir – encore un mensonge de ma mère. Pour cela, il aurait fallu tout le faste que sous-entend le mot. J'avais plutôt l'impression de me trouver dans un presbytère en déshérence. D'où je me tenais, je ne distinguais aucun meuble, pas même l'ombre d'un guéridon. À ma gauche se dressait un piano à queue esseulé. Comptait-il comme du mobilier ? Sans doute pas. Il ne s'accompagnait d'aucun tabouret et je ne vis aucune chaise alentour. À ma droite s'élançait le plus haut sapin de Noël qu'il m'eût été donné de voir, pourtant il était dénué de décorations.

Ma mère, après nous avoir fait entrer, était partie en quête de sa « chère Vivienne ». Le Dr Osgood et Felix Rawcliffe ne nous avaient pas suivis à l'intérieur. La porte d'entrée était entrouverte, laissée ainsi par ma mère à l'attention du docteur et du vicaire. Toutefois, aucune conversation ne filtrait du dehors – seul résonnait le fracas des vagues grondantes et écumantes, qui semblaient proches au point de nous engloutir. Les deux hommes s'en étaient-ils allés ailleurs ? L'un d'eux avait-il une maison quelque part sur le domaine ?

— C'est curieux, non ? demanda Poirot. De traîner dehors par ce temps ?

— Osgood et Rawcliffe ?

Il opina.

— Je pense qu'ils poursuivent leur conversation. Elle est de la plus haute importance – au moins pour l'un d'eux, si ce n'est pour les deux.

— La peur qu'a Vivienne Laurier qu'Arnold se fasse assassiner ?

— Non, leur discussion d'avant.

Je ris.

— Vous ne pensez tout de même pas qu'ils sont dehors en pleine tempête à débattre de *Roméo et Juliette* ?

— Pas de Roméo et Juliette, mon ami, corrigea Poirot en agitant l'index. Vous n'avez pas bien suivi. Ils parlaient d'un autre couple d'amoureux : Roméo et Rosaline.

— J'ai été très attentif, lui rétorquai-je. Je voulais parler de *Roméo et Juliette*, la pièce de Shakespeare. Dans laquelle se trouvent Roméo et Rosaline.

— Ah, mais ce n'était pas à propos de la pièce de théâtre que nos amis se disputaient si férocement. Il n'était pas question d'une œuvre de littérature. Ils parlaient des personnages de Roméo et Rosaline comme de vraies personnes qui comptaient pour eux.

— Je ne suis pas certain de vous suivre, avouai-je.

— J'ai surpris le regard qu'ils se sont échangé dans l'automobile. Son message était très clair : « Nous devons immédiatement cesser d'en parler. D'autres personnes nous écoutent. Nous reprendrons la conversation plus tard. » Après quoi le Dr Osgood a embrayé sur Mme Laurier. N'avez-vous pas remarqué ?

— Le changement de sujet, si, mais pas le regard. Si c'est un si grand secret, pourquoi en avoir parlé en notre présence ?

— Ils pensaient que cela ne prêterait pas à conséquence. Les personnes concernées ne s'appellent pas Roméo et Rosaline. En outre, ils ne s'attendaient pas à ce que la conversation s'enflamme à ce point. Mais le Dr Osgood s'est impatienté et à ce stade, ils ont dû décider qu'il était plus sûr de se taire.

— Poirot, il faut que je vous dise quelque chose. À propos de cette maison.

— Oui, mon ami ?

— Elle va sombrer dans la mer.

— Pardon ?

— Pas dans l'immédiat. Je veux dire, pas ce soir, ni même demain, donc cela ne nous concerne pas vraiment…

— Quelle histoire extravagante me contez-vous là, Catchpool ? Et pourquoi personne ne nous accompagne à nos chambres ? Où sont nos hôtes ?

Il jeta un regard en direction des escaliers puis par-dessus son épaule à la porte d'entrée restée ouverte avant de me gratifier d'un :

— Continuez, je vous prie.

Je lui fis part du problème d'érosion des côtes qui allait signer l'arrêt de mort de Frellingsloe House. J'ajoutai ici et là quelques touches absurdes pour alléger le tout : l'agacement de ma mère face au manque d'initiative des habitants de Munby ; leur incapacité à trouver une argile de qualité supérieure pour « réparer » les falaises.

Tout en parlant, je me demandai à quoi allait ressembler l'anéantissement de la maison. Je me la représentai en train de chuter d'un seul tenant du haut de la falaise, en tournoyant sans fin vers l'océan – mais bien évidemment ce scénario était absurde. Pour Poirot, je soulignai que, le temps d'une ou deux nuits, nous y serions parfaitement en sécurité. La probabilité que nous terminions sous les eaux en pyjama était minime.

— C'est désolant pour la famille Laurier, commenta-t-il, mais pourquoi m'en faire part de façon si pressante ?

— Je me suis dit que vous n'auriez peut-être pas envie de rester.

— En effet. Tout comme je n'ai aucunement l'intention de rester à Munby-*sur-la-mer* plus de temps

65

qu'il n'en faut, me rappela-t-il. Toutefois ma préférence n'a rien à voir avec l'érosion des côtes.

— Et tout avec ma mère ?

Il laissa fuser un petit rire.

— Pas du tout. J'ai été enchanté de faire la connaissance de Mme Catchpool. Quelle excellente mère vous avez là, mon ami – tout à fait celle qu'il vous fallait, à n'en point douter.

Je m'apprêtais à protester lorsqu'une femme gironde de grande taille fit son apparition au bout du couloir. Elle avançait à grandes enjambées vers nous, une tasse et une soucoupe dans chaque main. La porcelaine tintait à chacun de ses pas ; le premier ensemble était incurvé et paré de motifs rose et or ; l'autre était d'un blanc uni. La femme était affublée d'un assortiment de vêtements des plus étonnamment disparates : des bottes d'équitation crottées avec une jupe qui avait l'air d'être en soie fine de teinte verte, un chapeau bordeaux bosselé et un blazer rose sur un chandail bleu. Une épaisse corde noire pendait à son cou, à laquelle une paire de chaussures était nouée par les lacets. En oscillant, une chaussure cogna contre une tasse et éclaboussa du thé sur les habits.

Arrivé à ma hauteur, Poirot articula à voix basse :

— Si seulement les meurtres les plus mystérieux pouvaient se dérouler dans les quartiers plus classieux de Londres – j'en serais bien aise. Qu'à cela ne tienne. Espérons que ce personnage aura le bon goût de fermer la porte d'entrée.

— Bonjour, nous salua l'intéressée. Je m'appelle Madeline Laurier, mais je vous en prie, appelez-moi Maddie. Tout le monde m'appelle ainsi, exception faite de mes ennemis, déclarés comme cachés, donc si vous me servez du Madeline, je saurai que vous me voulez du mal. Haha !

Elle me surprit à regarder fixement son étrange blazer, qui arborait une tache verdâtre à son revers.

— Oh, et veuillez me pardonner mon apparence. Mes vrais vêtements sont en dessous. La prochaine fois que vous me croiserez, j'aurai l'air moins incongru. La faute à cette maison ! Elle est d'une superficie déraisonnable, or je n'ai aucune envie de faire sans cesse des allers-retours à monter et descendre les escaliers toute la sainte journée. Ainsi ai-je mis au point des méthodes ingénieuses pour transporter tout ce dont j'ai besoin. Tout le monde autour de moi se résigne à faire plusieurs voyages, moi non. Tout cet attirail va finir à la poubelle, dit-elle en désignant ses habits. À part les chaussures, que j'enfilerai dès que j'aurai jeté ces bottes éculées. Oh, et je vous ai apporté une tasse de thé à chacun. Cynthia a pensé que vous en auriez envie. Buvez vite. Elles doivent déjà être d'un froid sépulcral. La tasse tarabiscotée est pour vous, monsieur Poirot. En porcelaine française, sortie tout droit d'une boutique au nom très chic à Paris, à en croire Cynthia. Quoique vous ne soyez pas français, si je ne m'abuse ? Vous venez de Belgique. Je l'ai dit à Cynthia, Vivienne le lui a répété, mais elle ne veut rien savoir. Pour une raison que j'ignore, elle entend manifestement que vous soyez français. En tout cas, vous a-t-on informés que l'on passait à table dans vingt minutes ?

Voilà qui était en effet une bonne nouvelle.

— Nous avons décalé le repas en votre honneur, sourit Maddie. Autrement dit, tout le monde sera affamé et d'une humeur de dogue. Autant nous voir sous notre jour le plus cru d'entrée de jeu, hein ?

Je lui répondis que la perspective du dîner nous réjouissait. Mon estomac criait famine depuis un petit moment.

— Ne vous réjouissez pas trop, tempéra Maddie. Enid est aux fourneaux. Avez-vous remarqué que je n'ai pas utilisé le mot « dîner » ? Si vous vous attendez au sens que revêt habituellement ce mot, vous serez déçus. Enid est ma mère. Une piètre cuisinière, aussi médiocre que Terence au rayon jardinerie. Oh, le mari d'Enid, Terence est mon père.

Je me souvins brutalement que ma mère l'avait évoqué quand elle m'avait parlé pour la première fois de son projet de passer Noël dans le Norfolk. C'était bien cela : des amis logeaient dans la maison sans contrepartie financière, mais mettaient la main à la pâte pour assurer le bon fonctionnement de la maisonnée. Ma mère n'avait pas caché sa désapprobation. Apparemment, la famille Laurier avait beaucoup d'argent, toutefois le patriarche ne voulait plus dépenser un sou à l'embauche de l'excellente cuisinière qui était au service de la famille depuis des années.

Poirot but une petite gorgée de thé, puis une autre. Il fit la grimace.

— Ce breuvage est... je crains de ne pouvoir l'avaler.

— Je vous ai prévenu qu'il risquait d'être froid. (Maddie jeta un coup d'œil par-dessus son épaule avant de poursuivre à voix basse.) Ne vous attendez pas à du haut de gamme, par ici. Dans cette maison, l'organisation est totalement dérangée du ciboulot.

Parfois, je me dis que Douglas et moi sommes les seuls à avoir le sens des réalités. Douglas est mon mari. Et pourquoi la porte d'entrée est-elle ouverte ?

Maddie s'avança à grands pas pour la claquer avant de tourner le verrou du haut puis celui du bas.

— Personne ne vous a montré vos chambres ? Ça ne m'étonne pas. Je vais vous mettre sur l'axe, vous les trouverez tout seuls. Je vous accompagnerais bien, mais il faudrait que je trimballe tous ces déchets que je porte sur moi dans les escaliers et cette perspective m'est insupportable.

Elle nous expliqua comment accéder à nos quartiers, lesquels se trouvaient, Dieu merci, au dernier étage de la maison, qui ne contenait pas d'autres chambres à coucher. Plus je mettrais de la distance entre les membres « dérangés du ciboulot » de la famille Laurier ou Surtees et moi, mieux je me porterais.

Maddie nous recommanda de nous débarrasser de nos chapeaux, manteaux et gants et de les laisser par terre (« Quelqu'un finira bien par tomber dessus et les ranger quelque part, avec un peu de chance »), et s'en alla d'un pas décidé jeter les articles indésirables qui paraient sa silhouette.

— Il est hors de question que je pose mon manteau par…, avait tenté de protester Poirot avant qu'un éclat de voix, puis des bruits de pas ne l'interrompent.

Maddie réapparut.

— J'ai oublié le plus important. Quelqu'un vous a parlé du Jeu de la Moralité ?

— Non, madame.

— Nous ferons une partie à Noël – l'idée vient de moi ! Je ne supportais pas la perspective de jouer une fois encore au jeu antédiluvien de Jonathan, Le Manoir du Bonheur.

— Poirot et moi serons partis avant Noë..., commençai-je, mais Maddie me coupait déjà la parole.

— Pendant que vous défaites vos bagages, essayez de penser aux grands méchants de l'histoire avec un grand H. Quel est le pire individu auquel vous puissiez penser d'un point de vue moral ? Qui incarne le summum du mal ? Vous devrez chacun proposer un nom.

Elle s'éclipsa sans préciser ce qu'il conviendrait de faire avec le scélérat de notre choix.

— Quelle femme extraordinaire, murmura Poirot.

Je lui expliquai que les épouses des deux frères Laurier étaient sœurs et que, d'après ma mère, elles se détestaient. L'information n'eut pas l'air de retenir son attention. Sans doute était-il troublé par la description que Maddie Laurier avait faite du repas à venir. La perspective d'un dîner qui ne soit pas dans les règles de l'art lui était parfaitement répugnante, qui plus est après un si long voyage.

Soucieux d'éviter que son humeur se détériore davantage, je lui proposai de porter sa valise à l'étage. Nous venions à peine d'atteindre le palier intermédiaire lorsqu'un fracas retentit à la porte d'entrée, à croire que quelqu'un s'était jeté de tout son poids contre le battant, puis s'ensuivit le bruit de pas précipités, de verrous qu'on tirait et de la porte qui s'ouvrait.

— Des imbéciles nous ont enfermés dehors ! beugla une voix.

Je la reconnus comme étant celle du Dr Osgood. Une femme à la voix haut perchée que j'entendais pour la première fois se confondit en excuses.

— Est-ce vous qui nous avez enfermés dehors ? voulut savoir Osgood.

— Non, non, pas du tout, se défendit-elle avec une petite voix de souris effrayée.

— Dans ce cas pourquoi cet air contrit ? Ne soyez pas stupide, Janet !

Ah, ainsi donc la voix docile appartenait-elle à la sœur de Maddie. On ne pouvait pas faire plus différent.

— Cessez de lui crier dessus, Robert, intervint la voix de Felix Rawcliffe. Nous voici à l'intérieur de la maison, grâce à Janet.

— Le docteur n'est pas un homme très heureux, chuchota Poirot.

— En parlant de votre intérêt soudain pour les hommes heureux…, commençai-je, mais en vain.

À croire que mes paroles avaient fait surgir la personne même que je tentais de décrire. Du sommet des escaliers s'avança en bondissant vers nous un vieillard squelettique surmonté d'une chevelure châtain roux fournie qui encadrait un visage si fripé et strié de rides que ses traits dépassaient bizarrement des plis de sa peau. Il semblait néanmoins se déplacer avec l'agilité d'une chèvre des montagnes. L'homme leva vers nous ses yeux d'un gris pétillant.

— Hercule Poirot ? Est-ce vraiment vous ? Mais oui ! Le grand, l'incroyable Poirot en personne, ici à Frelly ! Je vis le plus grand moment de toute ma vie. Et – quel impoli je fais – inspecteur Catchpool, le bras droit du plus grand esprit de ce monde. Bienvenue, bienvenue, messieurs ! Je suis Arnold Laurier. Je suis absolument ravi de vous souhaiter la bienvenue chez moi.

— C'est fort généreux de votre part de nous accueillir, répondit Poirot. Surtout dans votre état de santé.

— Mon état de décrépitude létale, vous voulez dire ? rit Laurier.

Il eut brusquement l'air impatient, comme si quelque trivialité avait gâché son plaisir – comme s'il s'était souvenu qu'il fallait sortir le chien, ou quelque tâche de cet acabit.

— Et si nous commencions par évacuer la partie la plus fastidieuse ? On vous a dit que j'étais mourant, ce qui est la vérité, sauf que c'est l'information la moins intéressante me concernant et dont il ne sera plus question entre nous. À présent, s'il reste du temps… (Il tira une montre en or de sa poche.) Ah, oui, nous avons encore quelques minutes. Parfait. Messieurs, veuillez me suivre.

Il descendit les escaliers à une vitesse étonnante, sans même prendre la peine de se retourner. Je lançai un regard à Poirot, qui observa après un haussement d'épaules :

— Allons-y. Laissez les valises sur le palier. Espérons que personne n'en profitera pour se déguiser avec nos vêtements ou les mettre à la poubelle.

— Messieurs ? nous sourit Arnold Laurier depuis le vestibule. Faites vite, sans quoi nous allons louper le coche. Je dois absolument m'entretenir avec vous deux avant l'heure du souper – et avant que quiconque ne vous accapare.

6

Arnold propose un marché

Arnold Laurier se lança à peine la porte de son étude refermée derrière nous :

— Vous aurez été informés par mon épouse, ou par votre mère, inspecteur – probablement les deux –, qu'un homme du nom de Stanley Niven a été assassiné. Si ce n'est déjà fait, Vivienne va tenter de vous obliger à exercer votre influence d'une manière qu'elle estime prudente. Elle veut que j'abandonne le projet de résoudre le meurtre de Niven – pour mon bien, insiste-t-elle. Ma foi, inutile de vous donner ce mal. Vous perdrez votre temps. Ma décision est prise. C'est moi le patient, en vertu de quoi j'ai mon mot à dire sur ce qu'il adviendra de moi, vous en conviendrez ?

Poirot acquiesça d'un petit signe de tête. Je l'imitai en faisant de mon mieux pour réprimer un frisson. Il régnait un froid désagréable dans cette pièce à haut plafond dont l'âtre était désespérément vide. Chaque nouvel assaut du vent ébranlait les carreaux tandis que l'air glacial faisait siffler les fenêtres. Poirot devait souffrir en silence, lui qui se plaignait sans cesse de l'incapacité des Anglais à chauffer correctement leurs intérieurs.

Les murs de l'étude d'Arnold Laurier étaient recouverts d'étagères qui débordaient de livres reliés en cuir et de portraits encadrés représentant pour la plupart des hommes à la même chevelure d'un châtain roux que notre hôte. En les détaillant, je me remémorai une autre information dont ma mère m'avait fait part : Arnold Laurier était issu d'une famille très riche. Il n'avait jamais eu besoin de travailler, néanmoins il se passionnait pour... était-ce les mathématiques ? Les sciences ? L'histoire ? Quoi qu'il en soit, il avait enseigné cette matière qui le passionnait, parce qu'il avait à cœur de contribuer utilement au monde et de le rendre meilleur. Et – un autre détail me revenait – il rechignait à dépenser de l'argent pour lui, mais était parfaitement heureux de le faire pour ses deux fils. Sa femme et lui tenaient à léguer le plus possible à leurs enfants, et menaient une existence frugale afin que leurs fils puissent se permettre de faire l'inverse pour le restant de leur vie.

À l'instar du vestibule de Frellingsloe House, la pièce contenait un immense sapin de Noël aux décorations minimalistes, et disposées uniquement sur la portion inférieure de l'arbre, comme si la personne occupée à accrocher les boules de Noël avait été appelée en urgence.

— Messieurs, j'aimerais savoir... Attendez.

Laurier s'installa confortablement dans un fauteuil en cuir à haut dossier de la couleur de l'uniforme de mon ancienne école. La teinte m'avait toujours évoqué du sang séché.

— Je me sens mille fois mieux depuis que je me concentre sur la résolution de ce meurtre, reprit

Laurier. Je l'ai dit à Vivienne : si son souhait est que je vive le plus longtemps possible, et c'est le cas, alors le plus raisonnable est de me laisser poursuivre mon enquête. Je ne peux pas faire grand-chose depuis la maison, bien entendu, mais après Noël, je serai admis à St Walstan et je pourrai me mettre au travail.

Poirot ne dit rien. Là encore, je me contentai de l'imiter.

Laurier, qui s'attendait peut-être à un soutien immédiat et retentissant de sa part, eut l'air dépité.

— Poirot, dites-moi la vérité. Sans retenue ! Ai-je l'air de quelqu'un qui n'a plus rien à offrir à ce monde ? Ou avez-vous devant vous un homme alerte ?

Exception faite de sa peau ridée et légèrement jaunie, Laurier semblait résolument plus animé et dynamique que tous les mourants qu'il m'avait été donné de voir jusqu'ici.

— Cela ne veut pas dire pour autant que je ne suis pas sincèrement désolé pour le pauvre Stanley Niven, poursuivit-il. Au contraire. Ce qui lui est arrivé est terrible. Une injustice sans nom. C'était un gars adorable, en plus. Vraiment un chic type. C'est ce qui me motive, voyez-vous ? Ça et – oui, je l'avoue – relever le défi de résoudre le mystère à la manière d'Hercule Poirot. Mon épouse aimerait vous faire croire que j'aurais tout intérêt à ce que vous vous chargiez à ma place de cette enquête – Cynthia et elle vous ont fait venir ici dans ce but exprès. Elles espèrent prolonger ma vie de trois semaines, ou quatre ou cinq, ou je ne sais quelle bagatelle. Je vous en supplie, Poirot : essayez de vous mettre à ma place. Choisiriez-vous de jouer la carte de la sécurité ou prendriez-vous des risques pour résoudre un meurtre avec votre virtuosité coutumière ?

Je songeai que cette approche était susceptible de faire mouche auprès de Poirot. Pour ma part, j'étais tout à fait persuadé qu'à la place de Laurier je ressentirais exactement la même chose.

— Autorisez-moi ce moment de triomphe avant de mourir, Poirot. Je vous en prie. Je sais en être capable. J'ai tout lu de vos enquêtes, j'ai étudié vos méthodes. Je me considère depuis un moment comme votre apprenti inconnu, bien avant que l'opportunité de m'attaquer à une affaire non élucidée ne se présente. Et avec le meurtre de Niven qui s'est déroulé dans l'hôpital même où l'on va m'envoyer, qui plus est dans la chambre voisine... Vous trouverez peut-être l'idée saugrenue, mais je suis persuadé que le destin a conçu cette affaire pour mon seul bénéfice.

Laurier souffla avec lenteur et sa respiration émit un chuintement rauque.

— Je serais infiniment reconnaissant si tous les deux – tous les trois –, nous pouvions conclure un marché aujourd'hui même dans cette pièce.

— Quel marché, monsieur ?

— J'ai bien conscience qu'il est forcément contraire à votre instinct de ne pas résoudre une affaire de meurtre, sachant notamment que mon épouse vous a fait venir dans le but inverse. Et vous seriez en droit de vous demander pour quelle raison vous devriez vous effacer pour moi. Je n'ai encore jamais attrapé de tueur. Et si j'échouais ? Poirot, inspecteur Catchpool... je vous demande un mois seulement. Si au bout d'un mois à l'hôpital St Walstan je n'ai pas résolu le crime, alors il est à vous. Est-ce si long ? Plus de trois mois se sont déjà écoulés. En quoi un mois de plus changera-t-il la donne ?

— Monsieur…, tenta d'interrompre Poirot.

— Si vous êtes disposés à rejeter ma demande, et je vois bien en quoi cela serait loin d'être déraisonnable de votre part, alors je vous en soumets une autre. Ce n'est pas mon premier choix, mais je m'en contenterais : planchons ensemble sur l'affaire. Après Noël, je m'installe comme prévu à St Walstan et je deviens votre agent de l'intérieur, pour ainsi dire. À nous trois – vous, moi et Catchpool ici présent –, nous œuvrerons de concert au sein de notre équipe de détectives.

Soumettre une deuxième option avant même que la première ait été déboutée me semblait être une bien piètre tactique.

— Aucune des solutions que vous avancez ne conviendra à votre épouse, dit Poirot. Si vous êtes mon agent de l'intérieur à l'hôpital, sa crainte que vous attiriez l'attention du tueur de M. Niven…

— Je suis mourant ; cela ne fait pas de moi un imbécile, coupa Laurier. Je serai hospitalisé en qualité de patient. C'est ainsi que je serai perçu. Personne ne me soupçonnera d'enquêter sur quoi que ce soit.

— Pas simple de découvrir des indices sans poser de questions, observai-je.

— Ah, certes, mais c'est la manière de poser la question qui fait la différence, sourit Laurier. Vous le savez pertinemment, inspecteur. Il faut avoir le coup de main. On peut découvrir tout un tas de choses en tendant l'oreille, sans rien demander à personne. C'est en écoutant Stanley Niven que j'ai pu dénicher deux excellents indices. Dont j'ai fait part à la police. Qui est restée particulièrement indifférente.

— Vous avez rencontré M. Niven ? s'étonna Poirot. Quand ?

— Mais bien sûr. Comme je vous le disais : un chic type.

— Je pensais que vous ne faisiez que répéter ce que l'on disait de lui.

— Non, non. Les témoignages de seconde main n'apportent aucun éclairage. Ils ne font que donner des informations sur les opinions et croyances de ceux qui les colportent.

— C'est vrai, acquiesça Poirot.

Je fronçai les sourcils. N'avait-il pas résolu quantité d'affaires après que des gens lui avaient confié des informations qui, pour certaines, s'étaient révélées justes ? L'astuce consistait à doser avec justesse confiance et méfiance.

— Veuillez me raconter votre entrevue avec M. Niven, dit Poirot à Laurier. J'ai appris que vous n'aviez pas suivi votre famille à l'hôpital le 8 septembre, jour du meurtre.

— En effet. J'étais censé y aller, mais j'étais très souffrant, ce jour-là. J'ai croisé Niven une seule fois, en août. Je crains d'avoir oublié le jour précis. Vivienne pourrait vous le dire. Je me suis rendu à l'hôpital pour consulter le Dr Wall, un collègue du Dr Osgood. Wall en sait plus que quiconque à St Walstan sur mon état de santé. Malheureusement, il était en retard. Stanley Niven, qui faisait sa promenade de santé dans le pavillon, a remarqué que j'attendais depuis longtemps et s'est proposé de me tenir compagnie. Fort aimable de sa part, de se donner la peine de divertir un parfait inconnu.

— Vous disiez avoir déniché deux excellents indices au cours de la conversation ? demanda Poirot.

— Ma foi, ce n'étaient pas des indices à l'époque, évidemment. Niven n'avait pas encore été assassiné.

— Mais ce sont des indices à présent. Quels sont-ils ?

— Je vais vous le dire, bien sûr – même si, je vous préviens, ils risquent de vous faire perdre votre temps. D'après la police, ils ne méritent pas qu'on s'y arrête. C'est frustrant, Poirot, soupira Laurier. En qualité d'ancien instituteur, je ne peux m'empêcher de me demander si de nos jours l'école prépare correctement les enfants à la vie adulte. Prodigue-t-on encore une éducation adéquate ? Je n'en suis pas si sûr. Gerald Mackle a l'air d'avoir douze ans – je veux parler de l'inspecteur Mackle, celui-là même qui est chargé du meurtre de Niven. Un type assez sympa, mais qui a visiblement du mal à réfléchir. J'étais professeur de mathématiques, mais j'enseignais aussi à mes élèves à faire bon usage de leur cervelle dans tous les domaines de la vie. J'ai voulu pousser l'inspecteur Mackle en ce sens, mais il semble incroyablement réfractaire à l'étude. Il ne cesse de soutenir que le meurtre de Stanley Niven est forcément le fait d'une de ces quatre personnes : sa femme, sa fille, son fils ou son frère. Avez-vous abordé l'affaire avec Mackle, Poirot ?

— Point encore. Je m'y mettrai demain à la première heure. Veuillez me parler de ces deux indices.

— J'y viens, dit Laurier avec enthousiasme. Mais d'abord, je dois vous dire que les quatre suspects de

Mackle ne peuvent en aucun cas être coupables : ils ne se trouvaient pas à l'hôpital au moment du meurtre. Tous étaient à des kilomètres de là. Et même pas dans le Norfolk ! Pas un seul ! (Il se mit à rire.) On pourrait penser que ce simple constat suffirait à convaincre Mackle d'abandonner sa théorie. Eh bien, figurez-vous que non ! Il affirme que l'un de leurs alibis est un mensonge – oh et, oui, ils peuvent tous prouver qu'ils se trouvaient ailleurs au moment clé. Mais Mackle s'accroche obstinément à l'idée que l'un d'eux oblige un associé à mentir. Passons sous silence le fait que personne – pas un médecin, pas une infirmière, pas un patient – n'a vu un seul proche de Niven dans le pavillon ce jour-là. Certes, les choses peuvent être parfois un peu chaotiques à l'hôpital, mais, sérieusement...

Laurier partit d'un petit rire.

— Monsieur, dit Poirot. Les deux indices, je vous prie.

— Oui, oui. Les fameux indices. (Soudain, Laurier eut l'air circonspect.) Nous sommes bien d'accord sur les termes du marché, Poirot ?

— Que voulez-vous dire, monsieur Laurier ?

Je savais parfaitement ce qu'il voulait dire, ce vieux fourbe. Eh bien, il allait devoir dévoiler son jeu un peu plus clairement que ça.

— Me donnerez-vous le mois que je vous ai demandé, avant de prendre la moindre mesure en vue de résoudre le meurtre de Stanley Niven ?

Il regarda d'abord Poirot, puis moi.

— Non. Je ne puis accepter.

— Dans ce cas, me permettrez-vous d'intégrer votre opération d'enquête ? En tant qu'associé à parts égales avec vous et l'inspecteur Catchpool ici présent ?

Force était de reconnaître que si Poirot était choqué par le sous-entendu que je pusse être son égal, il n'en laissa rien paraître.

— La première étape consistera à ce que vous informiez ma femme qu'en votre opinion d'expert je dois être hospitalisé comme prévu à St Walstan après Noël. Je peux difficilement prétendre être votre homme à l'intérieur si je reste à Frelly à me tourner les pouces.

— Si vous souhaitez m'être utile, vous devez bien comprendre ceci, monsieur : qu'ils soient à l'intérieur ou à l'extérieur, mes « hommes » ne me dissimulent pas des informations dans le but de me forcer la main et d'obtenir des accords que, sans cela, je n'envisagerais pas.

Toute la physionomie de Laurier sembla s'affaisser. Il resta silencieux pendant quelques secondes, après quoi il reprit la parole :

— Oui, je vois en quoi cela pourrait vous prendre à rebrousse-poil. *Extremis malis extrema remedia* et tout le tralala. N'empêche, ce n'est pas une façon de faire. Je suis désolé, Poirot. Vous avez raison : la tactique était déloyale. Veuillez accepter mes excuses.

Poirot inclina la tête poliment.

— C'est déjà oublié, monsieur. Je comprends la situation délicate qui est la vôtre et vous offre toute ma sympathie. Je sais en outre que votre femme ne me pardonnerait pas de vous laisser prendre le moindre risque…

Là encore, Laurier lui coupa la parole.

— Si Vivienne a raison et que je suis le suivant sur la liste pour me faire estourbir avec un vase de l'hôpital par l'assassin de Stanley Niven, ainsi soit-il. C'est ma vie, le risque que *je* cours et *moi* qui choisis de prendre part activement à la résolution de ce crime. Ce n'est pas un hasard si cette affaire croise mon chemin. Je souhaite simplement accomplir le but que Dieu m'a donné sur cette terre avant de la quitter.

— Je vois, fit Poirot.

— Personne ne m'empêchera d'aller à St Walstan après Noël si ma décision est prise.

Laurier arbora un large sourire, comme si son attitude de défi était censée divertir agréablement son auditoire.

— Je suis sûr que vous serez d'accord, Poirot : il est logique que nous nous attelions à cette affaire ensemble plutôt que séparément, vous ne pensez pas ?

Au même moment, la porte de l'étude s'ouvrit et une femme entra dans la pièce. Elle pouvait avoir entre soixante et soixante-dix ans, avec les joues creuses, de grands yeux verts et une silhouette par trop maigre pour sa taille – comme si elle manquait de chair sur les os.

Il me semble qu'elle était vêtue d'une longue robe, à moins que j'aie déformé le souvenir ; il m'était difficile de m'arracher à la contemplation de son visage, qui arborait la mine la plus cafardeuse qu'il m'eût été donné de voir – mélange de désapprobation, de colère, de tristesse et d'effroi. Je n'aurais su dire si elle était sur le point d'éclater en sanglots ou de nous expédier à chacun un coup de poing sur le nez ; en tout état de cause, rien de bien agréable a priori. Un épais nuage de douleur envahit la pièce. Je me demandai si Poirot l'avait senti.

— Vivienne ! lança Arnold d'un air ravi. J'étais justement…

— … en train de faire fi du danger et de mes sentiments, termina-t-elle à sa place, d'une voix beaucoup plus douce que ce à quoi je m'attendais. Et de raconter à M. Poirot et l'inspecteur Catchpool que tu es très heureux à l'idée de te faire assassiner.

Cela faisait donc un long moment qu'elle écoutait à la porte.

— Est-ce nécessaire de verser à ce point dans le mélodrame, ma chère ? demanda Laurier avec douceur. Je veux que tu profites de mon triomphe une fois que je ne serai plus là. Je veux que tu puisses dire : « Mon mari a élucidé un meurtre alors qu'il était à l'article de la mort » et que tu sois fière.

— Je ne suis pas ici pour me disputer, Arnold, répondit sa femme. Ne t'ai-je pas dit ce matin même que je capitulais ? C'était sincère. Je suis venue te prévenir qu'Enid avait annoncé que le dîner était prêt. Ce qui signifie qu'il sera effectivement prêt dans une demi-heure, je dirais. Nos invités n'ont pas encore eu le temps de prendre leur chambre ou de défaire leurs bagages. Ils seront contents de pouvoir s'installer avant de passer à table. Tu pourras t'entretenir avec eux plus tard dans la soirée. Tu auras amplement le temps après le dîner.

— Je l'espère bien, répondit Laurier. Je souhaiterais vous consulter à propos d'une autre affaire qui me tient très à cœur, Poirot. Elle n'a rien à voir avec

Stanley Niven ou l'hôpital St Walstan – c'est à propos d'une vie qu'il n'est pas trop tard pour sauver.

Sa formulation me laissa perplexe. Je scrutai le visage de son épouse pour tenter d'y trouver une explication, mais n'en trouvai aucune : elle se contenta de le regarder de ses grands yeux verts pleins de tristesse jusqu'à ce qu'il se taise. Alors, sans autre forme de cérémonie, elle tourna les talons et quitta la pièce en prenant soin de refermer la porte sans bruit derrière elle.

Quelqu'un d'autre aurait pu donner à son discours de capitulation des accents de manipulation conjugale. Le sien ne laissa transparaître rien d'autre qu'une profonde tristesse, à croire qu'elle avait abandonné tout espoir.

Du regard, Poirot me gratifia d'un ordre que je connaissais bien : celui qu'il réservait aux cas de figure qui nécessitaient selon lui une réaction urgente de nature physique. Son message était sans équivoque : « Tout de suite. »

Naturellement, j'obtempérai. Laissant de côté ma réticence à suivre le nuage de douleur à travers la maison, je me levai, m'excusai et m'élançai à la poursuite de Vivienne Laurier.

7

Conversation avec Vivienne Laurier

— Madame Laurier !

J'avais enfin réussi à la rattraper. Sa silhouette se découpait devant moi, elle avait atteint le même semi-palier sur lequel nous avions abandonné nos valises quelques instants plus tôt. D'ailleurs ces dernières n'étaient plus en vue. J'espérais que la mienne avait été déposée dans ma chambre et avoir l'occasion d'en inspecter le contenu avant le dîner. Frellingsloe House semblait n'être gérée par aucun individu ni aucune forme d'organisation. Rien ne me certifiait que mes affaires n'avaient pas été escamotées je ne sais où, disparues à jamais.

En entendant ma voix, Vivienne Laurier se retourna.

— Inspecteur Catchpool.

— Edward, je vous en prie.

— Edward, acquiesça-t-elle après un silence. Dans ce cas, appelez-moi Vivienne.

Je me rendis compte que je n'avais pas la moindre idée de ce que Poirot aurait voulu que je dise à présent. Était-il en ce moment même en train d'accepter de désigner le mari de Vivienne comme son bras droit dans l'enquête sur le meurtre de Stanley Niven, ou a contrario en train d'expliquer qu'il était au regret de devoir refuser ? Ne sachant quelle approche il aurait privilégiée, je décidai de poursuivre dans un souci d'impartialité.

Vivienne Laurier tendit la main et m'effleura le bras, manifestement sans but précis.

— Je suis désolée. Terriblement désolée. (Elle m'apparut désemparée.) Quelle manière peu reluisante d'accueillir des invités qui ont fait tout le trajet depuis Londres par un temps épouvantable. J'aurais dû venir vous saluer correctement et vous souhaiter la bienvenue, à vous et à M. Poirot. J'oublie parfois que tout le monde n'est pas pris au piège du même cauchemar que moi. Veuillez me pardonner. Je suis contente de vous savoir ici. J'en ferai part à M. Poirot quand je le verrai au dîner.

— Merci. Mais il n'y a rien du tout à pardonner.

— Vous êtes très aimable. Cynthia m'a beaucoup parlé de son merveilleux fils, si beau et si intelligent.

Je réfrénai un tressaillement. Ma mère ne me faisait jamais de compliment. En revanche, je l'avais déjà entendue me louer par vantardise afin de briller en société.

— Maintenant que je fais votre connaissance, je ne suis pas surprise que vous soyez une telle source de fierté pour elle. Elle vous adore, vous savez. Je suis ravie pour elle que vous puissiez passer Noël en sa compagnie. C'est tellement important, la famille. Les jeunes ne s'en rendent pas toujours compte. Je suis sûre que vous y êtes sensible, Edward, étant enfant unique. Ce doit être difficile sans…

Quoi qu'elle eût l'intention de dire, elle se ravisa. À la place, elle afficha un sourire factice et continua :

— Quoi qu'il en soit, Cynthia est aux anges et cela me fait beaucoup de bien de la voir heureuse. C'est comme de savoir qu'un feu crépite à proximité quand on a froid dans ses os, même si sa chaleur ne vous pénètre pas. On est reconnaissant de le savoir là.

Il était inutile que j'alourdisse le nuage de douleur qui enveloppait Vivienne Laurier. Le moment était mal choisi pour expliquer que je n'avais pas accepté de passer Noël avec ma mère, ni pour souligner que Frellingsloe House avait précisément besoin d'un bon feu crépitant (voire vingt), sans oublier des décorations de Noël dignes de ce nom.

Je me rassurai en songeant que je n'avais pas besoin de l'exprimer à voix haute pour en faire une réalité : je ne passerais pas Noël dans cette maison. Ma résolution se renforçait à chaque fois qu'on me disait le contraire.

— Cynthia est une perle, continua Vivienne. (Ma mère lui avait-elle fait apprendre un texte par cœur ?) À part elle, personne ne m'écoute vraiment. Tous les autres perdent patience, se mettent en colère, veulent me faire changer d'avis ou me disent que j'ai perdu la tête. Avant l'arrivée de Cynthia, je m'entendais dire à longueur de journée que je faisais tout de travers. Votre mère est une bénédiction, Edward.

Je trouvais incroyable qu'un être rationnel puisse défendre une telle opinion.

— C'est la seule à vouloir faire réellement avancer les choses. C'est elle qui a eu l'idée brillante de convoquer Hercule Poirot.

Évidemment.

— Quand est-elle arrivée ? demandai-je.

— Il y a trois jours.

Bonté divine, ma mère allait vite en besogne. J'aurais pensé qu'elle était sur place depuis deux semaines au moins. N'avait-elle pas fait un commentaire, dans le salon de Poirot, sur sa contemplation sans fin de la mer par la fenêtre ? L'impatience avait dû lui dicter ces mots.

— Elle aurait dû arriver après-demain, mais... enfin, le fait est qu'il y a trois jours, à mon réveil, je me suis trouvée clouée au lit, quand bien même je me sentais très bien physiquement. Le malheur m'avait engluée dans mes draps, ou tout comme. J'imagine que vous n'avez jamais ressenti une chose pareille. La plupart des gens ne connaissent pas cela. La seule chose qui m'a fait me lever a été la voix de Cynthia qui résonnait dans ma tête : « Vivienne, cesse d'être faible. Tu dois te lever immédiatement et agir. » J'ai compris que sa présence m'était indispensable. Cynthia est une amie d'Arnold et s'entend bien avec Douglas et Jonathan – mes deux fils –, mais elle est surtout mon amie *à moi*.

J'opinai.

— Cynthia a le chic pour savoir comment réagir en cas de crise. Personne d'autre ne s'en occupait. Le meurtre de Stanley Niven était non résolu – l'est encore – et... enfin vous avez bien vu à quel point mon mari est déterminé à s'installer dans ce misérable hôpital où les patients se font sauvagement assassiner dans leur lit. Je n'y arrivais plus, il me fallait de l'aide. J'ai appelé Cynthia, qui a accepté de me rejoindre séance tenante.

Elle devait être folle de joie. Ma mère adorait les drames et un drame assorti d'un meurtre lui allait comme un gant. Avait-elle immédiatement senti l'opportunité de bouleverser les projets de Noël que nous avions élaborés avec Poirot ? Trois jours après son arrivée chez les Laurier, elle s'était rendue à Londres pour nous embrigader dans sa combine.

— Dites-moi, M. Poirot pense-t-il pouvoir résoudre le meurtre de Stanley Niven ? demanda Vivienne. Cynthia affirme qu'il s'en acquittera en un rien de temps, avant même qu'Arnold prenne ses quartiers à St Walstan. Êtes-vous de cet avis ? Réussit-il toujours lorsqu'il s'attelle à un… problème de cette nature ?

— Alors comme ça, vous n'avez pas dit votre dernier mot ?

— Pardon ?

— Dans le bureau, tantôt, vous avez dit à votre époux que vous abandonniez.

— J'ai renoncé à le convaincre, oui. Je ne veux pas qu'Arnold gâche le peu d'énergie qui lui reste à me persuader qu'il a raison et que j'ai tort. Depuis que Stanley Niven a été tué, j'ai tenté et échoué par cent fois à le faire changer d'avis concernant son séjour à St Walstan. La meilleure chose pour lui serait qu'il reste à Frelly. (Une larme s'échappa du coin de son œil, qu'elle laissa couler librement.) Je pourrais insister, mais cela ne fonctionnerait pas, à moins que les quatre enfants tombent d'accord, mais cela n'arrivera jamais.

— Vous avez quatre enfants ?

J'avais entendu parler des deux fils uniquement.

— Ce sont tous mes enfants à mes yeux, répliqua-t-elle. Douglas et Jonathan, et Maddie et Janet, mes deux belles-filles. Enid et Terence font partie de la famille, eux aussi – et comment pourrait-il en être autrement, sachant que leurs filles ont épousé mes deux fils ? Ce n'est pas seulement une relation par alliance, ne pensez-vous pas, quand nous sommes tous aussi étroitement liés ?

Je répondis d'un geste évasif. Toute personne dans la position de Vivienne Laurier n'aurait pas forcément le réflexe de convier l'équivalent d'Enid et Terence Surtees à loger chez soi. Les deux locataires, le Dr Osgood et Felix Rawcliffe, avaient-ils eux aussi été cooptés dans la famille Laurier à titre honorifique ? Combien de nuitées pouvait-on passer à Frellingsloe House sans risque d'être requalifié membre de la famille ?

— Ainsi vos fils et leur épouse se rangent à l'avis de votre mari, et pensent qu'il devrait aller à St Walstan ?

— À part Cynthia et moi, tout le monde se range à son avis, répondit Vivienne tristement. Le Dr Osgood affirme qu'Arnold doit être hospitalisé afin de recevoir des soins adéquats. Il en a même convaincu Felix – Felix Rawcliffe, le vicaire –, alors qu'à l'origine Felix était sensible à mes réserves. Douglas dit : « Pourquoi ne pas laisser papa résoudre un meurtre si ça peut lui faire plaisir ? » et bien sûr Maddie trouve l'idée épatante. Elle a l'air de penser qu'Arnold va mener sa quête à bien. C'est sans espoir, je le crains. Si vous entendiez sa théorie sans queue ni tête à propos de la femme mécontente du bureau de poste... Sincèrement, je trouve cela insupportable.

Si Poirot ne m'avait pas congédié du bureau, je serais peut-être en cet instant au fait des deux fameux « indices » dont il avait tant été question. La femme du bureau de poste en était-elle un ? Poirot devait être en train de bien s'amuser, confortablement calé dans son fauteuil en cuir, à se repaître de toutes sortes d'hypothèses savoureusement improbables.

— Maddie et Douglas s'obstinent, comme à leur habitude, à prêcher le contraire du bon sens, continua Vivienne d'une voix lourde de désespoir. Et Maddie maintient qu'il serait mieux pour *moi* d'être soulagée du fardeau des soins quotidiens d'Arnold, ce qui est faux. Me demande-t-elle ce que je pense être le mieux pour moi ? Bien sûr que non. Et Enid et Terence ne sont d'aucune aide. J'ignore ce qu'ils pensent de toute cette histoire ; ils refusent d'être entraînés dans la discussion. Jonathan et Janet sont inflexibles – comme Arnold – et affirment qu'on ne peut pas laisser la mort faire suite à une agonie ici, à Frelly. Ils ont même persuadé le prêtre de notre paroisse, le père Peter, de prendre leur parti. C'est ce qui a fait basculer Felix. Il ne pouvait décemment pas s'opposer au père Peter, si ? À part Cynthia, tout le monde a l'air d'avis qu'il ne faut sous aucun prétexte que la mortalité de ses occupants vienne souiller la perfection de cette demeure !

Son emportement soudain sembla la déstabiliser, comme si elle ne se savait pas capable d'un sarcasme si acéré. Lorsqu'elle reprit la parole, sa voix était pétrie d'incertitude.

— Frelly est un endroit où l'on est heureux, bien entendu. La maison est dans la famille d'Arnold depuis trois générations. Nous avons connu bien des bonheurs entre ces murs, mais la manière que tout le monde a d'en parler à présent, ce qu'ils en pensent... c'est de la pure superstition ! Quelle loi, inventée par qui, dicte qu'en cas de malheur la tristesse envahit toute la maison pour ne jamais en partir et modifie de fond en comble la personnalité des lieux ? Oui, si Arnold meurt à la maison, cela nous portera à tous un coup terrible, mais sa mort sera tout aussi insupportable si elle advient à l'hôpital. Son absence sera tragique, or cela n'a rien à voir avec Frelly, ce qui...

Elle s'interrompit et jeta un regard par-dessus son épaule. Elle se retourna de nouveau vers moi et poursuivit à voix basse :

— Jonathan m'étriperait s'il m'entendait dire ça : une maison n'est guère qu'un agrégat de briques maintenues ensemble par... de la pâte de chaux, ou je ne sais quel enduit. Le reste, ce sont les gens : leurs émotions, leurs souvenirs. Et la perspective qu'Arnold meure dans cette maison n'est vraiment pas le seul problème que doit affronter Frelly. Tout le monde occulte la vérité ! Vous êtes au courant, j'imagine. Cynthia vous a expliqué ?

— Le problème côtier ? hasardai-je dans l'espoir que la formulation fût suffisamment délicate.

— La mer qui dévaste notre village, oui. Dans quelques années, Frelly sera rayée de la carte. Il n'y a aucun moyen de la sauver. Mais personne n'est prêt à le reconnaître. C'est drôle : vous entretenez une illusion pendant un temps, puis un peu plus longuement, pour ménager les sentiments des autres... et soudain vous vous réveillez un an plus tard en découvrant que vous êtes tout aussi complice de déni de réalité. Nous prétendons tous que Frelly peut être sauvée d'une manière ou d'une autre, qu'elle durera éternellement. C'est de la folie !

— Pourquoi ne pas dire la vérité ?

— J'aime mon mari plus que je ne me préoccupe de la vérité, avoua Vivienne. Si Arnold trouve quelque consolation à l'idée que Frelly peut survivre, alors je dois faire semblant d'y croire, pour lui. Et puis Jonathan et Janet sont tout aussi persuadés que lui que la maison peut être sauvée. Si je montais au créneau, je ne doute pas que Douglas et Maddie ajouteraient leurs voix à ma campagne pour la vérité. C'est pour moi et pour aucune autre raison qu'ils sont de connivence. Ils savent à quel point je souffre d'être en désaccord avec Jonathan et Janet. C'est une souffrance insupportable.

Elle fit une moue et poursuivit.

— La famille, c'est tout, Edward. Quand Arnold et moi nous sommes rencontrés, je n'avais plus personne. J'étais âgée de vingt-neuf ans et totalement seule au monde. Arnold est devenu ma famille – mon monde. Sans lui je vais me retrouver complètement perdue. Il est ma force vitale. (Son regard était empreint de douleur.) Une fois qu'Arnold et moi aurons quitté ce monde, Douglas et Jonathan vont avoir besoin l'un de l'autre comme jamais. Les filles aussi – Maddie et Janet. Ce n'est qu'après leur disparition que l'on mesure l'importance de nos proches, et à quel point chaque instant est précieux. Oh, je sais ce que vous vous dites.

Je me disais que les liens de sang ne donnaient pas forcément lieu à des relations aimantes.

— Vous êtes sur le point de me rétorquer, comme d'autres avant vous, qu'Arnold succombera bientôt à sa maladie. Alors qu'est-ce que ça change si quelqu'un le tue ? Pourquoi ne pas le laisser s'amuser un peu à mener l'enquête ? Je vais vous dire pourquoi : parce que chaque seconde de vie, chaque moment que je peux passer à ses côtés signifie plus pour moi que vous ne pourrez jamais vous le représenter. Je ne le perdrai pas un instant plus tôt qu'il ne le faut.

— Vous avez tout à fait raison, acquiesçai-je. Et aussi, tout à fait tort ; je n'allais pas du tout vous dire que le meurtre de votre mari ne changerait rien.

— La plupart des gens le pensent. Si bien qu'ils me donnent le rôle de l'épouse rabat-joie, résolue à contrecarrer le dernier souhait de son mari qui veut passer du bon temps à résoudre un crime. Je m'en moque ! Je refuse qu'Arnold soit le deuxième trophée d'un assassin. La façon dont on meurt n'est pas anodine, Edward. Si Arnold succombait à la violence, au mal, je ne pourrais pas le pleurer comme je l'entends. Je ne pourrais continuer. Pas même pour mes enfants.

— Je comprends.

— Le Dr Osgood estime qu'il ne reste pas plus de six mois à Arnold, mais sans certitude. Personne ne sait. Et s'il lui restait encore huit mois, ou une année ? Et s'il lui restait deux ans ? Les cas sont rares, mais le Dr Osgood reconnaît que c'est possible – tout en m'avertissant de ne pas m'attendre à un miracle. Et pourquoi pas, je me le demande, sachant qu'Arnold est exceptionnel à tant d'égards ? Vous l'avez bien vu : il pétille de joie de vivre, aujourd'hui encore. C'est pour cela que je refuse le bras de fer avec lui. Il ne reviendra pas sur sa décision : je dois l'accepter. Dites-moi en toute franchise, Edward : pensez-vous qu'Hercule Poirot réussira à résoudre le meurtre de Stanley Niven avant qu'Arnold soit hospitalisé à St Walstan ?

— Je l'espère. C'est pour cela que nous sommes ici.

— Vous avez le temps, observa Vivienne. Arnold ne quittera pas Frelly avant début janvier. Soit un délai suffisamment long, assurément, si M. Poirot est un détective aussi talentueux que tout le monde s'accorde à le dire.

— Je l'ai vu démêler les énigmes les plus déconcertantes à une vitesse époustouflante. Si quelqu'un est capable d'en venir à bout, c'est bien lui.

Ma réponse ne sembla en rien l'apaiser.

— Pourquoi M. Poirot réussirait-il là où les policiers ont échoué ? Que peut-il bien découvrir qui leur a échappé ? Personne n'avait de raison de tuer Stanley Niven. Aux dires de tous, c'était un homme bon. J'ai l'impression que personne n'explicitera jamais son meurtre, exception faite de son assassin. Alors je ne vois pas en quoi même M. Poirot pourrait faire mieux.

À ce stade, lui conseiller de ne pas s'inquiéter m'apparaissait futile.

— Sans compter que l'inspecteur Mackle s'obstine à vouloir accuser un des Niven. Il devrait avoir honte, reprit Vivienne. Les Niven sont des gens adorables, ils forment une *famille* heureuse. (Elle avait prononcé le mot « famille » avec révérence.) Ils sont incapables de commettre un meurtre.

— Vous connaissez les Niven personnellement ? demandai-je.

— Non. Je sais seulement ce que m'en a dit Robert – le Dr Osgood. Je me fie à son jugement bien plus qu'à celui de l'inspecteur Gerald Mackle.

— Eh bien, vous pouvez vous fier à Hercule Poirot. Je ne l'ai jamais vu échouer. Puis-je vous poser une question ?

Elle hocha la tête avec prudence.

— Pourquoi redoutez-vous que le tueur de Stanley Niven s'en prenne à votre époux ?

— N'est-ce pas évident ? Si Arnold tient absolument à dévoiler le coupable, et si vous étiez l'assassin – un individu qui a déjà tué –, qu'est-ce qui vous empêcherait de recommencer ?

— Pardonnez-moi, hasardai-je, mais n'étiez-vous pas inquiète pour Arnold avant même qu'il annonce son intention d'enquêter sur le meurtre de Stanley Niven ?

Vivienne écarquilla les yeux.

— Ah. Vous avez parlé à Robert, à ce que je vois. Très bien, dans ce cas. Oui, j'ai craint pour la vie d'Arnold dès l'instant où j'ai appris que M. Niven avait été assassiné. Et à présent vous allez me demander pourquoi, et je vais nourrir de faux espoirs à l'idée qu'enfin quelqu'un va m'écouter et prendre au sérieux la menace qui pèse sur Arnold – pour me dire en fin de compte, à n'en point douter, que j'ai tout imaginé et qu'il n'y a pas de souci à se faire.

— Quoi que vous disiez, je ne le rejetterai pas sans autre forme de cérémonie, l'assurai-je.

— Merci. C'était l'autre patient – ce qu'il m'a dit et l'expression qu'il avait en le disant. Il n'y avait pas d'erreur possible : il essayait de me mettre en garde. Il essayait de me dire qu'Arnold serait la prochaine victime. Personne ne veut me croire, parce qu'il ne l'a pas formulé en ces termes, mais…

— Attendez. Je suis perdu. Recommencez depuis le début. De quel autre patient voulez-vous parler ?

— De M. Blesser-la-tête, dit Vivienne.

— Le dîner est prêt ! lança une voix depuis le vestibule.

Je jetai un coup d'œil en contrebas et découvris une vieille femme à lunettes, de petite taille, qui ressemblait à un oiseau. Ses cheveux gris étaient clairsemés, laissant voir des plaques de cuir chevelu rose entre ses mèches filasse. Elle était affublée d'un tablier de cuisine bleu couvert de taches, beaucoup trop grand pour elle. Ses mains nues étaient d'un rouge vif, sans doute à cause du récurage. Maddie n'avait-elle pas expliqué que sa mère, Enid Surtees, occupait présentement le poste de cuisinière à Frellingsloe House ? Ce devait donc être Enid qui se tenait dans le vestibule.

— Nous ferions mieux de rejoindre les autres, s'empressa de dire Vivienne.

Elle baissa les yeux en se détournant de moi, à croire que nous nous étions livrés à quelque activité honteuse. Elle eut tôt fait de rejoindre le bas de l'escalier et de s'éclipser à la hâte, m'abandonnant à mes questions, restées informulées, à propos de l'homme qu'elle avait appelé « M. Blesser-la-tête ». Qui était-il et quel était son rapport avec le meurtre de Stanley Niven ? Et qu'avait-il bien pu dire ou faire pour que Vivienne aille s'imaginer que son mari était la prochaine victime de l'assassin de l'hôpital ?

8

Au dîner

C'est par hasard que je tombai sur le salon désert de Frellingsloe House, alors que je m'étais mis en quête de la salle à manger. Une fois arrivé à bon port, j'en tirai la conclusion que quelqu'un s'était ingénié à organiser les choses à l'envers. La salle qui de toute évidence aurait dû être le salon tenait lieu de salle à manger et vice versa. Je me demandai, au sein de la famille Laurier, quel membre anticonformiste de quelle génération avait décrété vouloir un long salon rectangulaire percé de rares fenêtres et cette immense salle à manger carrée fermée à une extrémité par des portes-fenêtres.

Les deux salles arboraient chacune un grand sapin de Noël dénué de décorations, du style qui semblait de rigueur à Frellingsloe House. Celui de la salle à manger s'élevait tristement sur fond de velours rouge : la moitié d'une paire de rideaux qu'on n'avait pas encore tirés à la nuit tombée. Les nombreuses fenêtres laissaient voir l'obscurité et le reflet flou du décor qui se dressait au milieu de la pièce : une longue table étroite en bois sombre (laquelle aurait hélas eu toute sa place dans le salon rectangulaire !) qui accueillait les convives et trois chaises vides. Poirot présidait à côté de ma mère. Je pris place entre le Dr Osgood et le vicaire, Felix Rawcliffe.

Le plan de table ne laissait que deux chaises vides. Arnold Laurier n'était pas encore arrivé et j'en conclus que l'autre emplacement serait bientôt occupé par Enid Surtees, qui avait fait son apparition à la porte, chargée d'une soupière qui semblait faire deux fois son poids. J'hésitai à me lever pour lui proposer mon aide. C'est l'expression qui se peignit sur le visage de l'homme qui devait être son époux, Terence Surtees, qui m'en empêcha. Il dévisageait Enid avec une mine d'angoisse paralysante – comme s'il craignait qu'elle échouât à apporter le récipient jusqu'à la table, tout en rechignant par-dessus tout à lui prêter main-forte.

Maddie n'avait-elle pas dit que Terence Surtees était le jardinier de Frellingsloe House ? Dans ce cas, ce devait être lui. Il avait les ongles crasseux malgré ses mains par ailleurs propres, et les doigts comme des saucisses boudinées. La chevelure blanche qu'il arborait était aussi épaisse que celle de son épouse était clairsemée, et affichait des airs de crinière de lion.

Je vis que Poirot, en grande conversation avec ma mère, n'avait toutefois pas manqué de remarquer le regard de consternation figé de Terence Surtees. Personne d'autre à table ne sembla s'en aviser.

Enid déposa la lourde soupière sur la table à côté de la pile d'assiettes propres. À mon grand soulagement, notre dîner n'avait pas fini répandu par terre. Mais quelques secondes plus tard, je le regrettai amèrement. Enid s'employait à servir une espèce de ragoût qui était de loin la mixture la moins appétissante que j'aie jamais vue nager au fond d'une assiette, tout en surface luisante et texture grumeleuse. Jusqu'à son odeur, au moins aussi ignoble.

— Et si nous attendions Arnold ? suggéra Vivienne.

— Ça va refroidir, répondit sèchement Enid en continuant à verser des louches de bouillie dans les assiettes.

Il me sembla qu'elle servait de plus en plus vite.

— Je suis sûre qu'il va arriver d'une seconde à l'autre, insista Vivienne d'une voix tendue.

Sans doute déplorait-elle qu'on ignorât son souhait. Voilà vraisemblablement ce qui arrivait quand on confiait le poste de cuisinière à la belle-mère de son fils. Il était aisé de donner des ordres à une simple employée qui n'avait par ailleurs aucune incidence sur sa vie, et plus difficile quand le rôle échoyait à une amie proche. Quoique, à bien y penser, le climat guindé qui régnait entre Vivienne Laurier et Enid Surtees ne laissait pas voir le plus petit soupçon de cordialité entre les deux femmes. Selon toute vraisemblance, Enid et Terence ne touchaient pas de salaire pour les services rendus. Ma mère avait bien expliqué que les domestiques avaient été congédiés afin d'économiser de l'argent.

— M. Laurier a peut-être été retenu ? demanda Poirot à Vivienne. Catchpool, vous pourriez aller voir.

— Non, répondit Vivienne. Personne ne bouge. Arnold ne va pas tarder. Je ne suis pas inquiète. Je me disais simplement qu'il serait plus sympathique de... Mais Enid a raison. Mangeons pendant que c'est chaud.

Après avoir versé une louche de bouillie grumeleuse grisâtre dans chaque assiette, Enid entreprit de
servir les aliments non identifiés des autres plats de
service, à savoir une substance vert foncé gluante et
une substance boueuse couleur rouille. Je réprimai un
frisson en observant que la même cuiller était utilisée
indifféremment dans toutes les marmites.

Bientôt, chaque convive se vit présenter une portion individuelle de cet agrégat de délit culinaire. Enid
était assise en face de moi, entre les deux plus jeunes
hommes de l'assemblée. Il s'agissait à l'évidence
de Douglas et Jonathan Laurier, les fils d'Arnold et
Vivienne. Douglas devait être celui qui était attablé à
la gauche de Maddie. Beau, l'air canaille, il affichait
une chevelure noire légèrement hirsute et des yeux de
même teinte. Malgré son élégante tenue – il était tiré
à quatre épingles –, sa posture avachie et son sourire
espiègle lui donnaient l'air dissolu. Son frère, Jonathan,
avec ses cheveux brun clair et sa plus forte corpulence,
était moins séduisant. Il me faisait l'effet d'un ours en
peluche en colère. Depuis son entrée dans la pièce, il
n'avait pas adressé le moindre sourire à qui que ce soit
– pas même lorsqu'il m'avait salué.

Son épouse, Janet, était aussi menue et belle que sa
mère, une véritable poupée de porcelaine au milieu
des humains. Elle arborait un visage de forme ovale,
des yeux bleus, une chevelure d'or et une bouche semblable à un petit nœud rose qui esquissait ici et là de
brefs sourires. Elle était en grande conversation avec
le Dr Osgood et son père, Terence Surtees, quoique
son rôle en l'espèce semblât se résumer à écouter et
hocher la tête de temps à autre tout en mangeant.

Il n'y avait pas l'ombre d'une ressemblance entre elle et sa sœur ; les deux femmes n'auraient pu être plus différentes. Bien en chair et belle, Maddie n'avait rien d'une poupée. Je me félicitai de ce qu'elle n'était plus enrubannée dans un enchevêtrement d'habits dépareillés. Exception faite de ma mère, qui s'employait à ennuyer Poirot en jouissant, comme à son habitude, de sa propre performance, Maddie et Douglas semblaient être les seuls convives à passer du bon temps. Ils ne cessaient de se taquiner en riant. Je me demandai si Poirot avait remarqué que Maddie, Janet et leurs parents étaient les seuls à se sustenter. Celles et ceux qui n'appartenaient pas au clan des Surtees n'avaient pas touché leur assiette.

Celle d'Arnold l'attendait devant la dernière chaise vide, et son contenu se solidifiait lentement. Enid tenait sans doute à s'acquitter du service en une seule fois, sans quoi elle aurait pu laisser la portion d'Arnold au chaud sous le couvercle des grands plats. Vivienne déplaçait sa nourriture du bout de sa fourchette, les yeux rivés sur l'assiette d'Arnold. Brusquement, elle se leva et entreprit de verser le vin et l'eau des pichets disposés sur la table. Elle venait à peine de commencer lorsque Enid se redressa d'un bond de sa chaise.

— Laissez-moi m'en occuper, dit-elle sèchement.

— Non, je vais le faire, rétorqua Vivienne d'une voix aussi douce que ferme, et Enid se rassit.

J'avais vu juste : il régnait une certaine hostilité entre ces deux femmes. Quelque chose dans l'attitude de Vivienne suggérait implicitement que les boissons auraient dû être servies depuis belle lurette, et pas par ses soins. Nous attendîmes en silence qu'elle eût rempli les vingt-six verres : treize de vin et treize d'eau.

— Eh bien, comme c'est charmant ! s'exclama Maddie en levant son verre de vin. Tchin-tchin, tout le monde !

Douglas, un sourcil arqué, pouffa de rire. Il n'aurait probablement pas jeté son dévolu sur le mot « charmant ». J'étais bien d'accord avec lui. L'atmosphère était à ce point tendue que la remarque de Maddie m'apparaissait d'un sarcasme étudié.

— Madame, dit Poirot en s'adressant à Vivienne Laurier. Êtes-vous bien sûre de ne pas souhaiter que Catchpool aille vérifier où se trouve votre mari ?

— J'en suis sûre. Merci. Si Arnold n'est toujours pas là, c'est qu'il s'est sans doute assoupi. Je préfère ne pas le déranger.

— Catchpool peut tout à fait ouvrir la porte sans faire de bruit, insista Poirot.

J'essayai d'attirer son attention pour pouvoir l'interroger du regard. Il semblait s'inquiéter de ce qu'il était arrivé quelque chose de fâcheux à Arnold Laurier, et je ne comprenais pas pourquoi. Sa préoccupation était-elle à mettre sur le compte de la maladie de Laurier ou était-ce autre chose ?

— Moi aussi, je pourrais ouvrir la porte de la chambre de mon père sans faire de bruit, intervint Jonathan Laurier. Cela vous conviendrait-il, monsieur Poirot ? Au fond, je suis seulement le fils et héritier, notez bien. Mais vous préféreriez peut-être que votre laquais de Scotland Yard s'acquitte de la tâche, alors qu'hier encore il ne connaissait pas mon père.

— Jonnells ! rit Douglas. C'est la première fois que je t'entends être aussi impoli avec un autre que moi.

— Je t'interdis de m'appeler comme ça, trancha Jonathan.

— Oh, les garçons, ça suffit, coupa ma mère. Douglas, cesse de le provoquer. Jonathan, résiste à l'envie de mordre à l'hameçon. Quant à vous, monsieur Poirot : n'essayez même pas de vous offusquer de ce qui vient de se passer – cela ne vous sera d'aucun secours.

Je m'attendais à ce qu'elle m'invite à mon tour à ne pas être offusqué par la situation, mais il n'en fut rien. Je décidai de saisir cette occasion pour faire ce que je voulais, sans contrainte aucune de la part de ma mère, et décochai à Jonathan Laurier le regard le plus désapprobateur dont j'étais capable.

— C'était le surnom de mon frère quand il était petit, se justifia Douglas en se tournant vers moi avec un grand sourire. Je vous conseille de l'appeler Jonnells à chaque fois qu'il vous traite de laquais. C'est ce que je ferais, à votre place.

Jonathan, qui avait viré écrevisse, me dit :

— Je suis désolé, inspecteur Catchpool. Je ne voulais pas… C'était injustifiable. Veuillez accepter mes excuses les plus sincères.

— Edward est d'un naturel indulgent, le rassura ma mère. Ne te tracasse pas.

J'émis un bruit évasif et m'employai à goûter l'espèce de gelée terne qui durcissait au fond de mon assiette. La bonne surprise est qu'elle était parfaitement insipide, alors que je m'attendais à un goût infâme.

— Le moment ne serait-il pas bien choisi pour expliquer les règles du Jeu de la Moralité à M. Poirot et à l'inspecteur Catchpool ? proposa Maddie.

— Pas sans Arnold, contra Vivienne. Il détesterait rater la moindre conversation sur les jeux de Noël.

— Quel dommage que Catchpool et moi ne puissions jouer à ce Jeu de la Moralité, qui a l'air fort intrigant, déplora Poirot. Nous serons à Londres pour Noël.

Douglas fronça les sourcils.

— On m'a pourtant informé que vous seriez avec nous jusqu'au début du mois de janvier.

— On vous aura mal informé, hélas.

— Vivienne, je pense que quelqu'un devrait aller s'assurer qu'Arnold va bien, intervint Maddie.

— Moi aussi, souligna Poirot énergiquement et, une fois encore, je me demandai ce que dissimulait son inquiétude.

— Le fils et héritier pourrait faire un saut, dit Maddie d'un ton plein de sous-entendus à l'attention de Jonathan. Même si, à bien y réfléchir, les fils et héritiers sont au nombre de deux, non ?

— C'est ce que je me disais, aussi, souligna Douglas.

— Donc, c'est plutôt l'article indéfini que l'article défini qu'il conviendrait d'utiliser en l'espèce, Jonnells, asséna Maddie.

Janet jeta sa fourchette sur la table.

— Mais tu vas arrêter de chercher des noises à tort et à travers, tança-t-elle sa sœur.

— Et toi alors ? riposta Maddie. (Et d'une voix haut perchée qui visait sans doute à railler Janet, elle dit :) « Oh, quelle horreur, j'aperçois une cour, avec des fenêtres de l'autre côté. La perspective d'une maladie dévastatrice et de la mort ne me dérange pas, mais une cour – j'ai mes limites ! Qui peut supporter d'avoir une cour en bas de sa fenêtre ? »

— Les filles, veuillez cesser immédiatement cet échange de coups de bec, coupa ma mère. Enid, si vous n'intervenez pas, j'ai bien peur de m'en charger à votre place.

— Désolée, Cynthia. Pardon, tout le monde, céda Maddie. Je suis navrée d'avoir mentionné une chose aussi épouvantable et inconcevable qu'une… *cour*.

Elle avait prononcé le tout dernier mot dans un murmure. Elle se mit à rire, aussitôt imitée par Douglas.

Poirot avait l'air de s'intéresser à cette histoire de cour. J'étais curieux, moi aussi ; il était néanmoins inconvenant de poser la question. Il devait s'agir là d'un différend qui agitait la famille depuis des décennies.

Pendant ce temps, Jonathan regardait Douglas d'un air perplexe.

— Je n'ai jamais dit que j'étais le fils unique de notre père.

— « Le fils et héritier », tels étaient les mots que tu as employés, dit son frère. Pas « *un* des fils et héritiers ». Un infime détail, tu espérais que Maddie et moi n'y verrions que du feu. Eh bien, détrompe-toi.

Jonathan secoua la tête.

— J'ai dit « le » parce que, à ce moment précis, je m'adressais à l'inspecteur Catchpool. Qui est policier. Je suis le fils et héritier. Tu comprends ?

— Je ne vois pas en quoi la mention d'« héritier » est pertinente, insista Maddie. Je trouve fascinant que tu ne te sois pas contenté de dire « fils ».

Vivienne se leva brusquement.

— Je m'en vais !

Son cri avait retenti comme un hurlement de désespoir. L'espace d'un instant, tous les yeux se posèrent sur elle. Elle finit par se ressaisir et annonça d'une voix détachée, comme si son intention était celle-là depuis le début :

— Je m'en vais voir ce que fait Arnold.

À l'évidence, l'altercation entre ses fils et leur épouse lui était insupportable – mais dans ce cas, pourquoi ne pas le dire ? Elle aurait recueilli le soutien tacite de la majeure partie de la tablée. Cette femme n'est pas franche du collier, songeai-je, loin de là.

— Non, je vous en prie, je vais y aller, Vivienne, intercéda le Dr Osgood en se levant. Rasseyez-vous. Mangez donc, pour l'amour du ciel. De toutes les personnes rassemblées à cette table, c'est surtout vous qui avez besoin de vous restaurer. Vous avez perdu la moitié de votre poids depuis le début de cette histoire.

— Oh, balivernes, Robert, fit Vivienne en balayant sa remarque de la main. Je serai de retour dans moins de deux minutes – ne m'attendez pas. Veuillez m'excuser, messieurs dames.

Elle quitta la pièce à pas lents. Ce n'est qu'après qu'elle eut disparu hors de notre vue que nous entendîmes des pas précipités dans les escaliers, accompagnés de sanglots étouffés.

9

Vue sur cour

Le Dr Osgood tambourinait des doigts sur la table.

— Bravo, Douglas et Jonathan, asséna-t-il en lançant un regard noir aux deux jeunes hommes.

— Merci, répondit Douglas d'une voix doucereuse. Que me vaut ces félicitations ?

— Vous êtes responsables de cette scène. Vous, Jonathan, Madeline et Janet.

— Je les ai pourtant prévenus, soupira ma mère.

Douglas lui adressa un sourire froid.

— Je crains que votre perfection irréprochable de pensée et d'action soit hors de portée de nous autres simples mortels, Cynthia. La vôtre aussi, Dr Osgood. En parlant de cela, comment se porte votre charmante fiancée ? Quand arrive le grand jour ? Bientôt, si je ne m'abuse.

Osgood remua les lèvres, mais aucun son n'en sortit. Ou alors il mâchait un morceau de cartilage, je n'aurais su dire.

— Monsieur Poirot, puis-je vous poser une question ? interjeta Maddie avant qu'Osgood eût le temps de réagir. Si vous étiez hospitalisé dans une chambre privée, où vous bénéficiiez des meilleurs soins de l'établissement, verriez-vous un inconvénient à ce que votre chambre donne sur une petite cour joliment arborée et fleurie, sachant que d'autres chambres de patients donnent de l'autre côté de ladite cour ? Prendriez-vous le risque qu'un de ces autres patients jette de temps à autre un coup d'œil en direction de votre chambre – tout en gardant à l'esprit que toutes les pièces sont dotées de rideaux, que vous pourriez donc tirer quand bon vous semble – et le risque de vous-même entrapercevoir les autres patients – à bonne distance, bien sûr – si, en échange, vous aviez une vue sur la magnifique cour ?

— Pourquoi interroges-tu M. Poirot ? s'agaça Jonathan. Ce n'est pas lui le patient en question, en vertu de quoi son opinion est hors de propos.

— L'opinion de M. Poirot n'est jamais hors de propos, monsieur. Mais… (Mon ami haussa les épaules avant de poursuivre :) Pour pouvoir répondre, j'aurais besoin de voir de quelles distances il est question. S'il y avait un écart raisonnable entre ma chambre et les autres, et si l'esthétique de la cour me plaisait vraiment… ma foi, cela pourrait me convenir. Être en mesure de regarder les gens de loin, en m'épargnant d'avoir à les écouter ; essayer de les comprendre alors qu'ils ne me renvoient qu'une image en mouvement muette – je trouverais cela fascinant. Et comme le souligne Mme Maddie : on peut toujours tirer les rideaux si l'on ne veut ni voir ni être vu.

J'attendis de voir Maddie exulter, mais elle n'en fit rien et se contenta de dire à Jonathan :

— Comme tu le disais, M. Poirot n'est pas le patient en question. Arnold, oui. Dans ce cas, pourquoi ni toi ni Janet n'avez seulement pensé à lui demander son avis *à lui* sur ces histoires de cour et d'intimité ?

— Parce qu'ils ne pensaient pas du tout à lui, répondit Douglas. Ils ne pensaient qu'à eux. C'étaient *eux* qui ne voulaient pas être vus des autres patients de l'autre côté de la cour quand ils rendraient visite à père à l'hôpital, si bien qu'ils ont fait de leur mieux pour le priver de la meilleure vue de tout St Walstan.

— Oh, ils sont bien trop égoïstes pour rendre visite à Arnold à l'hôpital, rebondit Maddie comme si les personnes mêmes qu'elle dénigrait ne se trouvaient pas dans la pièce. Tu verras, une fois qu'il sera hospitalisé : Vivienne y passera ses journées, et toi et moi on ira le voir souvent. Pendant ce temps, Janet et Jonathan trouveront des prétextes pour éviter de mettre les pieds à St Walstan.

— Tant de haine, murmura Janet. Depuis quand es-tu aussi méchante, Madeline ?

— Tout ce que je veux, c'est que notre père ait… ait la meilleure situation que je puisse lui offrir, répondit Jonathan à mi-voix. Et cela inclut un minimum d'intimité.

Douglas se pencha en avant, les deux coudes sur la table.

— Tu sais pertinemment que père se fiche pas mal de l'intimité et qu'il adorerait espionner les autres patients. Si tu prétends le contraire, tu es un menteur.

— Voulez-vous bien cesser de vous chercher des crosses ? demanda ma mère. Vous avez réussi à chasser Vivienne et Dieu sait dans quel état d'esprit doivent être Enid et Terence. À quoi bon vous obstiner ? Et puis-je vous faire remarquer que nous avons des invités ?

— « Nous » ? répéta Douglas. N'êtes-vous pas une invitée, Cynthia ?

— Mais si, bien sûr. Je voulais simplement dire…

— Je vais me coucher, dit Enid Surtees en se levant.

Elle avait mangé jusqu'à la dernière bouchée de son repas. Son mari aussi, qui lâcha un grommellement et la suivit vers la sortie.

Janet, la mine accablée, les regarda partir. Jonathan secoua la tête avec lenteur. Je craignais que le silence abêtissant s'étirât sans fin, mais le Dr Osgood le brisa.

— Quel est ce bruit ? Entendez-vous ?

— Tout ce que j'entends, c'est un déluge inutilement désagréable de…, commença ma mère.

— Écoutez ! interrompit Osgood. Là : des cris. Des hurlements, presque. Vous entendez forcément. (Il se leva et marcha jusqu'à la fenêtre.) C'est Vivienne. Elle est toute seule dans le noir, à pleurer sous la pluie.

— Le valeureux docteur à la rescousse…, railla Douglas Laurier en agitant les bras comme s'il courait, avant de sourire d'un air suffisant.

— Je n'entends rien, dit Felix Rawcliffe avec un soupçon d'impatience dans la voix. Peut-être n'y a-t-il pas besoin de secours.

— Impossible que vous voyiez goutte avec la nuit qu'il fait, objecta Jonathan à Osgood.

— Je vous dis que je l'entends, gronda le docteur en retour.

— Eh bien, où est Arnold ? interrogea ma mère avec exaspération.

— Comment voulez-vous que je le sache ? se défendit Osgood. Je sors chercher Vivienne dans le jardin, dit-il en quittant la pièce à grands pas.

Poirot s'était déjà levé et regagnait la porte.

— Je m'en vais m'occuper de trouver Arnold Laurier, affirma-t-il.

Ma mère s'était rassise.

— Felix, vous feriez mieux d'aller secourir Vivienne, dit-elle au vicaire. Le Dr Osgood, dans l'état émotionnel exacerbé qui est le sien, est vraiment la dernière chose dont elle ait besoin – et je frissonne à l'idée de ce qu'il me ferait si j'essayais d'intervenir. Allez, filez ! Vous êtes le seul d'entre nous à bénéficier de la protection divine. Oui, je sais qu'Il nous protège tous, mais vous avez les qualifications requises.

Rawcliffe obtempéra d'un air éberlué.

Je n'avais aucune envie de rester à table avec pour seule compagnie ma mère et le Club des Quatre Grognons, de sorte que je m'excusai, prétextant mon besoin pressant de me coucher tôt, et sortis de la pièce.

J'avais atteint les grands escaliers du rez-de-chaussée quand Jonathan Laurier me rattrapa.

— Inspecteur Catchpool ?

— Bonsoir !

— Je tenais à vous dire à quel point j'étais navré de m'être montré si impoli. J'ignore ce qui m'a pris, si ce n'est… enfin, parfois quand mon frère et sa femme sont là, ce n'est pas facile de garder son sang-froid.

— Je vous en prie, n'y pensez plus. Je comprends tout à fait. Et… vous accueillez ma mère depuis plusieurs jours sous votre toit, vous devez bien saisir à quel point je comprends, si vous voyez ce que je veux dire.

Jonathan sourit, mais l'inquiétude ne quittait pas son regard. Quelque chose le chiffonnait. Mon instinct me disait que c'était là la vraie raison qui l'avait poussé à me suivre ; son souhait de me renouveler ses excuses ne venait qu'en seconde place.

— Sur ce, bonne nuit, lançai-je en me tournant vers les marches, tout en sachant qu'il ne tarderait pas à me retenir.

112

Et comme je m'y attendais…

— Inspecteur Catchpool, puis-je vous demander : savez-vous si mon père a parlé de la maison à M. Poirot ?

— De Frellingsloe House ?

Jonathan confirma d'un mouvement de tête.

— Quand je les ai quittés avant le dîner, dis-je, ils étaient en train de discuter. Je suppose que la maison a été évoquée. Toutefois je n'ai pas eu l'occasion de m'entretenir correctement avec Poirot depuis. Y avait-il un point en particulier… ?

— Oui, tout à fait, s'empressa de répondre Jonathan. C'est moi qui ai eu l'idée que mon père sollicite l'aide de votre ami belge. Après tout, c'est son héros, et je vous prierais de bien vouloir rappeler à M. Poirot à quel point mon père est malade, et le peu de temps qu'il lui reste. Douceur et affabilité envers lui seront de la plus haute importance. Si vous pouviez vous assurer que votre ami en a bien conscience…

— Et qu'est-ce qu'Arnold… ?

Je m'interrompis, tant il était vain de poursuivre. Jonathan m'avait tourné le dos et s'éloignait déjà, indifférent au commentaire que j'aurais pu lui opposer.

Ça alors, songeai-je – sans aller beaucoup plus loin que ce constat. Une lourde chape de fatigue venait de se refermer sur moi, et j'avais du mal à raisonner clairement.

Je m'apprêtais à gravir les marches quand j'entendis une porte se fermer – ou s'ouvrir – à proximité, suivie de voix. Malgré mon état de fatigue, je n'eus aucune peine à reconnaître Felix Rawcliffe et Vivienne Laurier.

— Dans ce cas, je ne comprends pas que vous laissiez perdurer la situation, disait Rawcliffe.

— Cela ne vous regarde pas, répondit Vivienne d'un ton désespéré. Je n'ai rien demandé de tout cela. Je n'ai rien fait ! Pourquoi vous préoccupez-vous d'un inconnu que vous n'avez jamais rencontré ?

— Tant que vous le laissez vivre sous ce toit…, commença Rawcliffe.

— Si vous avez à ce point envie qu'il s'en aille, vous n'avez qu'à vous débarrasser de lui, trancha Vivienne. Ne vous inquiétez pas pour moi. À l'évidence, vous n'avez aucune considération pour mes sentiments.

— Alors comme ça vous l'aimez, dit Rawcliffe. Sans quoi vous auriez envie qu'il s'en aille, vous aussi. Avouez que vous l'aimez et je ne soulèverai plus jamais la question. Sinon, veuillez au moins m'expliquer pourquoi vous vous souciez si peu d'un inconnu. N'avons-nous pas un devoir moral envers les autres, que nous les connaissions ou non personnellement ?

Je n'eus pas le temps de réfléchir à la teneur de ces propos ; le bruit de leurs pas se rapprochait. Je me hâtai de grimper les marches jusqu'au deuxième étage, et m'apprêtais à frapper à la porte de Poirot lorsque j'entendis des ronflements saccadés. Il dormait déjà. Parfait ; j'en conclus qu'il avait trouvé Arnold Laurier sain et sauf – autant qu'un homme dans son état de santé pouvait l'être.

Je fus ravi de constater que ma chambre, située en face de celle de Poirot, contenait ma valise. Après m'être assuré que ma porte était fermée à double tour, je m'allongeai sur le lit. Ma dernière pensée consciente avant de sombrer dans un profond sommeil fut la suivante : « Il ne faut surtout pas que je m'endorme tout habillé. »

20 DÉCEMBRE 1931

10

Poirot fait un mauvais rêve

Je fus tiré de mon sommeil par un rat-a-tat-tat fra-
cassant. Je m'assis d'un bond, encore à moitié assoupi,
au son de l'exclamation « on tire des coups de feu ! »,
quoique ne sachant discerner si la voix provenait de
l'extérieur ou de l'intérieur de ma tête.

Il ne s'agissait plus de tergiverser, pourtant je me
trouvai dans l'incapacité de me lever. Je retombai à
plat sur le dos. Lorsque je rouvris les yeux quelques
secondes plus tard, je me demandai si je n'avais pas
imaginé la scène. Au même moment, je l'entendis de
plus belle : un violent tambourinement à ma porte. Le
soulagement à l'idée qu'il s'agît d'un individu au seuil
de ma chambre et non pas du « crépitement rapide des
fusils hoquetants[1] » fut de courte durée : dehors, il
faisait encore nuit noire. Si l'on me demandait à cette
heure, la situation devait être grave.

---

1. Vers du poème *Anthem for Doomed Youth/Hymne à la jeu-
nesse condamnée* (traduit par Emmanuel Malherbet) de l'Anglais
Wilfred Edward Salter Owen, grand poète de la Première Guerre
mondiale. *(Toutes les notes sont de la traductrice.)*

Je me précipitai d'un pas titubant pour aller ouvrir la porte. Poirot entra, vêtu par-dessus son pyjama d'une robe de chambre rouge nouée par une ceinture de brocart rouge et or et d'une paire de pantoufles assorties. Malgré sa mine fatiguée, il semblait plein de détermination. Il tenait une enveloppe dans sa main droite. Je ne parvins pas à lire l'inscription sur le devant.

— C'est vous qui m'avez réveillé, Catchpool ?

— Non. C'est vous, en tambourinant à la porte. Vous vous souvenez ?

— J'ai frappé à votre porte parce que vous aviez frappé à la mienne. Vous poussiez des cris.

Je lui répondis que je dormais à poings fermés quelques secondes plus tôt.

Il me toisa d'un air soupçonneux.

— Peut-être avez-vous fait une crise de somnambulisme ?

— Je n'ai jamais marché dans mon sommeil. Ni, à ma connaissance, hurlé.

— Je vois.

Il se tenait droit comme un I au milieu de ma chambre.

— Ce devait être quelqu'un d'autre, hasardai-je avec une pointe d'angoisse.

Une telle agitation au beau milieu de la nuit ne me disait rien qui vaille.

— Non. Je sais reconnaître la voix de mon ami Catchpool, se renfrogna Poirot. C'était vous.

— Je vous assure que non.

— Êtes-vous absolument certain ? Vous n'avez pas toqué à ma porte ? Vous n'avez pas crié dans votre affolement que la mer entrait dans la maison et avait atteint l'étage en dessous ?

Je souris.

— J'ai bien l'impression que vous avez fait un cauchemar saisissant. (Je lui montrai du doigt l'interstice entre les rideaux.) La mer, pour l'heure, reste bien sagement à sa place. Je vous en apporterai la preuve dès que le soleil commencera à se lever. Quelle heure est-il ?

— Quatre heures passées de vingt minutes, répondit Poirot d'un air désabusé. C'est étrange de me dire que ce n'était qu'un rêve. J'étais persuadé d'avoir passé la nuit en état de veille.

— Eh bien, certainement pas. Je vous ai entendu ronfler.

— Non. Ce ne pouvait pas être moi. Quand était-ce ?

— Quand je suis monté me coucher. Je m'apprêtais à toquer à votre porte...

— Quelle heure était-il ?

— Un peu après dix heures moins le quart.

— Je ne dormais pas à cette heure-là, rétorqua Poirot. Et moi aussi, j'ai entendu des ronflements. Ils provenaient de la chambre à coucher d'Arnold Laurier, laquelle se trouve sous la mienne. Après m'être assuré que M. Laurier était la source de ces terribles grondements – et quoiqu'ils m'aient tenu éveillé pendant longtemps –, j'ai fini par trouver le bruit rassurant. Il n'empêche qu'il y a trop de vacarme dans cette maison, Catchpool. Les ronflements, le fracas constant des vagues... Je n'aime pas ça.

— Voulez-vous que je nous trouve des chambres ailleurs ?

L'espace d'une seconde, Poirot sembla tenté par ma proposition, mais il finit par décliner de la tête.

— Pas pour le moment.

— Quand je vous en ai parlé plus tôt dans la journée, le sujet de l'érosion côtière n'a pas eu l'air de vous inquiéter. Si cela vous donne des cauchemars, n'est-ce pas une raison suffisante pour… ?

— Hercule Poirot ne se préoccupe pas des forces de la nature. On ne peut ni les changer ni leur faire entendre raison. Ce sont les gens qui me donnent des soucis, Catchpool. Si je fais des rêves étranges, si je suis troublé, c'est à cause du comportement des êtres humains. Il flotte ici, à Frellingsloe House, une forte saveur de danger. Ne sentez-vous pas ?

— Vous vous emmêlez les sens, répondis-je. S'il s'agit d'une saveur, vous pouvez la goûter, mais pas la…

Captant l'impatience dans son regard, je me repris :

— Le principal danger, de mon point de vue, c'est que vous et moi allons nous retrouver pris au piège ici pendant toutes les vacances de Noël. Si nous ne nous remettons pas en route pour Londres d'ici un ou deux jours, c'est moi que vous allez trouver en train de tambouriner à votre porte en hurlant en pleine nuit.

Je hochai la tête en direction de l'enveloppe qu'il tenait dans sa main.

— Que contient cette lettre ?

Il baissa les yeux sur le document comme s'il le découvrait pour la toute première fois.

— On a glissé ça sous ma porte. J'ai cru que c'était vous, mais… l'enveloppe est adressée à « monsieur Poirot et l'inspecteur Catchpool ».

— Vous allez l'ouvrir ?

Il s'y employa, puis s'assit au bureau pour la lire. La missive n'était pas mince. Elle contenait au moins deux pages recouvertes d'une écriture peu soignée.

— Alors ? dis-je après avoir patienté un temps qui me semblait suffisamment long.

— C'est d'Arnold Laurier. Il y décrit les deux indices dont il parlait. Ceux que la police ne prend pas au sérieux.

— Pourquoi les écrire dans une lettre ? Je pensais qu'il vous en aurait parlé quand je vous ai laissés ensemble un peu plus tôt dans la journée.

— Il n'en a pas eu l'occasion. Quelques secondes à peine après que vous êtes parti à la poursuite de Vivienne Laurier, j'ai été pris de vertige et je me suis excusé. Notre périple et la faim ont eu raison de moi. J'ai dû m'allonger.

— De vertige ? répétai-je. (Voilà qui ne me plaisait guère.) Poirot, est-ce que tout va bien ? Vous n'avez vraiment pas l'air dans votre assiette, vous savez.

— Ne vous en faites pas, Catchpool. Je suis fatigué, c'est tout. Dans un instant je retournerai dans ma chambre pour dormir une ou deux heures de plus. Cela suffira amplement. Dès demain je trouverai un endroit qui saura me servir quelque chose de mangeable, sans quoi je risque de mourir de faim. Ce serait une grave erreur que de nous en remettre à Enid Surtees pour nous sustenter.

— Donc Arnold nous a écrit une lettre à propos des deux indices, c'est bien ça ? soliloquai-je. Je me demande quand il a bien pu la rédiger. Vivienne pensait qu'il s'était endormi avant le dîner. Elle affirmait que c'était la seule raison qui pouvait lui faire sauter un repas.

— Dans sa lettre, il explique ce qui s'est passé, dit Poirot.

— Puis-je la lire, je vous prie ?

Il ne fit aucun geste pour me transmettre la missive.

— Chaque chose en son temps, mon ami. Dites-moi : qu'avez-vous à me dire ? Que vous a raconté Vivienne Laurier ?

Je savais bien, par expérience, qu'il ne me demandait pas un simple condensé de l'entrevue : j'étais censé ne rien éluder de ce qui s'était dit. Je passai donc près d'une demi-heure à lui rapporter dans le détail ce que Vivienne Laurier et moi nous étions dit, avant de rejouer pour lui la conversation que j'avais surprise en bas des escaliers.

— Et l'homme qui parlait à Vivienne Laurier était M. Rawcliffe ? Êtes-vous certain ?

— Difficile de le confondre avec quelqu'un d'autre. Il parle avec ses dents.

Poirot opina.

— Cette conversation que vous avez surprise… elle semble n'avoir aucun sens, dit-il. Qui est cet inconnu qui vit à Frellingsloe House et que Vivienne Laurier aime ou n'aime pas ? Nous avons rencontré toutes les personnes vivant sous ce toit. Mme Laurier les connaît tous.

— L'inconnu en question et « lui » doivent être deux personnes distinctes, en conclus-je. Oh, et je dois dire que je ne partage pas l'avis du Dr Osgood. Il nous a laissés croire que Vivienne Laurier vivait sous l'influence de la peur, or ce n'est pas du tout ce qui m'a frappé chez elle, ni quand je lui ai parlé ni quand j'ai écouté sa conversation avec le vicaire. L'impression dominante était celle d'une profonde tristesse mêlée à du désespoir.

Soudain, je compris ce que je voulais dire.

— Ce qui m'a frappé, c'est qu'elle avait perdu tout espoir. De fait, la peur contient une bribe d'espoir – on ne conçoit jamais les choses ainsi, parce qu'on les considère comme antinomiques : les gens effrayés sont malheureux, alors que les gens pleins d'espoir sont joyeux. Il est pourtant indéniable que la peur contient en quelque sorte une dose d'espoir frénétique.

— L'idée est intéressante, concéda Poirot.

— C'est étrange. Maintenant que vous êtes ici, pourquoi doute-t-elle que vous puissiez démasquer le tueur ? Elle m'a demandé si je vous en pensais capable et je lui ai répondu par l'affirmative, pourtant cela ne lui a en rien redonné du courage. Oh, et elle a mentionné un individu du nom de M. Blesser-la-tête.

— Vous saurez tout de lui dans cette lettre, dit Poirot en la brandissant sans pour autant me la tendre.

— En parlant de gens joyeux, en quoi le fait que Stanley Niven était un homme heureux a-t-il éveillé votre intérêt ? demandai-je.

Poirot eut l'air surpris.

— Je n'ai jamais dit que je m'intéressais au bonheur de M. Niven.

— Non, en effet. Mais c'est pourtant le cas, si je ne m'abuse ? Pourquoi donc ?

— Un tel bonheur est atypique. C'est tout.

— À l'évidence non, ce n'est pas tout. Je suppose, comme toujours, que vous m'en ferez part lorsque vous serez prêt. Est-il question de Frellingsloe House dans la lettre d'Arnold Laurier ?

— Non.

— A-t-il évoqué la maison, une fois que j'ai quitté son étude ?

— Non. Pourquoi cette question ?

— Son fils Jonathan dit qu'Arnold a l'intention de solliciter votre aide. Il a laissé entendre que cela concernait la maison.

123

— Non. M. Laurier ne m'en a pas parlé. Nous n'avons échangé que quelques mots après votre départ.

— Puis-je voir la lettre ? demandai-je d'une voix que j'espérais à la fois candide et inspirée, comme si l'idée de la lire venait tout juste de me traverser l'esprit.

— Vous pouvez. Mais d'abord, rendez-moi un service. Cela demande de descendre les escaliers.

Je poussai un soupir.

— Vous voulez que j'aille vérifier qu'Arnold Laurier respire toujours.

Poirot opina du chef.

— Les ronflements que nous avons entendus, ils ont cessé. Et je me dis seulement maintenant qu'ils étaient anormalement sonores.

— Ce doit être contagieux, cette croyance selon laquelle Arnold Laurier sera la prochaine victime de l'assassin de Stanley Niven.

— Très amusant, fit Poirot. Je vous donnerai la lettre dès votre retour, mon ami. Je suis certain que vous la trouverez vous aussi tout à fait fascinante.

— Pensez-vous vraiment que l'individu qui a tué Niven se trouve en ce moment même à Frellingsloe House ? Pourquoi, pour l'amour du ciel ?

Au même moment, nous entendîmes une voix de femme.

— Arnold, c'est toi là-haut ?

Elle provenait de l'étage inférieur. On aurait dit celle de Vivienne.

Comme la veille, j'entendis une porte s'ouvrir ou se fermer, sans pouvoir faire la différence. Je sortis sur le palier. Poirot m'emboîta le pas.

— Te voilà ! Qu'est-ce que tu… ? C'est propre, ça ?

Oui, c'était sans équivoque la voix de Vivienne Laurier. Mais ses paroles ne s'adressaient pas à nous.

C'est alors que retentit la réponse d'Arnold :

— Bonjour, ma chère. Je t'ai réveillée ? Je suis navré. J'avais froid.

— Ce tissu est mangé des mites, dit Vivienne.

— Il est parfaitement propre, répondit son mari. Ne te tracasse pas.

— Allez-y, Catchpool, murmura Poirot en inclinant la tête.

J'avais compris son signal, même si je n'en croyais pas mes yeux. Il voulait que j'aille vérifier par moi-même qu'il s'agissait bien d'Arnold Laurier ; manifestement, le fait que nous l'ayons l'un comme l'autre entendu parler n'était pas une preuve suffisante de sa présence tangible au royaume des mortels.

Je m'avançai sur la pointe des pieds jusqu'au sommet des escaliers. De mon poste d'observation, je voyais clairement Arnold. Il s'était emmitouflé dans une couverture aux rayures rouille et jaune. Je me rangeai à l'avis de son épouse : l'étoffe qui peluchait et perdait ses mailles aurait à la rigueur pu servir au fond d'un panier pour chiens.

— C'était lui ? demanda Poirot quand j'arrivai à sa hauteur.

— Évidemment, c'était lui. Vous craignez de toute évidence pour sa vie, et pas seulement à cause de sa maladie. Voulez-vous bien m'expliquer pourquoi ?

Poirot me dévisagea calmement. Tout en gardant son silence exaspérant, il me tendit la missive d'Arnold Laurier sans tergiverser plus avant.

11

Les deux indices

Nous retournâmes dans ma chambre où, une fois la porte fermée, je dépliai la lettre et me plongeai dans sa lecture. La première chose qui me sauta aux yeux était que j'avais été mis entre parenthèses, sans raison apparente. La missive était en effet adressée à « Cher monsieur Poirot (et inspecteur Catchpool) ». Ce point m'agaçait, mais je décidai d'écarter cette peccadille pour me concentrer sur les mots d'Arnold Laurier :

Avec l'avancée de la maladie, mon rythme de sommeil est devenu imprévisible. Monsieur Poirot, quand vous avez quitté mon étude pour vous préparer au dîner de ce soir (ou d'hier soir, devrais-je dire, puisqu'il est désormais trois heures du matin), j'étais déterminé à faire de même, après une sieste brève mais réparatrice dans mon fauteuil. Habituellement, je baisse les paupières et je me sens considérablement revigoré quand je les rouvre entre trois et cinq minutes plus tard. À cette occasion, hélas, je découvris à mon réveil que deux heures s'étaient écoulées et que j'avais laissé passer le dîner. Tant pis : cette bonne vieille Enid n'est pas exactement un cordon-bleu et, de toute façon, mon appétit n'est plus ce qu'il était.

Je me suis levé, dans l'espoir de vous retrouver tous les deux, afin de m'excuser de mon impéritie en tant qu'hôte et de reprendre depuis le début notre discussion sur le meurtre de Stanley Niven. Une fois debout, force m'a été d'admettre que j'étais épuisé. Contrairement au célèbre chant de l'Évangile, j'étais loin d'être la colonne de feu qui éclaire pendant la nuit. Vous ne le comprendrez pas si vous n'avez jamais été gravement malade (et j'espère que vous êtes remis après votre étrange malaise) : pourtant je ne pouvais envisager qu'un seul et unique plan d'action...

— Je n'aime pas cette histoire d'« étrange malaise », confiai-je à Poirot. Après un événement de cette nature, vous devez prendre soin de vous.

— Cessez de vous agiter, Catchpool.

— La nourriture que l'on nous sert en cette demeure n'est pas une alimentation digne de ce nom. Permettez-moi de nous trouver des chambres ailleurs.

— Non. Il convient d'observer de près les habitants de Frellingsloe House. C'est ici que nous devons rester, même si nos estomacs doivent nous en tenir rigueur.

— Mais pourquoi ici ? Personne dans cette maisonnée n'a tué Stanley Niven. En quoi cette observation va-t-elle nous aider ?

— Vous prenez trop de choses pour acquises, Catchpool. Cinq membres de la famille Laurier se trouvaient dans la chambre voisine de M. Niven à l'instant même de son meurtre.

— Dans la chambre voisine, certes. Derrière une porte close. Pas dans la chambre où Stanley…

— Avez-vous la certitude que la porte est restée fermée tout du long ?

— Eh bien…

— Ah, c'est ce qu'on vous a raconté, n'est-ce pas ? Ce qui concorde avec le témoignage d'une infirmière qui était avec eux, souligna Poirot en secouant la tête. Jusqu'ici, nous n'avons parlé à personne des événements du 8 septembre, exception faite du Dr Robert Osgood. Le fait est qu'il était lui-même à l'hôpital ce jour-là, et lui aussi dans le pavillon 6. Et où se trouvaient les autres résidents de Frellingsloe House ? Le vicaire, M. Rawcliffe ? Enid et Terence Surtees ? Arnold Laurier ? Où étaient-ils, Catchpool ?

— Ils étaient tous *ailleurs* qu'à l'hôpital ce jour-là.

— Bien sûr, c'est ce qu'on nous a dit, sourit Poirot. De même qu'on nous incite à croire que Stanley Niven n'était pas connu des habitants de Frellingsloe House – c'était un parfait inconnu –, si bien qu'il n'y a aucune raison pour que quiconque ait voulu attenter à ses jours. Cette affirmation a été contredite par Arnold Laurier, non ? M. Laurier nous a informés que lui et M. Niven avaient fait connaissance à St Walstan en août. J'ai été étonné de l'apprendre et vous aussi, me semble-t-il. Pourquoi ? Pourquoi étions-nous l'un comme l'autre à ce point persuadés que Stanley Niven et Arnold Laurier ne s'étaient jamais rencontrés ? *Parce qu'on nous avait scrupuleusement renseignés en ce sens.*

— Mais alors… vous êtes en train de dire que Niven était connu des Laurier et que quelqu'un dans cette maison l'a tué ?

La lassitude voila les traits de mon ami.

— Non, Catchpool. Je cherchais simplement à vous dire que vous êtes présomptueux. J'essaie de rectifier le tir et que se passe-t-il ? Vous menez vos présomptions dans le sens opposé. Je vous en prie, mon ami, dit-il en désignant la lettre d'un coup de menton, poursuivez votre lecture, si vous parvenez à déchiffrer l'écriture de M. Laurier.

J'obtempérai. La missive continuait en ces termes :

... pourtant je ne pouvais envisager qu'un seul et unique plan d'action : retourner me coucher et dormir sans tarder. Je ne vous aurais été d'aucun secours, ni à vous, monsieur Poirot, ni au pauvre Stanley Niven, si j'avais entrepris quoi que ce soit. Veuillez pardonner ce qui doit ressembler à une impolitesse impardonnable de ma part. Croyez-moi, je n'avais aucune envie de passer à côté de votre première soirée à Frelly. Je suis ravi à l'idée d'avoir d'autres occasions de passer du temps en votre compagnie et d'apprendre à vos côtés, puisque vous serez parmi nous pendant toutes les vacances de Noël.

Je me serinai que de le voir couché par écrit n'en faisait pas une vérité. Le lire non plus. Je pris une profonde inspiration et poursuivis :

Et maintenant, passons à l'enquête. Je n'ai pas eu le temps de vous parler de mes deux indices dans l'affaire de la mort de Stanley Niven. Je ne comprends pas que l'inspecteur Mackle m'ait tout bonnement envoyé paître quand je lui ai fait part de ces deux anecdotes, qui pourraient revêtir une importance cruciale. Je me réjouis de les partager avec vous et de voir si vous êtes de mon avis.

Puisque me voici bien éveillé, ragaillardi et plein d'allégresse à trois heures du matin, je vais m'en acquitter immédiatement, par écrit. Je devrais ajouter que je me sens excessivement coupable d'avoir d'abord essayé de vous dissimuler ces données afin d'en tirer avantage. Comme vous l'avez souligné à juste titre, la méthode était peu honorable et j'en suis sincèrement mortifié. Je vous fais part des informations qui suivent sans demander ni faveur ni concession en retour (même si mes souhaits et mes intentions demeurent inchangés. Je ne me laisserai pas détourner de ma mission d'enquête !).

Indice n° 1

Lorsque j'ai fait la connaissance de Stanley Niven à l'hôpital au mois d'août, nous avons abordé divers sujets. L'un d'eux touchait aux métiers que nous avions exercés : lui comme receveur des postes et moi en tant qu'enseignant de mathématiques. Il m'a raconté quantité de choses que j'ignorais de la vie d'un bureau de poste, notamment que les clients pouvaient se montrer désagréables, voire impolis. Ce qui m'a surpris. Naturellement, au fil des ans j'avais eu maille à partir avec des élèves détestables, mais ils étaient minoritaires et en pleine adolescence. Entre onze et seize ans, on n'a pas encore appris qu'on obtient plus facilement gain de cause en faisant preuve de courtoisie et de bonne volonté. Au bureau de poste, les clients dépendent du personnel de l'établissement pour le bon acheminement des courriers et colis. Pourquoi diable insulter l'employé dont le boulot consiste à assurer l'arrivée à bon port de votre pli ?

Le paragraphe précédent vous fera peut-être l'effet d'une digression, monsieur Poirot, mais il est là pour planter le contexte. M. Niven, après m'avoir raconté plusieurs histoires invraisemblables sur la grossièreté de la clientèle, a ri et m'a dit : « Les anecdotes les plus marquantes ne sont pas celles des clients qui perdent patience et se déchaînent sur vous. J'ai bien peur qu'elles soient monnaie courante. Non, les épisodes qui restent gravés en mémoire sont les plus extravagants : ceux dont on a du mal à croire qu'ils ont bel et bien eu lieu alors qu'on les a vécus. »

Après cette entrée en matière, j'étais dévoré par la curiosité. M. Niven m'a ensuite captivé par le récit d'une histoire impliquant une dame dont il a tu le nom – ce qui ne facilite hélas pas l'examen de cet indice. (Mais ne le rend pas impossible, monsieur Poirot. Car rien n'est impossible, n'est-ce pas ? Je suis certain que vous partagez cet avis.) En tout état de cause, cette femme arrive un jour dans le bureau de poste et demande à parler au responsable, qui n'est autre que Stanley Niven. La scène se déroule quelques années avant que Niven ne parte à la retraite. Je ne peux pas vous donner la date exacte, mais je pense que vous n'auriez aucune peine à trouver cette information. La femme insiste pour lui parler en privé. Il la fait entrer dans son bureau, où elle éclate en sanglots et l'accuse d'avoir détruit sa vie.

Bien naturellement, Stanley est abasourdi, étant donné qu'il n'a jamais vu cette cliente. Dans tous ses états, la femme pleure à grand renfort de gémissements. Une bonne vingtaine de minutes s'écoulent ainsi sans qu'il soit possible de tirer l'affaire au clair. M. Niven obtient qu'elle se calme et lui demande ce qu'il est censé lui avoir fait de si abominable. Il apprend qu'un certain Henry envoie à cette dame des lettres qu'elle aurait préféré ne pas recevoir. Jusqu'ici, elles sont au nombre de quatre et elle pressent que d'autres vont suivre. Le fait

131

est qu'Henry habite à proximité du bureau de poste de M. Niven, où il poste ses lettres, à en croire la femme. Cette dernière tient M. Niven pour responsable de l'angoisse qu'elle a vécue jusqu'ici et juge son attitude indigne. Elle voulait dire par là qu'il n'avait pas fait le nécessaire pour empêcher que ces missives arrivent entre ses mains. Pis encore : il avait sciemment accepté qu'elles soient postées à son attention.

N'est-ce pas extraordinaire, monsieur Poirot, que les gens puissent être à ce point absurdes et bornés ? Cette femme était venue dire à M. Niven qu'il devait absolument interdire au fameux Henry de lui envoyer des lettres ; il devait lui refuser tout service, mais aussi l'achat de timbres, et le bannir du bureau de poste à son arrivée.

Je relevai les yeux.

— Vous avez lu cette partie ? demandai-je à Poirot, qui acquiesça.

— À l'instar de M. Laurier, et de M. Niven avant lui, vous êtes consterné par les demandes et convictions irrationnelles de la cliente du bureau de poste. Moi, non. Chez la plupart des gens, le bon sens n'est pas un principe de vie. (Il hocha la tête en direction du courrier entre mes mains :) Continuez.

Je continuai :

Stanley Niven fit ce que la plupart des hommes auraient fait à sa place. Il dit à la femme que ses employés et lui ignoraient tout du contenu des enveloppes scellées qu'ils manipulaient à longueur de journée. Il lui expliqua avec tact que même s'il s'était trouvé en mesure d'en connaître la teneur, il ne pouvait aucunement, en capacité de receveur des postes, décider de laisser passer ou au contraire censurer tel ou tel courrier. Tout le monde avait le droit de s'exprimer librement, dans les limites de la loi – la dame devait bien le comprendre ?

Eh bien messieurs, non, cela lui échappait. Elle se mit à proférer à grands cris tout un chapelet d'insultes, dit au pauvre Stanley Niven d'aller brûler en enfer, et s'en alla. Comme je l'ai dit, je ne comprends pas que l'inspecteur Mackle se désintéresse totalement de cette histoire. En cas de meurtre, il me paraît incontournable d'examiner tout individu ayant une dent contre la victime, et en l'espèce nous sommes face à une rancune qui promet les flammes de l'enfer et un individu qui, à mon avis, a l'esprit parfaitement dérangé.

Indice n° 2

J'ai la main un peu endolorie à force d'écrire, je vais donc être succinct. Le second indice est M. Blesser-la-tête. Ce n'est pas son vrai nom, lequel est Burnett, il me semble. Un certain professeur Burnett, tel que l'a nommé l'inspecteur Mackle, même si j'aurais tendance à prendre avec des pincettes tout ce qu'avance ce jeune homme. Ses intentions sont bonnes, mais il n'est pas des plus futés.

M. Burnett est « le fameux Blesser-la-tête », tel que Vivienne l'a surnommé lorsqu'elle m'en a parlé. La formule est bien choisie. Vous verrez bientôt en quoi. C'est un patient à St Walstan, qui a fait son apparition dans le pavillon 6 le jour de l'assassinat de Stanley Niven. J'ignore s'il est encore à l'hôpital.

Quand Vivienne et les enfants sont allés visiter le pavillon 6 le 8 septembre, ils se sont disputés pour savoir

133

s'il convenait ou non que je sois hospitalisé dans une chambre ayant vue sur une cour.

— Voilà qui explique l'échange incongru pendant le repas, marmonnai-je.

Cour ou pas cour, ai-je dit à Vivienne, peu importe. Mettez-moi dans un placard, du moment que je peux mener mon enquête. En inspectant la cour en question, Vivienne a remarqué un homme à la physionomie très particulière qui se tenait debout devant sa fenêtre, dans le bâtiment d'en face. Demandez-lui de vous le décrire : il n'a pas l'air de passer inaperçu. L'homme regardait fixement, mais ce n'était pas sur Vivienne que semblait porter son attention. Il avait plutôt l'air de scruter vers sa droite, de l'autre côté de la petite cour. Jonathan, Janet, Douglas et Maddie ont tous affirmé ne pas l'avoir remarqué. Messieurs, si Vivienne soutient qu'il se trouvait là, je la crois. Interrogez-la à ce propos. Elle vous dira, maintenant qu'elle sait que la chambre de Stanley Niven jouxtait celle qui m'était réservée, qu'elle est totalement convaincue que M. Blesser-la-tête suivait ce qui se passait dans cette chambre. Elle est persuadée qu'il a été témoin du meurtre de M. Niven.

Malheureusement, M. Blesser-la-tête souffre d'une grave déficience cognitive qui affecte son élocution. Vivienne souligne qu'après l'avoir vu regarder dans la chambre de Stanley Niven, elle a de nouveau tourné son attention vers la brouillerie à propos de la cour, qui pompait tout le temps et l'énergie des enfants. Un peu plus tard, mais certainement pas assez tôt, le Seigneur a eu pitié de ma femme : la dispute a pris fin. Vivienne dit avoir ouvert la porte de ma chambre (permettez-moi de l'appeler ainsi, même si je n'habite pas encore les lieux)

pour tomber nez à nez avec M. Blesser-la-tête. D'après
elle, il semblait sur le point de toquer à la porte, voire de
faire irruption dans la pièce.

La suite est corroborée non seulement par Janet,
Jonathan Maddie et Douglas, mais en outre par l'infir-
mière qui leur faisait visiter ma chambre – elle s'appelle
Zillah Hunt – et par notre bon Dr Osgood en personne.
Ce patient, M. Blesser-la-tête, a dit d'une voix agi-
tée : « Le Fils de l'homme n'a pas où blesser la tête. »
Vivienne a précisé qu'il avait les yeux rivés sur le lit : le
lit d'hôpital de ma chambre. Il le regardait ostensible-
ment, comme s'il essayait en vain d'en parler. Et il ne
cessait de déclamer ces paroles, même si au bout d'un
moment, il a laissé tomber le début de la phrase, pour
répéter seulement : « Blesser la tête ! Blesser la tête ! »
en boucle, à toute vitesse, sans reprendre son souffle.
L'infirmière Olga Woodruff a dû intervenir tant il se met-
tait dans tous ses états. Par chance, Olga est une per-
sonne forte, au tempérament d'acier. D'après Vivienne,
la scène était épouvantable. Le pauvre homme la sup-
pliait du regard – l'implorait d'arrêter l'infirmière. Il
tendait les bras vers Vivienne comme pour l'inciter à
l'attraper par les mains et le retenir. Ce qu'elle n'a pas
fait, bien évidemment. Puis, une fois l'infirmière Olga et
M. Blesser-la-tête partis, le Dr Osgood nous a annoncé
la terrible nouvelle : il y avait eu un meurtre dans le
pavillon, dans la chambre voisine.

— Est-ce une citation de la Bible ? demandai-je à
Poirot.

— À une différence de taille près. La citation cor-
recte est « Le Fils de l'homme n'a pas où *poser* la
tête. » Le Pr Burnett – M. Blesser-la-tête – disait autre
chose. Ce n'est pas le mot « poser » qu'il répétait

frénétiquement. C'était le mot « blesser ». Qu'il répétait vraisemblablement juste après avoir vu quelqu'un fracasser un énorme vase sur la tête de M. Niven.

— L'infirmière, cette Olga. Comment se fait-il qu'Arnold ou Vivienne connaissent sa force de caractère ? À le lire, il la connaît bien – il l'appelle par son prénom.

— C'est un homme mourant, Catchpool. Est-il si étrange qu'il connaisse bien une infirmière qui exerce dans l'hôpital près de chez lui ?

L'argument tenait la route, force était de l'admettre. Je me lançai dans la lecture du dernier paragraphe de la lettre d'Arnold Laurier :

L'inspecteur Mackle a eu la gentillesse de s'assurer régulièrement que M. Blesser-la-tête allait bien, et pas plus tard qu'hier matin, il m'a fait savoir que le pauvre bougre n'avait subi aucun préjudice, à mon grand soulagement. Pourtant Mackle refuse d'entendre raison et de traiter cet épisode comme l'indice indubitablement le plus solide dans l'enquête sur le meurtre de Stanley Niven. Peut-être réussirez-vous à le convaincre de prendre cette piste plus au sérieux, monsieur Poirot. J'ai une totale confiance en vous, et je me réjouis de travailler prochainement avec vous au service de la vérité et de la justice. Ce sera le plus grand honneur de mon existence.

Avec l'expression de mon infinie admiration,
Arnold Laurier.

— Je suis plutôt d'accord avec l'inspecteur Mackle sur le fait d'écarter la piste de Mlle Bureau de poste, déclarai-je. Même la plus irrationnelle des névrosées

136

n'irait pas assassiner un receveur des postes, des années plus tard, sous le prétexte qu'il a laissé un indésirable lui poster des lettres.

— En effet, il est fort peu probable que cette femme soit l'assassin, acquiesça Poirot. Toutefois, il y a un enseignement précieux à tirer de son exemple : une personne dénuée de raison peut tout à fait avoir un mobile solide pour justifier la haine, voire un meurtre, là où une personne tout à fait raisonnable ne voit rien de fâcheux ou ne s'y arrête même pas. Gardons cela en tête. Un mobile profondément insensé serait vraisemblablement invisible aux yeux d'hommes sains d'esprit tels que nous, mon ami.

— D'un autre côté, M. Blesser-la-tête…, dis-je. Si ça, ce n'est pas un indice à prendre au sérieux… Je ne sais pas vous, mais j'ai la ferme intention de dire à l'inspecteur Mackle dès demain – ce matin, de fait – qu'il serait bien avisé de…

— Non, me coupa Poirot. Vous ne direz rien à l'inspecteur Mackle. Je me rendrai seul au poste de police et à l'hôpital.

— Mais…

— J'ai d'autres projets pour vous, ici même à Frellingsloe House : entre autres, la décoration de multiples sapins de Noël.

— Quoi ? crachai-je d'un air dégoûté.

— Quel meilleur moyen de provoquer des conversations, voire des confidences, chez les habitants de la maisonnée ? Je suis sûr que vous récolterez des morceaux de choix. Vous avez d'ores et déjà entendu des choses fascinantes et inexplicables, n'est-ce pas ?

— Poirot, pour l'amour du ciel, ne me…

— Catchpool, asséna mon ami d'un ton sans appel.

Je me tus. La sommation était à encaisser, si bien que je résolus en cet instant d'en faire une affaire de choix. Je choisis donc, le plus sincèrement possible, d'obéir sans réserve à Poirot : décision que j'avais à maintes fois prises par le passé.

— Cela n'a aucun intérêt que nous soyons tous les deux au même endroit, mon ami. Nous devons déployer nos ressources de manière efficace. Laisser Frellingsloe House sans surveillance serait fort imprudent. Ici, vous serez dans la position idéale pour en savoir plus sur les Laurier et les Surtees, le Dr Osgood et Felix Rawcliffe : leurs liens, leurs secrets.

C'est alors que sortirent de la bouche de mon ami des mots qui me glacèrent les entrailles :

— Votre mère est d'accord avec moi.

12

Une baignade en mer, un bain chaud et une liste

Je passai les deux premières heures du lendemain (au sens strict, il s'agissait du même jour, mais chez moi, une journée ne démarre pas avant six heures du matin) à éprouver un mélange d'amertume et de méfiance. Ces mots – « Votre mère est d'accord avec moi » – avaient affecté mon esprit comme la viande avariée affecte le corps. En les entendant, ma première pensée avait été : « Il ne faut rien laisser paraître de ma contrariété à Poirot. » À cet égard comme à tant d'autres, sans doute est-ce là une aberration, mais pour moi le désarroi s'accompagne invariablement de la peur que l'on ne devine mon véritable état psychologique. La crainte d'être « démasqué » est au fond le pire aspect de telles épreuves.

J'avais donc fait le nécessaire pour apparaître le plus gai possible au petit déjeuner, y compris quand ma mère, après s'être assise à côté de moi, m'avait annoncé d'une voix guillerette qu'elle allait me montrer où trouver les sacs et cartons de décorations de Noël.

— Dites-moi sincèrement, mère, dis-je avec tout le charme dont j'étais capable, dans l'espoir d'obtenir la vérité. Poirot affirme que cette idée de décorer les sapins de Noël vient de lui et que vous vous êtes contentée d'approuver... mais je décèle le génie de Cynthia Catchpool dans les coulisses, trop modeste pour s'en attribuer le mérite...

J'avais dû flagorner ma mère de la sorte tout au plus une ou deux fois dans ma vie – pour lui soutirer quelque information – pourtant j'étais persuadé qu'elle ne se douterait de rien. Dans sa vision des choses, j'aurais dû me confondre en éloges à son endroit du matin au soir. Et puis ma mère était le genre de personne qui décide de croire au monde tel qu'il devrait être, plutôt que tel qu'il est en réalité, si bien qu'elle ne remettait jamais en question les compliments que je pouvais lui adresser.

— Ne sois pas bêta, Edward. Si M. Poirot t'a dit que l'idée était de lui, pourquoi en douter ?

— Vous lui avez probablement suggéré que je réagirais mieux si cela venait de lui.

Elle nia tout en bloc, et je lui dis que cela ne me faisait ni chaud ni froid, puisque je me faisais une joie de m'occuper de la décoration de Noël.

Le petit déjeuner terminé, alors que je descendais le sentier qui reliait Frellingsloe House à la mer, ma mère m'interpella. Je me retournai et la vis qui se précipitait vers moi.

— Tu es fou ? s'alarma-t-elle en posant les yeux sur la serviette de bain pliée entre mes mains. Tu n'as tout de même pas l'intention de nager dans la mer du Nord en plein hiver ? Tu vas y rester.

— Mais non. Je ne me baignerai pas longtemps. Deux minutes maximum. Je l'ai déjà fait. Vous le savez fort bien. Et si je me souviens bien, vous avez évoqué la baignade pour me convaincre de venir ici.

— C'est faux ! mentit ma mère.

— Oh que si. Rien de plus revigorant qu'une rapide immersion dans l'eau glaciale. Vous devriez essayer.

Je me réjouissais d'éprouver le choc divin de l'eau glaciale me fouettant le sang. Peut-être parviendrait-il à chasser la rancœur qui me taraudait à l'idée que Poirot et ma mère avaient comploté pour organiser le programme de ma journée.

Avant le petit déjeuner, j'avais suivi par la fenêtre de la salle à manger le départ de Poirot à bord d'une automobile envoyée par l'inspecteur Mackle. Il se rendrait tout d'abord au poste de police, puis à l'hôpital. Il avait bien de la veine.

— Ma foi, si tu as envie de mourir de froid, ce n'est pas mon problème, réagit ma mère avec humeur avant de tourner les talons et de s'en aller à grands pas.

Je poursuivis dans le sens opposé, mais là encore elle me coupa dans mon élan en criant mon nom. Cette fois, elle s'attendait de toute évidence à ce que je rebrousse chemin jusqu'à elle. Je m'exécutai en étouffant un juron. Lorsque j'arrivai à sa hauteur, elle baissa les yeux et dit à mi-voix :

— Ce n'est pas nécessaire d'être méchant avec moi, Edward. Un jour, tu auras des enfants et tu comprendras qu'aucun parent ne souhaite avoir un enfant qui devienne méchant en grandissant. Ou peut-être que tu n'auras pas d'enfants, et que je finirai comme la pauvre Enid Surtees, qui se languit d'être grand-mère, mais apparemment ses deux filles... Disons que le problème vient soit d'elles soit des garçons Laurier, c'est peut-être de famille.

Ma mère s'interrompit brutalement. Puis elle ajouta :

— Je ne peux même pas te parler de choses parfaitement ordinaires sans que tu t'acharnes à les déformer.

Je lui fis remarquer que je n'avais eu ni mot ni geste.

— Oh, j'ai bien vu ta tête. Quel lien pourrait-il bien y avoir entre l'envie d'Enid d'avoir des petits-enfants et le meurtre de Stanley Niven ? Enid ne se trouvait pas dans l'hôpital ce jour-là – elle était ici. Elle ne connaissait pas ce M. Niven. Aucun de nous ne le connaissait.

— Mère, me feriez-vous une faveur ? Vous souvenez-vous, quand vous tentiez de me persuader de venir passer Noël ici, m'avoir raconté toutes sortes de choses sur les occupants de Frellingsloe House ? Pourriez-vous me les répéter, avec le plus de détails possible ? Je n'ai pas fait suffisamment attention la première fois.

— Je n'ai pas l'intention de céder aux commérages, répondit ma mère d'un ton pincé.

Je dus prendre sur moi pour ne pas éclater de rire. La perspective de jouer la commère lui plaisait autant qu'à moi celle d'aller m'ébattre dans l'eau froide.

— Je ne suis pas stupide, Edward. Tu essaies de me faire dire des choses à mon insu. Cela ne marchera pas. Tu vas encore t'évertuer à déformer mes propos, tout cela pour justifier que la clé de la mort mystérieuse de Stanley Niven se trouve ici même à Frelly. Tu fais erreur. La clé est à l'hôpital St Walstan.

— M. Blesser-la-tête a peut-être la réponse, lâchai-je placidement pour voir sa réaction.

Elle eut l'air soulagée.

— Oui, c'est possible. Il aura peut-être la réponse en effet, mais essaie seulement d'attirer l'attention de la police du Norfolk. Dieu seul sait comment l'inspecteur Gerald Mackle a décroché la supervision de l'enquête. Personnellement, je ne le laisserais pas superviser un pot de confiture, alors une affaire de meurtre…

Sur ce, elle s'en alla, et je m'acheminai vers la mer.

Je survécus à ma baignade, fort appréciable, puis retournai au tout dernier étage de la maison pour me faire couler un bain. Rien de tel qu'un bon bain bien chaud après une baignade qui imprègne les os de l'essence même de la froidure ; on croit qu'on n'aura plus jamais chaud, et hop, c'est chose faite.

Je ne m'éternisai pas dans l'eau du bain, trop brûlante à mon goût, et ne tardai pas à rejoindre ma chambre. Je songeai à ma mère et à son refus de me prêter main-forte. Qu'elle aille au diable. J'avais écouté d'une oreille distraite son incessant bavardage sur les gens qui m'attendaient à Munby, mais j'étais certain qu'avec un peu de concentration je pourrais en reconstituer les grandes lignes.

Quelques minutes plus tard, je terminai de m'habiller et pris place à mon bureau, lequel était idéalement disposé devant une grande fenêtre à guillotine qui offrait une vue splendide sur la mer. Je relevai le battant pour faire entrer un brin d'air frais – comme toujours, y compris en hiver, préférence que Poirot prétend ne pas comprendre chez moi – puis couchai par écrit les bribes d'informations qui me revenaient de la description que ma mère m'avait faite des résidents de Frellingsloe House. Dès que je pensais avoir épuisé tous mes souvenirs, je relevais la tête et plongeais mon regard dans les vagues en m'interrogeant : « Quoi d'autre ? Ce n'est pas tout. Il y a forcément autre chose. » Cette approche se révéla si fructueuse que je la recommande sérieusement à quiconque souhaite améliorer ses facultés mentales.

À la fin, je me retrouvai à la tête d'une longue liste. La seule chose dont je ne pouvais juger avec exactitude était de savoir si les éléments que j'avais inventoriés relevaient de faits ou d'opinions, de commérages ou de spéculations erronées. Voici la liste :

Ce que ma mère m'a rapporté des occupants de Frellingsloe House :

1. La maladie qui ronge Arnold Laurier est une forme rare de cancer. Le nombre de patients et de décès liés à cette maladie est peu élevé.

2. Robert Osgood, docteur de son état, et locataire, est fiancé. (À qui ? Ma mère connaît probablement la réponse, tout comme, j'en suis certain, la plupart des habitants de Frellingsloe House.) Le Dr Osgood n'est pas amoureux de cette personne et ne souhaite pas véritablement l'épouser. Il est plutôt amoureux de Vivienne Laurier.

Nota bene : la fameuse discussion entre Osgood et Rawcliffe à propos de Roméo et Rosaline pourrait-elle être en lien ? Voici ce dont je me souviens : Osgood avait l'air agacé par Rawcliffe, et s'est échauffé plus la conversation avançait. Poirot a raison : Osgood a mis fin brusquement à l'échange. Tous les arguments de

Rawcliffe semblaient le mettre en rage et il ne voulait pas déclencher une dispute devant Poirot et moi. De ce que j'ai compris, il arguait que *Roméo et Juliette* – la pièce de théâtre – est populaire uniquement en raison de l'adoration qui existe entre les deux personnages principaux. C'est tout le sel de cette grande histoire d'amour. Si Roméo s'était désintéressé de Juliette tel qu'il l'a fait de Rosaline, personne ne se serait passionné pour leur couple. Il n'y aurait pas eu de grand amour à détruire. Toute personne sensée devrait se dire que Rosaline s'en tirera beaucoup mieux sans Roméo, étant donné que l'amour de ce dernier pour elle s'est révélé éphémère et volage.

Par cette analogie, Osgood aurait-il cherché à persuader Rawcliffe que la femme qu'il devait épouser serait mieux sans lui ? Et que, étant donné qu'il ne lui est pas particulièrement attaché, il n'y a pas de grand amour à détruire ? Vivienne Laurier est-elle la Juliette dans cette histoire ? Osgood a-t-il cessé d'éprouver de l'amour pour sa fiancée quand il est tombé amoureux de Vivienne ?

3. Vivienne Laurier et Felix Rawcliffe trempent dans des affaires secrètes, lesquelles ne sont pas de nature amoureuse. En tout cas, ils cachent bel et bien quelque chose, ou conspirent d'une manière ou d'une autre. (C'est sans doute ce qui se jouait dans la conversation que j'ai surprise entre Vivienne et Rawcliffe la nuit passée.)

4. Maddie et Janet Laurier se vouent une véritable haine. Avant de croiser le chemin de la famille Laurier, les sœurs étaient proches. L'aînée, Maddie, a épousé Douglas en premier. Plus tard, Janet a épousé

Jonathan, le cadet des frères Laurier. Le mariage a contrarié Maddie et Douglas. Depuis, les deux couples sont à couteaux tirés.

5. Enid et Terence Surtees sont en colère (les deux ou seulement l'un d'eux ?) contre Arnold Laurier, et leur colère est à relier au mariage de Jonathan et Janet. Parce qu'ils pensent qu'Arnold l'a encouragé ? Impossible de me souvenir. Peut-être que ma mère ne l'a pas précisé.

6. Enid Surtees et Vivienne Laurier ont un point commun. Enid voit comme une véritable tragédie que ses filles ne s'aiment plus autant qu'elle les aime chacune. Avec l'éducation qu'elle leur a donnée, elle n'arrive pas à croire qu'elles ont laissé deux hommes se dresser en travers de leur chemin. Vivienne a perdu toute sa famille à un âge relativement jeune. Elle venait d'une grande tribu et avait toujours nourri l'espoir qu'elle et Arnold auraient au moins cinq enfants. L'absence de lien fort entre Douglas et Jonathan l'a toujours tracassée. Les deux garçons ne semblent pas se porter l'amour inconditionnel qu'elle leur porte, ce qu'elle déplore.

7. Enid Surtees est déçue qu'aucune de ses filles ne lui ait donné de petit-enfant. Elle est persuadée que les frères Laurier ont une tare – qu'il faut les tenir responsables du manque de descendance et que ses filles n'y sont pour rien. (Ma mère n'est pas de cet avis, et accuse la cuisine épouvantable d'Enid. D'après elle, Maddie et Janet ont dû souffrir de malnutrition à l'enfance, en conséquence de quoi elles sont stériles. Elle n'a aucune preuve pour étayer cette affirmation.)

8. Le thème récurrent des hommes heureux. Ma mère a dit d'Arnold Laurier qu'il était irrépressiblement heureux malgré la gravité de sa maladie. Il partage cette nature optimiste et joyeuse avec le défunt Stanley Niven. Pense-t-elle qu'Arnold pourrait être la prochaine victime d'un tueur prenant pour cible des hommes heureux ? Sans doute pas ; ce serait ridicule. Pourtant, et Vivienne et Poirot ont l'air de croire qu'Arnold sera la prochaine victime. *Pourquoi ?*

9. Arnold Laurier a en grande partie hérité de la fortune familiale. Lui et sa femme Vivienne se sont mis d'accord pour dépenser le moins possible afin de laisser le maximum à leurs fils après leur mort. Cette décision a été prise d'un commun accord il y a longtemps. Beaucoup plus récemment, ils ont décidé de congédier tous les domestiques et de les remplacer par Terence et Enid Surtees. Cette décision était le fait d'Arnold (je suis à peu près sûr que ma mère le sous-entendait) et Vivienne en a été contrariée au début, même si elle a fini par accepter.

Je relus par deux fois ce que j'avais écrit. Content d'avoir fait tous les progrès possibles pour l'heure, je me levai et me préparai à descendre pour décorer les divers sapins de Noël de Frellingsloe House.

13

Les deux mains de l'inspecteur Mackle

J'étais parti du principe que l'automobile qui était passée chercher Poirot ce matin avait été envoyée par Gerald Mackle, de la police du Norfolk. En fait, tel que Poirot me le raconta plus tard, Mackle n'avait pas envoyé ledit véhicule ; il le conduisait en personne.

— Il n'y a qu'une manière de s'assurer qu'une tâche sera accomplie, c'est de s'en acquitter de ses deux mains, avait-il déclaré à Poirot.

Son point de vue ainsi exprimé, Mackle s'était inutilement étendu sur le sujet au moyen d'un long soliloque sur le fait de voir de ses deux yeux ce que ses deux mains font, et de marcher sur ses deux pieds afin de flairer l'intrigue de ses deux narines.

— Je suis sûr que vous êtes comme moi, monsieur Prarrow, conclut l'inspecteur avec son accent à couper au couteau après avoir ainsi inventorié toutes les responsabilités criminalistiques incombant à toutes les parties incontournables de son anatomie.

— Pas du tout, inspecteur. Pour ma part, je privilégie l'approche inverse. S'il convient de se précipiter d'un endroit à un autre, je suis très content de compter sur ceux qui auront la gentillesse de bien vouloir m'aider. Je préfère ne pas me transformer en balle de ping-pong. Dès lors que l'on m'a rapporté tout ce que j'ai demandé, je m'en remets entièrement à mes petites cellules grises. Elles ne m'ont encore jamais fait défaut.

— Vous m'en direz tant, monsieur Prarrow ! Ça alors.

Mackle était un grand échalas – Poirot ne lui donnait pas plus de trente ans – doté d'un long visage rectangulaire et de cheveux d'un blond qui confinait au jaune primaire. Malgré son imposant gabarit, ses mains et ses pieds semblaient démesurément grands. Pas étonnant, songea Poirot avec ironie, qu'il eut décidé d'en faire des collègues de confiance, vu la place qu'ils prenaient dans son environnement immédiat.

L'automobile suivait une route sinueuse à travers un petit hameau, dont les quelques maisons aux toits de chaume se serraient autour d'un carrefour. Poirot chercha des yeux une pancarte indiquant « Poste de police », supposant que c'était là que Mackle l'emmenait ; c'était en tout cas bien là qu'il avait demandé à aller lorsqu'il avait téléphoné pour qu'un véhicule vienne le prendre à la première heure.

— J'imagine que vous avez l'habitude de travailler avec la crème de la crème, dit Mackle dans un soupir funeste. C'est ça la différence, vous voyez. J'aime bien mes officiers, mais ils n'ont pas ma ténacité. Pas un d'eux n'est aussi têtu que moi quand je sais avoir raison. Prenez le meurtre de Stanley Niven. Aussi vrai que je suis né, c'est un des proches du bonhomme qui a fait le coup – sa femme, son fils, sa fille ou son frère. Ils prétendent tous avoir des alibis, mais il y en a forcément un qui ment, et je crois savoir lequel. C'est le prouver qui est plus délicat.

— S'il vous plaît, inspecteur, veuillez garder les yeux sur la route. Elle n'est pas droite du tout.

— Je connais les virages de cette route côtière comme le dos de mes mains, monsieur Prarrow. Comme je disais : je suis quasiment certain de savoir quel alibi…

— S'il vous plaît, veuillez tenir le volant des deux mains, inspecteur.

Poirot tira un mouchoir de sa poche de manteau et s'en épongea le front.

— J'imagine qu'ils conduisent bien sagement comme tout à Londres, hein ? lança Mackle avec entrain. Ils ne connaîtront jamais aussi bien leurs rues que je connais les routes d'ici, dites-vous bien ça. Mais voyons, vous qu'êtes londonien – pourquoi il vous en faut tant ?

— Tant de quoi ? demanda Poirot.

— De rues, dit Mackle.

— Je ne conduis pas à Londres, se défendit Poirot. Je suis belge.

— Vous m'en direz tant ! Eh ben ça alors. Bon, peu importe d'où vous venez, du moment que vous n'êtes pas du genre dégonflé. Ceux-là, ils me retournent l'estomac. Avec tout ce qu'on m'a dit sur vous, je sais que ça risque pas. Ce sera un soulagement de travailler avec vous, après tout ce que je dois supporter avec mes officiers. Toute la sainte journée, ils me serinent « Ça sert à rien, inspecteur Mackle », et « Ça marche pas, inspecteur Mackle ». Évidemment que ça marche pas si vous baissez les bras, les gars ! Hein ? Dites-moi, monsieur Prarrow, aimez-vous la poésie ?

— Bien sûr.

— Moi aussi. Je dis toujours : quand il faut mettre la main sur un assassin, seul mon ami M. Guest est à la hauteur.

— Qui est-il ?

— Edgar Albert Guest. Un écrivain américain. Son attitude envers l'échec était la bonne :

À la tâche il s'attela, un grand sourire
Sur son visage béat. S'il était inquiet il le cachait.
Comme l'impossible il défiait, un chant
Il entonna, et il triompha.

» Et moi aussi, Gerald Mackle, je réussirai – avec votre aide, monsieur Prarrow. Ai-je la certitude présentement de connaître le coupable parmi les quatre suspects ? Non. Suis-je déterminé à le découvrir ? Oui. C'est exactement ce qu'écrit M. Guest. Il l'exprime à la perfection :

Des milliers vous diront que c'est impossible,
Des milliers prédiront l'échec,
Des milliers vous feront remarquer un par un,
Les dangers qui attendent de vous assaillir.
Mais si vous vous y attelez avec un grand sourire,
Si vous vous remontez les manches pour vous mettre à
l'ouvrage ;
Entonnez votre chant comme vous vous attaquez
À cette « chose impossible », et vous triompherez.

Pendant ce temps, l'automobile s'enfonçait de plus en plus dans la campagne.

— Pardonnez-moi, mais le poste de police est encore loin ? demanda Poirot.

En pénétrant tantôt dans un bois, le véhicule avait laissé la lumière du jour derrière lui, les entraînant dans un étroit tunnel de verdure au plafond entremêlé d'épaisses feuilles et de branches nouées.

— Oh, mais nous n'allons pas au poste, répondit Mackle. Je vous emmène faire la connaissance de quelqu'un. De deux quelqu'un, en réalité – de St Walstan. Les infirmières Beatrice Haskins et Zillah Hunt. Je vous promets que vous aurez envie d'entendre ce qu'elles ont à dire.

— Nous allons donc à l'hôpital ?

Pourquoi pas, songea Poirot ; il avait de toute façon l'intention de s'y rendre dans la journée.

— Non, nous n'allons pas là-bas non plus, répondit Mackle. Nous sommes en route pour le domicile de l'infirmière Haskins, où loge également l'infirmière Hunt. Hunt est la cousine germaine de Haskins, voyez-vous. C'est comme ça qu'elle a eu son poste à St Walstan. Des filles adorables, toutes les deux. Enfin, Bee Haskins n'est plus vraiment une fille. Elle a largement l'âge de ma mère, mais il y a quelque chose de très enfantin chez elle. Elle rit beaucoup. Hunt est jeune et très séduisante. Avec des lèvres pulpeuses qui ne demandent qu'à être embrassées, si vous voyez ce que je veux dire, monsieur Prarrow. Si je n'étais pas heureux en mariage…

L'inspecteur Mackle lança une œillade à son passager, qui s'agrippa des deux mains à son siège comme l'automobile manquait de peu de foncer dans un arbre.

— Je souhaiterais visiter le pavillon 6 de l'hôpital St Walstan, affirma Poirot une fois le danger écarté.

— Ce sera fait, promit Mackle. En temps et en heure. Je vous y conduirai personnellement. Mais d'abord, je veux que vous entendiez ce que les infirmières Haskins et Hunt ont à dire. Elles sont d'accord avec moi, voyez-vous, sur le fait que l'assassin est forcément un membre de la famille Niven.

L'automobile sortit enfin du tunnel d'arbres pour se retrouver en pleine lumière. Le ciel était étonnamment radieux pour une journée de décembre.

— Inspecteur, je vous demande instamment de bien vouloir cesser toute tentative d'influencer mon opinion, déclara Poirot. J'ai l'intention de poser mes propres questions et d'en tirer mes propres conclusions.

— Compris, monsieur Prarrow. Compris. Mais s'il vous plaît, n'oubliez pas qu'un Niven a fait le coup. La femme du défunt, Audrey, est la moins susceptible d'être l'assassin. Elle est trop attristée par la mort de son mari pour l'avoir tué – quoiqu'elle pourrait très bien faire semblant. Le fils et la fille, Daniel et Rebecca, feraient de meilleurs coupables que leur mère. Ce sont les légataires du testament – non pas que M. Niven ait laissé grand-chose derrière lui. Ses deux parents sont encore de ce monde, voyez-vous – tous deux approchent les cent ans, incroyable mais vrai – et tout son argent a servi à s'occuper d'eux. Son frère Clarence est l'assassin tout désigné. C'est aussi celui qui a l'alibi le plus solide.

— Ces gens ont un mobile pour le meurtre ? s'enquit Poirot.

— Oui, l'un d'eux a un mobile. L'assassin a forcément un mobile. Ça paraît logique.

Poirot prit une profonde inspiration.

— Pourquoi pensez-vous que Clarence, le frère de M. Niven, soit le coupable ?

— Ah ! Très bonne question, dit Mackle en riant sous cape. Je pense que ma déduction va vous plaire, monsieur Prarrow. S'il y en a bien un pour saisir le cheminement logique de ma pensée, c'est vous, et à mon avis vous en seriez arrivé à la même conclusion. C'est très simple : trente-deux personnes affirment s'être trouvées dans la même pièce que Clarence Niven dans son club de Londres à l'heure à laquelle son frère Stanley a été assassiné. *Trente-deux personnes.*

— Voilà qui le met clairement hors de tout soupçon.

— À mon avis, son alibi soi-disant en béton est son principal point faible, réfuta Mackle. Je pense qu'il se voit comme un intello et qu'il s'est donné du mal pour avoir des parades implacables rayon alibi, dans l'espoir que nous en tirions certaines conclusions.

— Comme quoi ? s'enquit Poirot.

— Eh bien, la conclusion qu'il est forcément innocent – car aucun homme ne pourrait persuader trente-deux personnes de mentir pour lui, déclara Mackle triomphalement. Réfléchissez un peu : persuader une personne de sa connaissance de mentir pour soi est plus facile que d'en persuader trente-deux, non ? Hein ? Un spécialiste du crime pourrait se dire qu'un homme coupable de meurtre soumettrait un alibi impliquant *une seule personne*, puisqu'il en suffit d'une. S'il a ça sous le coude, il est blanchi, alors pourquoi diable irait-il se donner le mal d'aligner trente et une autres personnes ? Un vrai assassin ne ferait jamais ça. Vous voyez où je veux en venir, monsieur Prarrow ? Clarence Niven s'imagine que je vais tomber dans le panneau. C'est pour cela qu'il s'est arrangé pour avoir autant de témoins qui lui fournissent un alibi – mais c'était compter sans l'ingénieuse cervelle de l'inspecteur Gerald Mackle ! Pardon de m'envoyer des fleurs, mais il faut regarder les choses en face. Ceci étant dit, si vous et moi parvenons à convaincre ne serait-ce qu'une seule des trente-deux personnes ayant contribué à son alibi à rompre son pacte et dire la vérité...

— Ces trente-deux individus constituent-ils un groupe de quelconque manière ? interrompit Poirot. Se fréquentent-ils ? Connaissent-ils tous Clarence Niven personnellement ?

— Aha ! Vous posez toutes les bonnes questions, monsieur Prarrow. Ils affirment que non. Seuls deux avouent le connaître. Tous les autres sont membres du même club mais prétendent ne jamais avoir adressé la parole à Clarence Niven. Il suffirait qu'un seul d'entre eux me dise la vérité, et je pourrais...

— Cessez de parler de « vérité », inspecteur, coupa Poirot avec une impatience non contenue. Vous n'avancez rien qui puisse étayer votre conviction qu'un des quatre Niven est l'assassin. Aucun d'entre eux n'a un mobile, n'est-ce pas ? Et tous ont un alibi.

— Mais... un des alibis est forcément un mensonge, balbutia Mackle d'un air désorienté, comme s'il se souvenait parfaitement avoir tout expliqué dans les moindres détails et se demandait soudainement s'il avait inventé la scène. C'est l'absence de mobile qui me fait dire que je suis sur la bonne voie, insista-t-il.

— Comment ça ?

— Autant que je puisse en juger, personne au monde n'a de véritable mobile pour tuer M. Niven. Donc, c'est forcément un des quatre favoris, comme je les ai baptisés ; Audrey, Daniel, Rebecca ou Clarence Niven. Un membre de sa famille.

— Bougre de tonnerre. Pourquoi donc, inspecteur ?

— M'enfin, pas besoin de le dire, monsieur Prarrow. C'est évident qu'un proche a fait le coup, ça se sent à plein nez. Qui, si ce n'est un proche, irait s'amuser à estourbir quelqu'un avec un énorme vase, en cognant plus d'une fois, sans aucune raison apparente ?

14

La décoration de deux sapins de Noël

Je me souviendrai toujours du 20 décembre 1931 comme du jour où j'ai fait une importante découverte : si vous voulez vous renseigner sur une personne liée à une affaire de meurtre, la méthode traditionnelle qui consiste à lui poser les questions d'usage – sa relation à la victime, par exemple, ou l'endroit où elle se trouvait au moment du crime – est résolument moins efficace qu'une autre méthode, moins connue : commencez par décorer un sapin de Noël en sa compagnie.

Il se passera la chose suivante. Tout d'abord, votre cible s'approchera et fera la conversation, du style « Enfin quelqu'un qui s'occupe de décorer le sapin ! ». Ensuite, elle suggérera que vous vous y preniez différemment – « Ah, vous mettez ça là, vous ? Je l'aurais accroché plus haut, personnellement. » Enfin, une fois que vous aurez appliqué *a minima* deux de ses recommandations (en tirant une croix sur votre propre bon sens esthétique), elle se sentira suffisamment à l'aise pour aborder d'autres sujets, surtout si vous êtes le plus souvent à quatre pattes, entouré de guirlandes de toutes sortes, et que vous ne faites pas particulièrement attention à elle.

Je me sens dans l'obligation d'ajouter une mise en garde, puisque je viens de parler de personne « liée à une affaire de meurtre » : à ce stade de l'enquête, il ne m'apparaissait pas du tout certain que les Laurier, leurs invités et leurs locataires étaient liés au meurtre de Stanley Niven. Je n'avais aucune raison de le croire, et j'aurais trouvé cette éventualité peu probable, n'était le fait que Poirot, pour des raisons qui m'échappaient, semblait partir du principe qu'il existait bel et bien un lien.

Autre note explicative : les conversations qui suivent ont été abrégées de manière spécifique – j'ai réduit à sa plus simple expression la partie décoration de Noël des événements. Quiconque aimerait en savoir plus sur la façon dont Janet Laurier disposerait des babioles sur un sapin différemment de ce que, laissé à moi-même, j'ai pu faire, va, je le crains, au-devant d'une déception. Je vous propose néanmoins ce résumé : j'avais raison sur toute la ligne et elle avait tort.

— Alors ? lui dis-je une fois le travail quasiment fini.

Je reculai pour qu'elle puisse contempler le résultat de notre opération. Le salon, s'il était mille fois plus accueillant que la veille, n'en restait pas moins une longue pièce étroite, aux fenêtres trop rares et minuscules.

— C'est magnifique, commenta Janet. Vous avez l'habitude de faire ça ? Forcément. Je vois très bien

Cynthia prodiguer des leçons très poussées sur la décoration de sapin.

— Moi aussi, je l'imagine sans peine, mais ce n'est pas le cas. Je n'ai pas de souvenirs d'enfance particuliers liés aux sapins de Noël ; ils étaient là au même titre que le déjeuner de Noël, les cadeaux, et la neige qui faisait disparaître jusqu'aux hanches.

— C'est adorable de voir l'enthousiasme de Cynthia à l'idée de passer Noël avec vous, dit Janet. Pourtant… vous avez affirmé hier au dîner que vous n'aviez pas l'intention de rester.

— En effet. Poirot et moi serons partis avant Noël.

— Je ne suis pas persuadée que ce soit l'idée que Cynthia se fait de la situation.

— Ah la famille, soupirai-je avec un sourire forcé. Une bénédiction autant qu'une malédiction.

Je me penchai pour farfouiller dans les cartons en éludant sciemment le regard de Janet. Le silence ne dura que quelques secondes :

— Je n'avais pas l'intention d'en parler, dit-elle, mais… eh bien, maintenant qu'il est question de famille, je tiens à m'excuser pour l'attitude de plusieurs membres de la mienne. J'étais mortifiée. La cuisine de ma mère… J'y suis habituée, mais l'épreuve a dû être rude pour vous et M. Poirot. Je suis sûr qu'il est accoutumé à la gastronomie française. Et Jonathan a été d'une goujaterie impardonnable pendant le dîner.

— Votre mari s'est aimablement excusé, la rassurai-je. C'est oublié.

— Vous pardonnez facilement ? demanda-t-elle à mi-voix. J'aimerais pouvoir en faire autant. Parfois je trouve cela insurmontable. Mon beau-frère, Douglas, est vénal et ignoble, comme ma sœur Madeline. Il l'a dévoyée. La Madeline que j'ai connue enfant n'avait pas envers moi la cruauté qu'elle a depuis qu'elle a épousé Douglas.

Je me souvins que Maddie Laurier nous avait expliqué que seuls ses ennemis l'appelaient Madeline.

— Deux sœurs qui ont épousé deux frères, ce n'est pas commun, observai-je.

— Détrompez-vous, se hâta-t-elle de répondre. Ça doit arriver tout le temps. Comment fait-on de nouvelles connaissances ? Les gens de notre entourage nous présentent leurs proches.

— Je suppose. N'empêche, cela doit…

— Vous avez dû noter que Douglas était obsédé par son héritage – toute cette affaire de fils et d'héritier. Il ressasse toujours la question. C'était inadmissible d'en parler à table, devant vous et M. Poirot, alors qu'il venait à peine de faire votre connaissance.

— N'est-ce pas Jonathan qui en a parlé en premier ?

Janet tressaillit.

— Jonathan a pu avoir des paroles fortuites, mais c'était Douglas – c'est soit lui, soit ma sœur, toujours – qui en a fait tout un plat, en accusant Jonathan de vouloir lui voler sa part de la fortune d'Arnold.

— Il a fait ça ? fis-je en faisant semblant d'avoir oublié, alors que j'avais parfaitement en tête l'échange entre les deux frères. Je ne me souviens pas d'avoir entendu parler d'accusation de tentative de vol.

— L'accusation n'a pas été formulée ouvertement, nuança Janet. Douglas donnerait n'importe quoi pour pouvoir s'arroger toute la fortune de son père. Le seul obstacle est Jonathan, dont il se soucie comme d'une guigne. Parfois, je me demande même s'il aime réellement Arnold. Jonathan *adore* son père. Ce n'est vraiment pas juste qu'ils touchent chacun la moitié de l'héritage après sa mort, sachant que l'amour qu'ils lui portent est tout sauf équitable. Vous ne trouvez pas ?

Je me façonnai une mine qui laissait voir que j'accordais une réflexion poussée à son point de vue.

— C'est la faute de Vivienne, dit Janet avec impatience. Sa conviction stupide qu'équité et égalité sont une seule et même chose. Quelle femme moralement répréhensible ! Douglas et Madeline lui sont démesurément attachés. Ils s'assureront qu'elle ne manquera de rien une fois veuve. Madeline la traite comme si c'était sa propre mère. Ce qui doit contrarier notre vraie mère, Enid, mais ma sœur n'a pas l'air de s'en préoccuper. Je pourrais vous raconter quantité d'anecdotes sur leur égoïsme, à elle et Douglas, mais je n'aime pas dire du mal de la famille. Même si Madeline n'est pas exactement… Mais je n'aime pas être déloyale. On ne devrait jamais désavouer publiquement ses relations. N'êtes-vous pas de cet avis, inspecteur Catchpool ?

Soit la question était un piège, soit Janet était incapable de poser un regard pragmatique sur son propre comportement.

— J'imagine qu'une bévue est bien vite arrivée, malgré un tel principe.

— Les principes de rigueur doivent être respectés, sans quoi nous ne valons guère mieux que des bêtes, trancha-t-elle. J'ai toujours essayé d'être quelqu'un de bien et de prendre en considération les sentiments d'autrui. Mais si j'étais comme Madeline, et si je ne me préoccupais que de ma personne ? (Elle laissa fuser un rire amer.) Eh bien, dans ce cas, je *supplie-rais* Arnold de mourir ici même à Frelly au lieu d'aller terminer ses jours à St Walstan. Toutefois, je me pré-occupe de ses souhaits à lui, et de ceux de Jonathan, alors je mets mes propres sentiments sous cloche. Je ne dévoile à personne que j'aimerais secrètement que Frelly soit irrémédiablement ternie. Ainsi serais-je libre.

— Je ne suis pas sûr de vous suivre, avouai-je.

Elle émit un petit grognement étouffé.

— Si Arnold mourait ici, la maison deviendrait un lieu de tristes souvenirs, terni par le drame. Arnold lui-même pense ainsi, donc Jonathan l'accepte incon-ditionnellement. Dès qu'il a su que sa maladie était en phase terminale, Arnold a déclaré : « Il ne faut pas que je meure ici, à Frelly. Cette maison est un lieu de joie, plein de vie. Je ne laisserai pas la mort la détruire. » Jonathan a fait sien cet adage – vous comprenez ? Il vénère Arnold comme un dieu. Si cette maison était entachée à jamais, Jonathan pourrait s'en affranchir.

— Entachée par la mort d'Arnold entre ses murs ? demandai-je.

Janet hocha la tête en guise d'acquiescement.

— Ma conscience ne manquera pas de me tour-menter de vous avoir dit ça, dit-elle d'une voix che-vrotante. Comme il doit être agréable de mener sa vie dénuée de sens moral, tel que le fait ma sœur. Dou-glas et elle seront libérés du poids de cette maison dès qu'Arnold sera mort. Douglas leur aurait volontiers acheté une demeure depuis des lustres s'il avait eu les moyens de s'offrir un lieu qu'il jugeait suffisamment grandiose. Eh bien il pourra bientôt se le permettre – le décès de son père fera de lui un homme riche. (Une expression narquoise traversa son visage.) Je suis certaine que Vivienne s'installera chez eux sans attendre. Ces trois-là seront copains comme cochons. De toute façon, Vivienne sait bien qu'elle ne peut pas rester ici indéfiniment.

Janet s'interrompit pour me scruter d'un air indécis.

— J'imagine que vous êtes au courant que Frelly ne va pas faire de vieux os ?

— Le problème d'érosion ? Oui.

— Arnold refuse d'accepter la réalité. C'est à cause de votre mère qu'il s'est mis à penser comme ça. Un jour qu'elle nous rendait visite, alors que nous venions d'apprendre la triste nouvelle, elle a dit : « Il y a forcément une solution ! » J'ai bien peur qu'Arnold se soit engouffré dans la brèche, et Jonathan finit toujours par donner crédit à ce que raconte son père. Si bien qu'ils sont l'un comme l'autre absolument convaincus et ne cessent de se répéter que Frelly peut être sauvée. Pour moi, c'est une torture, inspecteur. J'aime mon mari. D'un amour sincère, et je ne supporterai pas de le voir gâcher les trois prochaines années de sa vie à essayer d'honorer la mémoire de son père en sauvant cette maison. C'est tout bonnement impossible. Parfois, il faut admettre la défaite, quoi qu'en dise Arnold. En plus de tout le reste, je devrais me faire le témoin de l'effritement de la maison dans la mer, supporter le malheur de Jonathan et l'entendre se fouetter sans cesse parce qu'il aura fait défaut à son père ? Il ne pourra jamais se le pardonner. Sa vie serait irrémédiablement brisée, et la mienne avec.

— Vous voulez qu'Arnold meure ici, chez lui, pour que Jonathan considère que la maison est ternie et pour qu'il s'épargne les efforts de la sauvegarder des flots, résumai-je la situation du mieux que je la comprenais.

Janet opina.

— Tel est mon souhait, en effet. Si un drame terrible se déroulait ici même à Frelly – la mort de son père adoré –, Jonathan ne serait plus enclin à sauver la maison.

Je venais tout juste de me mettre en route pour la salle à manger lorsqu'une voix masculine retentit :

— Non mais je rêve !

Ce n'était autre que Douglas Laurier dans le rôle de l'éternel adolescent déterminé à chahuter toute la journée.

— Hé, Maddie, lança-t-il par-dessus son épaule. Viens voir ça. Maman ne plaisantait pas – non pas que ça lui arrive encore.

— À quel propos ? répondit Maddie.

J'entendis le bruit de ses pas précipités pour rejoindre son mari.

— L'inspecteur Catchpool joue les Cendrillon – les Cendrillon volontaires, avec ça.

— Je commence à bien m'amuser, lui dis-je.

C'était la vérité. La mission décoration de Noël activait les rouages de mon esprit de toutes sortes de façons inattendues. Ce sapin en particulier allait être encore plus beau que celui du salon.

— Mince alors, vous êtes vraiment un chic type, rigola Maddie. (Elle inclina la tête vers la gauche pour examiner mon travail.) Un type bourré de talent artistique, visiblement. Jamais je n'aurais pensé à accrocher cette lanterne en papier là-haut. Ce n'est pas Cendrillon, Douglas – tu as tout faux. Personne ne s'est éclipsé pour faire la noce au bal en abandonnant Edward à son calvaire. J'ai plutôt l'impression que c'est lui qui s'amuse comme un petit fou, à embellir ce magnifique sapin de Noël en déshérence pendant que nous autres restons là à nous tourner les pouces en broyant du noir.

Douglas lui passa un bras autour de la taille et l'attira contre lui pour l'embrasser.

— Laissez-nous vous aider, Edward, dit-il. Ou mieux encore, laissez-nous prendre le relais et vous pourrez nous aider si le cœur vous en dit. Ce n'est pas juste que vous fassiez ça tout seul.

— Oh, laissez-nous vous aider ! s'exclama Maddie. Quelle bonne idée !

Ils avaient l'air fous de joie. Je me demandai s'ils débordaient autant de vie à chaque fois que Jonathan et Janet étaient absents.

— N'allez pas vous imaginer que j'ai besoin d'être secouru, répondis-je. Sincèrement, je m'amuse beaucoup plus que je ne l'aurais cru possible.

— Ce qu'il est trop poli pour dire, Madds, c'est qu'il ne veut pas qu'on pose les pattes sur sa création. Fort bien, dans ce cas vous êtes aux commandes, inspecteur – mais ne nous laissez pas les tâches subalternes. Comme de démêler les nœuds, dit Douglas en montrant du doigt le carton de décorations. Je n'ai jamais accompli de basses besognes dans cette maison. Au bon vieux temps, nous avions des domestiques dignes de ce nom, mais aujourd'hui mes parents ont transformé Enid et Terence en personnel de maison, ce qui est amusant et affreux à égale mesure. Je me souviens quand Terence s'est attelé à un sapin de Noël il y a deux ans ; j'ai le souvenir d'un nombre incalculable de nœuds.

Je ris.

— Le secret est de résister à la tentation du ressentiment, ripostai-je en faisant semblant de ne pas avoir remarqué la pique de Douglas sur l'asservissement d'Enid et Terence Surtees. Le temps que je passe à démêler des nœuds m'aide à élaborer une vision claire du résultat final.

— Paroles d'artiste, commenta Maddie.

— M'en voudrez-vous de procéder à une légère modification ? (Douglas retira un renne en papier d'une branche basse pour l'accrocher en hauteur.) N'est-ce pas mieux ? Les machins-choses de grande taille vont mieux en haut et les plus courts en bas, vous ne pensez pas ?

— Ne sois pas bête, mon chéri, dit Maddie. Tout est question d'équilibre : un mélange de décorations de toutes tailles à tous les niveaux. Qu'en dites-vous, Edward ?

Douglas haussa les épaules.

— Tu as peut-être raison, mon amour. Je le remets à sa place.

— Non, laissez, dis-je. Vous venez de me donner une occasion en or d'appliquer mon tout nouveau principe : le « Maintenant que c'est là ».

— Qu'est-ce donc ? s'enquit Maddie.

— Je ne veux pas vous ennuyer avec mes histoires, concédai-je d'un ton gêné. Je doute que vous vous passionniez l'un comme l'autre pour…

— Je suis tout ouïe, insista Maddie. Je ne conçois pas de continuer à vivre sans en savoir plus sur le principe du « Maintenant que c'est là ». Veuillez nous l'exposer.

— Ma femme se passionne pour tout ou presque, dit Douglas en posant un regard affectueux sur Maddie. Je vous déconseille de voyager avec elle. Vous voilà dans un train, assis à côté de l'individu le plus insipide qui soit, qui n'a d'autre envie que de vous noyer sous le récit de ses petites contrariétés. Vous êtes sur le point de vous excuser et de prendre la tangente quand soudain Maddie lance : « Dites-moi tout sur la hanche douloureuse de votre tante. Quel mois de quelle année a-t-elle commencé à en pâtir ? » En cet instant funeste, vous pouvez faire une croix sur les trois prochaines heures de votre vie.

Maddie riait de bon cœur.

— Alors que Douglas ne s'intéresse à rien ou presque.

— C'est vrai, reconnut-il. À rien ou presque. Mais je vais faire une exception pour votre principe du « Maintenant que c'est là », inspecteur. Je crois deviner de quoi il retourne : l'habitude de laisser les choses en plan parce que c'est plus simple que de les déplacer, quand bien même le résultat est pire en l'état ? S'épargner l'effort plutôt que de viser la perfection ?

— Non, ce n'est pas ça.

— Ma curiosité est piquée, s'amusa Douglas.

Dans l'expectative, ils m'observaient tous les deux. Après une telle montée en puissance, le suspense allait retomber à plat.

— Cela n'a vraiment rien de bien excitant, me défendis-je. Très bien, je vais vous le dire : mais je vous préviens, ça peut paraître un peu fou. Imaginez que vous avez un ornement – un renne en papier, par exemple. Vous l'accrochez à une branche, mais le résultat n'est pas vraiment satisfaisant. La plupart des gens le changeraient immédiatement de place. Or, il existe une alternative : on peut se dire « Comment améliorer l'ensemble *sans déplacer le renne* ? ». Étonnamment, en règle générale on trouve une solution – cette déduction repose exclusivement sur la décoration que j'ai faite tantôt du sapin du salon, soit une maigre expérience, je l'avoue. La contrainte vous oblige à faire preuve d'imagination et à explorer des directions inconnues. Vous vous dites : « Et si je mettais ça là, et ça là, pour rééquilibrer l'ensemble ? » En un rien de temps, vous vous rendez compte que le principe du « Maintenant que c'est là » vous emmène vers des réponses plus ambitieuses et impressionnantes sur le plan visuel que si vous aviez cédé à votre impulsion première et déplacé le renne.

— Ah oui, mais…, intervint Douglas en m'agitant l'index sous le nez. (Pendant ma démonstration, il s'était mis à osciller d'avant en arrière, pressé de me démontrer que j'avais tort.) Vous n'auriez aucune intention d'appliquer cette méthode si vous n'accordiez aucune valeur à la politique du moindre effort. C'est forcément le point fort de votre méthode, sans quoi, pourquoi ne pas déplacer le renne d'emblée et faire le choix évident de l'esthétique ?

— Il vient d'expliquer pourquoi, mon chéri, dit Maddie. En prenant le chemin le moins évident, on obtient un résultat de meilleure qualité.

— Le défi à relever est d'une tout autre envergure, précisai-je. Contrairement à ce qu'on pourrait imaginer, la méthode du « Maintenant que c'est là » est plus énergivore. Rien ne met plus à l'épreuve le cerveau que de l'obliger à penser de manière contre-intuitive.

— Oui. Je vois. Je vois.

Je ne m'attendais pas à ce que Douglas prenne ma théorie à ce point au sérieux. Je décidai de lui octroyer une petite concession :

— Toutefois, il est vrai que je ne serais pas tombé sur la tactique du « Maintenant que c'est là » si je n'avais au préalable entretenu des pensées paresseuses, du style « le résultat est atroce, mais je m'en fiche, ça va rester là, sinon j'en ai pour jusqu'à Noël prochain » – donc vous n'avez pas totalement tort.

Douglas rit.

— Je n'ai pas totalement tort. Ma marge d'erreur est rarement très élevée. N'est-ce pas, mon amour ?

Maddie afficha une mine sérieuse.

— Edward, je me sens terriblement coupable. Le dîner hier soir a dû être un calvaire indicible pour vous et M. Poirot. Toute cette agitation autour de la cour... vous deviez vous demander de quoi il était question.

— Mon épouse veut toujours savoir de quoi il est question, souligna Douglas. Elle pense que c'est pareil pour tout le monde. N'hésitez pas à vous inscrire en faux, sans quoi je crains que vous ne soyez parti pour vous faire rebattre les oreilles d'une ou deux anecdotes.

— Vous aurez sans doute remarqué que ma sœur et moi ne sommes pas exactement en bons termes, commença Maddie. Nous étions proches, autrefois. Nous étions les meilleures amies du monde jusqu'à ce qu'elle tombe amoureuse de Jonathan. Ils ont fait connaissance à notre mariage. Quelques mois après notre retour de lune de miel, Janet est venue me voir, l'air grave. Elle m'a raconté que Jonathan lui faisait la cour, mais que les choses n'étaient pas allées très loin. Elle m'a demandé… jamais je ne l'oublierai ! Elle m'a dit : « Maddie, dis-moi si tu préfères que je l'éconduise. Ça risque d'être bizarre si j'ai une relation amoureuse avec le frère de ton mari. De compliquer la donne, aussi. Alors si l'idée te fait horreur, il faut me le dire. Je ne suis pas sûre que ça me plairait, si nos situations étaient inversées. » Je sais précisément pourquoi l'inverse lui aurait déplu, concéda Maddie avec émotion. Elle a parfaitement décrit mon propre malaise : « Arrivée à l'âge adulte, on crée sa propre vie, indépendamment du cocon familial. On n'a pas forcément envie de voir sa sœur débarquer au beau milieu de sa toute nouvelle existence. Et je ne suis pas encore amoureuse de Jonathan, donc je peux me sortir de là sans trop de difficultés. Et puis ce ne sont pas les hommes qui manquent dans ce vaste monde et d'autres ont le béguin pour moi, donc si tu veux que j'y mette le holà, je peux. Tu n'as qu'à me le demander. »

— C'est ce que vous avez fait ?

— Je lui ai en effet répondu que je préférerais qu'elle choisisse un prétendant qui ne soit pas le frère de mon mari, mais qu'elle pouvait tout à fait ignorer mon avis et faire comme bon lui semblait. Les gens devraient pouvoir disposer de leur libre arbitre, ne pensez-vous pas, Edward ?

— Eh bien...

— Ceci dit, si Janet avait jeté son dévolu sur Douglas, les choses auraient été différentes. J'avais, et j'ai encore, sur lui une revendication légitime, mais rien ne justifiait que je demande à Janet d'oublier Jonathan pour moi. Si elle l'avait rencontré et épousé en premier et que j'avais fait la connaissance de Douglas à *leur* mariage, je me serais souciée comme d'une guigne de l'opinion des gens. Si quelqu'un est célibataire et disponible et que quelqu'un d'autre tombe amoureux de lui, c'est comme ça. L'avis des autres n'entre pas en ligne de compte.

— C'est une manière tout à fait rationnelle de voir les choses, commentai-je.

— Tout à fait, abonda Douglas. On pourrait se dire, n'est-ce pas Edward, que Janet aurait pu se contenter de cette réponse. Mais non, cela ne lui suffisait pas.

— Elle s'est refermée instantanément, dit Maddie. « Donc tu préférerais que je renonce à Jonathan. J'en conclus que nous n'avons pas ta bénédiction ? » J'ai cru qu'elle avait mal compris, alors j'ai dit : « Tu as ma bénédiction pour décider comme tu l'entends. Fais ce qu'il te plaît. L'inverse me ferait de la peine. » Mais le mal était fait. Aux yeux de Janet, j'avais commis un affront terrible. Je n'avais pas compris que la seule réaction recevable était : « Oh, mais quelle nouvelle épatante, Janet ! Je suis ravie ! Rien ne pourrait me mettre plus en joie ! » En avouant préférer qu'elle tombe amoureuse d'un homme qui ne soit pas mon beau-frère, je l'avais trahie de la façon la plus abominable et impardonnable qui soit.

Soudain Maddie eut l'air découragée, comme si elle prenait la mesure de la tristesse de l'histoire qu'elle venait de me conter.

— J'ai tenté de lui faire comprendre que je voulais être la plus honnête possible, mais c'était trop tard. Janet a prétendu n'avoir jamais dit qu'elle aurait détesté que Douglas et moi nous soyons mis en couple après qu'elle et Jonathan étaient déjà mariés. Elle a menti effrontément, comme si on allait faire semblant qu'elle n'avait jamais prononcé ces paroles, en me regardant droit dans les yeux.

Maddie poursuivit après un soupir.

— C'est ce que j'ai pensé au début, en tout cas ; qu'elle mentait sciemment. J'avais tort. J'ai fini par comprendre que Janet occulte tout ce qui ne correspond pas à sa vision du monde.

— J'appelle ça mentir, trancha Douglas d'un air renfrogné.

— Pas dans la perception de Janet, nuança Maddie. Elle se convainc des choses quand ça l'arrange. Le testament de ton père en est un parfait exemple.

— Mon amour, évite d'évoquer le testament de mon père devant l'inspecteur. Il va finir par se dire que l'idée farfelue de ma mère vaut qu'on s'y arrête.

— Quelle idée ? m'enquis-je.

— Ma mère est persuadée que quelqu'un, à l'hôpital St Walstan, veut tuer mon père, répondit Douglas d'un ton aussi détaché que s'il parlait de la pluie et du beau temps.

15

Duluth Cottage

Les infirmières Beatrice Haskins et Zillah Hunt habitaient ensemble dans le village côtier de Trimingham une longue maison de pierre qui occupait près d'un quart de la rue. Une plaque en façade annonçait « Duluth Cottage ».

Devant ses épais murs de pierre beurre frais – « la couleur crémeuse exacte du beurre qui fond au soleil, Catchpool » – et ses huisseries vert pâle, Poirot trouva instantanément un air accueillant à la robuste petite habitation qui devait faire moins du quart de la superficie de Frellingsloe House.

L'avant de la maison n'était pas ceint par un jardin à proprement parler. Duluth Cottage se dressait affablement en bordure de la route, l'air désireux d'aller à la rencontre des passants autant que faire se peut pour une maison, suivant un aménagement qui laissait planer la plausibilité qu'une automobile pilotée par un conducteur novice – ou par l'inspecteur Mackle – pût un jour faire une apparition surprise au beau milieu du salon.

Avant d'arriver à Duluth Cottage et de tomber sous le charme des lieux, Poirot n'avait pas pris la mesure de son accablement suite aux trente minutes passées dans l'habitacle exigu d'une petite voiture avec l'inspecteur Mackle pour seule compagnie. « Tenter d'avoir une conversation avec cet homme est aussi futile que d'essayer de faire tomber la pluie vers le ciel », me dirait-il plus tard. « Il refusait d'entendre raison. Le frère de Stanley Niven l'avait forcément tué puisqu'il n'avait aucun mobile ! Trente-deux inconnus sans aucun lien mentent forcément puisque l'inspecteur Mackle l'a décrété ! Nous devons l'éviter soigneusement, Catchpool. La fréquentation d'un esprit lourdaud ternit le lustre des intellects les plus brillants. Il convient de protéger les petites cellules grises d'Hercule Poirot. »

C'était Beatrice Haskins qui était venue ouvrir après que l'inspecteur Mackle avait frappé à la porte. Poirot lui donnait environ cinquante ans : elle arborait un visage rond et rose, des cheveux blonds et un sourire franc et généreux. Ses yeux verts pétillaient d'intelligence. À l'instar de sa maison, elle était plus large que haute.

Poirot l'apprécia instantanément. Elle lui dit de l'appeler « Bee », puis lui présenta Zillah Hunt, une blonde trentenaire à l'air éthéré et à la bouche trop grande, qui évoqua à Poirot un canard plus que des baisers, contrairement à ce qu'avait sous-entendu l'inspecteur Mackle. Il l'imaginait mal s'acquitter des tâches physiques du métier d'infirmière et remarqua que Gerald Mackle ne détachait pas les yeux de la jeune femme, qui s'en rendait compte et semblait mal à l'aise.

Mackle, Poirot, Bee Haskins et Zillah Hunt prirent place dans le petit salon confortable et décoré avec goût. Bee avait préparé une collation : une farandole de sandwiches et de gâteaux qui donna envie à Poirot de chanter de joie. En un clin d'œil, il s'était avisé que les mets étaient de première qualité : le pain était moelleux et des morceaux de vrais fruits agrémentaient la confiture.

— C'est coquet, chez vous, les complimenta Poirot. Il y a plus à voir sur les murs que dans la plupart des galeries d'art.

Une lithographie en particulier attira son attention : deux garçonnets chaussés de bottes de pluie, une bêche dans la main, se tenaient accroupis devant un étang. Dans l'eau, trois grenouilles levaient les yeux sur eux tandis qu'une quatrième était suspendue en l'air, comme si elle avait bondi pour aller à leur rencontre.

— La maison et les tableaux appartiennent à Verity, qui est ma cousine et la mère de Zillah, expliqua Bee. Zillah est ma cousine issue de germain, même si elle m'a toujours appelée tante Bee. Verity s'est absentée ce matin, c'est bien dommage. Elle aurait beaucoup aimé vous rencontrer, monsieur Poirot. Elle vous aurait raconté l'histoire de chaque œuvre et de chaque meuble dans cette pièce. Je crains de ne pouvoir m'attribuer aucun mérite, si ce n'est celui d'avoir préparé la nourriture.

— Ce sandwich est divin, madame… à moins que ce ne soit mademoiselle ?

— Je ne sais pas trop, répondit Bee. L'usage du français n'est vraiment pas mon point fort. Cela dépend de mon âge et de ma situation maritale, si j'ai bien compris ? Je ne suis pas mariée – je ne l'ai jamais été – et parfois je me sens vieille, mais Verity continue à me traiter de jeune écervelée. Elle a peut-être raison. Somme toute, je suis peut-être encore jeune, rit-elle.

— Va pour mademoiselle, alors, lui sourit Poirot. Je crois n'avoir encore jamais utilisé le mot « divin » pour qualifier un sandwich. Celui-ci est extraordinaire. J'en prendrai un autre. Cela fait trop longtemps que je n'ai point mangé convenablement.

Son commentaire entraîna un simulacre d'altercation entre Gerald Mackle et Bee, cette dernière partant à tort du principe que l'inspecteur était chargé d'assurer le boire et le manger pour Poirot. Naturellement, l'explication de Mackle manqua cruellement de clarté et Poirot était trop occupé à se délecter des victuailles pour être d'aucun secours.

Mackle finit par se rappeler que l'objectif de sa visite ne se résumait pas à regarder Zillah Hunt avec des yeux de merlan frit.

— Mesdames, en chemin j'expliquais à M. Prarrow que vous et moi étions du même avis sur le meurtre de Stanley Niven. Je vous saurai gré d'en faire part à notre honorable invité, si vous n'y voyez pas d'inconvénient. Il n'est pas encore totalement convaincu qu'un membre de la famille Niven a fait le coup.

— Eh bien…, commença Bee Haskins, mais déjà Mackle lui coupait la parole.

— Monsieur Prarrow, ces deux dames m'ont d'emblée affirmé que le coupable ne pouvait se trouver dans le pavillon 6 ce jour-là.

— Forcément que si, contra Poirot en étouffant un soupir.

— Je vous demande pardon ? dit Mackle.

— La mort a été causée par des coups à la tête – un mode opératoire qui exige du tueur d'être présent sur les lieux.

— Aha ! Oui, bien sûr. Tout à fait. On ne vous la fait pas à l'envers, hein ? Je voulais dire que le tueur ne pouvait pas faire partie des personnes qui étaient *censées* se trouver dans le pavillon ou à l'hôpital ce jour-là. Dites-lui, mesdames.

La première déclaration de Bee Haskins fit une vive impression sur Poirot :

— Je ne m'avancerai pas à affirmer ce qui est ou non arrivé, pour la bonne raison que je l'ignore. Toutefois, je connais tous les médecins et toutes les infirmières de St Walstan. Ainsi que les portiers et le personnel en cuisines. Tout le monde. Je travaille dans cet hôpital depuis quinze ans et je puis vous dire que pas une seule personne employée dans cet établissement est capable de commettre un meurtre de sang-froid. En outre, je connais la plupart des personnes hospitalisées ainsi que leurs familles – pas tout le monde, mais presque. Le pavillon 6 accueille les hospitalisations de longue durée, si bien que j'ai le temps de faire leur connaissance.

— Tout le monde adore tante Bee, dit Zillah. Ils se confient tous à elle.

— Je connaissais M. Niven, poursuivit Bee Haskins, et je lui étais très attachée. Nous l'étions tous. (Ses yeux s'emplirent de larmes, qu'elle chassa en clignant des paupières.) Je n'arrive pas à croire qu'on ait voulu… lui faire ça. C'était une des personnes les plus gentilles que j'aie jamais rencontrées. Gentil, attentionné et drôle. Il racontait de ces histoires ! Le pavillon entier avait des fous rires.

— Tante Bee et moi ne pouvons imaginer qu'on ait voulu attenter à ses jours, reprit Zillah. Il doit y avoir une erreur. Le tueur a dû se tromper de personne.

Poirot songea aussitôt à la peur de Vivienne Laurier, dont le Dr Osgood nous avait fait part, qu'Arnold Laurier soit la prochaine victime. Était-il possible, se demanda-t-il, que le tueur ait été persuadé de tuer non pas Stanley Niven, mais Laurier, en ce jour du 8 septembre ?

L'inspecteur Mackle se mit à rire.

— Vous pensez que notre assassin s'est trompé de victime, mademoiselle Hunt ? Cette théorie ne tient pas la route : l'assassin en question – homme ou femme, personnellement je penche en faveur d'un homme, je pense que c'est Clarence Niven – échappe à la loi depuis plus de trois mois. Il doit être plutôt intelligent, non ? Or aucun type intelligent n'irait s'emmêler les pinceaux et tuer un inconnu dont il n'a que faire, si ?

— Vous devriez éviter d'exprimer ostensiblement vos soupçons à l'égard de Clarence Niven, qui est peut-être innocent, le mit en garde Poirot.

— Je dois reconnaître, inspecteur, que Zillah et moi nous sommes demandé…, commença Bee Haskins avec hésitation. Vous avez l'air sûr et certain que le tueur est un proche de M. Niven, et très probablement son frère Clarence. Y a-t-il une raison particulière qui vous fait dire ça ?

— Absolument, répondit Mackle d'un ton affable. Son alibi élaboré à l'excès : trente-deux personnes, je vous le rappelle. En plus c'est toujours un proche qui finit par être désigné coupable, conclut-il en hochant la tête avec la satisfaction d'avoir couvert tous les points pertinents.

— J'ai rencontré Clarence Niven à plusieurs occasions, dit Zillah avec un soupçon de défi dans la voix. C'était un brave homme. Lui et son frère avaient l'air de beaucoup s'apprécier.

— Ils s'aimaient beaucoup, renchérit Bee en fermant les yeux, d'où s'échappèrent quelques larmes.

— Un naturel malveillant et un talent pour la comédie – pour la tromperie – vont souvent de pair, souligna Mackle.

— Je sais faire la différence entre des frères et sœurs qui s'aiment ou qui ne s'aiment pas, rétorqua sèchement Bee Haskins. Monsieur Poirot, l'inspecteur Mackle et moi ne sommes pas du même avis concernant ce meurtre. Pas du tout. Je suis navrée, inspecteur, mais je suis en désaccord complet avec ce que vous avancez.

— Moi aussi, compléta Zillah.

— Eh bien, fit Mackle en se grattant la joue. Voyez-vous ça.

Après s'être suffisamment sustenté, Poirot reposa son assiette et déclara :

— Inspecteur, j'aimerais avoir un compte rendu exhaustif des événements qui se sont déroulés dans le pavillon 6 de l'hôpital St Walstan le 8 septembre. Je vous demanderai, s'il vous plaît, de laisser les théories de votre cru de côté. Je souhaite entendre les faits et rien que les faits.

— Certainement, répondit Mackle. Alors je vais commencer par le b-a.ba, au risque d'énoncer une évidence : Stanley Niven a été assassiné. La mort a été

179

causée par deux coups portés à la tête à l'aide d'un vase qui se trouvait dans sa chambre, sur sa table de nuit. Le vase contenait des fleurs et de l'eau, qu'on a trouvées répandues au sol. Le tueur a dû vider le vase avant de s'en servir pour frapper M. Niven – en voulant vraisemblablement éviter d'être éclaboussé. Un individu sortant de l'hôpital trempé de la tête aux pieds risquait d'attirer l'attention.

— Donc il y avait de l'eau et des fleurs par terre, reprit Poirot. Des empreintes digitales sur le vase ?

— Tout à fait, répondit l'inspecteur. Malheureusement, un de mes officiers les a égarées avant qu'on ait pu les exploiter. Nous avons compris notre erreur un peu tard. À ce stade, le vase avait été soigneusement récuré.

— Je vois, commenta Poirot d'une voix dénuée d'expression.

— Oui, un vrai coup de malchance. M'enfin ça arrive, non ?

— Comment a-t-on affirmé que le vase était l'arme du crime ? demanda Poirot.

— Il avait… (Mackle dévisagea les deux femmes puis s'éclaircit la voix.) L'état du vase le laissait à penser. Il était couvert de sang.

— Heure du décès ? s'enquit Poirot.

— Entre deux heures et trois heures moins dix. Nous n'avons pas réussi à être plus précis.

— Et pourquoi M. Niven n'a-t-il pas pu être tué avant deux heures ou après trois heures moins dix ?

— Eh bien, parce que le Dr Osgood… je crois savoir que vous l'avez rencontré, Prarrow ? Il loge à Frellingsloe House.

Poirot opina du chef.

— Le Dr Osgood est entré dans la chambre de Stanley Niven à trois heures moins dix pour lui administrer ses médicaments, dit Mackle. Et l'a trouvé mort.

— Et moi-même je l'ai vu à deux heures, renchérit Bee Haskins. En pleine forme, en tout cas autant que faire se peut pour un patient. J'accompagnais le Dr Wall dans sa tournée. À deux heures, il a frappé à la porte de Stanley Niven qui l'a convié à entrer. M. Niven était dans de bonnes dispositions. Mais une chose reste incompréhensible depuis le début, monsieur Poirot.

— Quoi donc, mademoiselle ?

— La porte, répondit Bee dans un soupir. Elle ne pouvait pas être ouverte et fermée en même temps.

— Je ne vois pas l'intérêt d'embêter monsieur Prarrow avec…, objecta Mackle.

— Silence, je vous prie, inspecteur. J'aimerais beaucoup entendre cette histoire de porte. Voulez-vous parler de la porte de la chambre d'hôpital de M. Niven, mademoiselle ?

— Non, répondit Bee Haskins. Celle de la chambre d'à côté : la porte de la chambre d'Arnold Laurier…

16

Encore des sapins de Noël

— Pourquoi Vivienne est-elle convaincue que l'assassin de Stanley Niven veut tuer Arnold ? demandai-je à Maddie et Douglas.

Ils échangèrent un regard, puis Maddie prit l'initiative :

— Cela n'a aucun sens, Edward. Vivienne n'est plus elle-même depuis qu'on a annoncé à Arnold qu'il allait succomber à la maladie. Et après le meurtre... elle a cessé de s'alimenter. Elle est en train de disparaître sous nos yeux.

— Alors que mon père a l'air encore plus sémillant que jamais, dit Douglas. La perspective d'arrêter un assassin à St Walstan le dynamise. Mon horrible frère a saisi l'occasion pour déclarer : « Papa devrait avoir ce qu'il veut. Qui parmi nous peut bien refuser son dernier souhait à un mourant ? » *Et cætera ad nauseam.*

— Jonathan et Janet méprisent les souhaits d'Arnold, poursuivit Maddie. C'est eux qui ne veulent pas habiter une maison qui abrite une longue maladie. Comme cette mort leur serait désagréable ! Attendez un peu qu'Arnold tombe vraiment malade – vous ne risquez pas de les croiser à l'hôpital, ces deux-là. C'est Douglas et moi qui prendrons le relais de Vivienne, en l'incitant à rester de temps en temps à la maison pour se reposer. (Elle poussa un soupir.) J'espère sincèrement qu'Arnold partira vite, lorsque la maladie aura atteint le stade suivant. Alors seulement Vivienne pourra aller mieux.

Douglas, loin d'avoir l'air choqué par ces propos, opinait du chef.

— Toute cette agonie est une vraie torture pour ma mère. Évidemment, elle veut qu'Arnold vive éternellement. Il ne se passe pas un jour sans qu'elle dise : « Il pourrait encore très bien tenir une année, voire deux si on a de la chance. Même les meilleurs docteurs ne prédisent pas l'avenir. »

— Et pendant ce temps, elle hait chaque seconde du temps présent, reprit Maddie d'un ton opiniâtre. Et le pire dans ce genre de tragédie, c'est qu'on a peur par anticipation. Ce qui est d'ores et déjà arrivé, même si c'est épouvantable, on peut s'en remettre ou en tout cas l'accepter. C'est un vrai soulagement de pouvoir se dire que le pire est passé.

Je me tournai vers Douglas.

— Vous avez laissé entendre que Janet et Jonathan avaient menti à propos du testament de votre père. Que vouliez-vous dire par là ?

— Je ne l'ai pas laissé entendre. Je l'ai affirmé haut et fort. C'est un fait : ce sont des menteurs.

— Douglas et moi sommes en désaccord à ce sujet, intervint Maddie. Je préfère me dire que Janet ne se rend pas compte qu'elle déforme la réalité. Après avoir été témoin de mon interaction avec ma sœur hier soir, vous devez vous dire que je la déteste, Edward, mais ce n'est pas le cas. Je l'aime sincèrement. Dieu seul sait à quel point j'aimerais cesser de l'aimer, mais cela m'est impossible. En sa présence, c'est de l'amour blessé qui jaillit de ma bouche, pas de la haine.

— Alors que moi je déteste tout bonnement Jonnells, déclara Douglas. À dire vrai, je n'ai jamais eu d'affection pour lui, même si, pour mes parents, j'ai fait en sorte d'être aimable. Dès qu'il a été en âge d'afficher un semblant de personnalité, je l'ai trouvé conventionnel, bouffi d'orgueil et fourbe. C'est un soulagement de ne plus avoir à feindre un quelconque amour fraternel. Même si j'en suis navré pour nos parents : mon père, ma mère, Enid et Terence. Ce sont eux qui souffrent de cette querelle dont Jonathan et Janet sont les instigateurs.

— Pas ton père, le corrigea Maddie. Il n'arrête pas de dire que nous sommes sur le point de devenir amis, tous les quatre. Il est persuadé que cette grande réconciliation va avoir lieu d'un jour à l'autre, et qu'à partir de là tout sera idyllique.

— En quoi ont-ils menti à propos du testament d'Arnold ? répétai-je de nouveau sans vergogne, puisque Douglas et Maddie avaient l'air parfaitement disposés à en parler.

— Janet et Jonathan racontent à qui veut l'entendre que Douglas et moi comptons les jours jusqu'au décès d'Arnold, tout ça pour pouvoir réclamer la part d'héritage de Douglas, expliqua Maddie. Apparemment, nous sommes follement impatients de quitter Frelly pour nous acheter une maison.

Douglas enchaîna sur les propos de sa femme :

— C'est mon frère qui a eu l'idée que l'argent légué par mon père nous serve à acquérir une maison le plus loin possible d'ici. Oh, et ils veulent aussi que ma mère s'en aille une fois que mon père ne sera plus de ce monde. (Le dégoût déforma ses traits.) Nous avions pour consignes strictes de l'emmener avec nous – et bien évidemment, aujourd'hui ils essaient de faire passer ça pour un enlèvement, comme si on voulait la garder pour nous.

— Janet a une image dérangée de Vivienne, déplora Maddie en secouant la tête. Elle s'accroche à l'idée ridicule que Vivienne préfère Douglas et moi parce que nous sommes les aînés de la fratrie, comme l'était Vivienne. Cela n'a aucun sens ! De toute sa vie, Vivienne n'a jamais dit le moindre mot qui laisse entendre qu'elle prenait parti entre nous quatre. Quel que soit le désaccord, elle se fige dans un silence angoissant – elle ne veut pas savoir comment la question peut se régler, tout ce qu'elle veut c'est de la sérénité. Si en effet elle nous préfère, Douglas et moi, c'est probablement parce qu'on est gentils avec elle. Elle s'est forcément rendu compte que son fils cadet et sa belle-fille étaient des gens franchement ignobles.

Un coup discret retentit contre la porte de la salle à manger. Le battant légèrement entrouvert laissa apparaître Terence Surtees. Son visage trahissait sa stupéfaction.

— Oh, fit-il lorsqu'il nous surprit tous les trois ensemble.

— Bonjour, papa, le salua Maddie. Pourquoi cet air morose ?

D'après moi, son père venait d'entendre sa fille cadette se faire décrire comme un être ignoble par son aînée, ce qui devait suffire à ôter l'envie de sourire.

— J'espérais m'entretenir avec l'inspecteur Catchpool, mais…

— Papa, attends…

Il était trop tard pour que Maddie me confie aux bons soins de son père ; Terence Surtees avait déjà quitté la pièce.

*

Fait suffisamment remarquable pour être souligné, trois personnes passèrent me voir tandis que je décorais le sapin de Noël qui parait l'étude d'Arnold Laurier. Quiconque vaquait à ses occupations à l'intérieur de la maison pouvait fort bien être amené à traverser le salon ou la salle à manger – en passant de la porte d'entrée à la porte de service, par exemple, ou de l'escalier principal à la cuisine. Toutefois, l'étude d'Arnold était à l'extrémité d'un couloir situé à l'écart et qui ne débouchait sur rien ; on n'en franchissait pas la porte à moins d'avoir sciemment fait un détour.

C'est le vicaire, Felix Rawcliffe, qui passa le premier pour demander quand j'avais vu Vivienne Laurier pour la dernière fois. Au petit déjeuner, lui répondis-je. Il fronça les sourcils et balaya la pièce du regard d'un air mécontent avant de s'en aller brusquement.

Quelques secondes plus tard, le Dr Osgood entra.

— Oh, c'est vous, dit-il. C'est vous que j'ai entendu parler à Rawcliffe tantôt ?

— Il m'a demandé si je savais où était Vivienne.

— Et ?

— Je l'ignore.

— Elle est peut-être avec Arnold, commenta Osgood. Elle le cherchait. (Après une hésitation, il ajouta :) Felix vous a-t-il dit pourquoi il la cherchait ?

Je secouai la tête en signe de dénégation. Le docteur avait manifestement envie d'objecter à ma réponse, sans toutefois trouver de motif raisonnable pour ce faire.

— Je n'aime pas la manière dont vous avez ordonné les décorations, par couleur, dit-il avec un coup de menton en direction du sapin. Ça ne rend pas bien d'avoir une masse rouge d'un côté et un amas argenté de l'autre. Il vaudrait mieux répartir uniformément les teintes. Je vais vous montrer.

Ornement par ornement, il s'employa à démanteler ma création pour la remplacer par une mise en place sans aucun intérêt. Tout du long, je laissai échapper des petits grognements signifiant mon approbation.

— Je crois savoir que vous n'êtes pas marié, inspecteur, dit-il en raccrochant deux clochettes étincelantes. Au grand dam de votre mère, si je comprends bien. Moi non plus, je ne suis pas marié. À certains égards, cela facilite la vie, vous ne trouvez pas ?

— La vie n'est jamais simple, objectai-je. Elle offre tout un panel de difficultés, parmi lesquelles il faut choisir.

— Certaines existences sont considérablement moins ardues que d'autres, inspecteur.

— Peut-être. Mais ce genre de choses, n'est jamais une évidence, vu de l'extérieur. Seule la personne concernée peut en juger. Je trouve que ces clochettes sont superbes à cet endroit. Je n'avais pas pensé à les y mettre. Grâce à vous, le sapin est tout bonnement majestueux.

— Oui, il rend bien, acquiesça Osgood. Mieux, en tout cas.

— Je ne manquerai pas de faire savoir à tout le monde que vous êtes venu à la rescousse, déclarai-je sans me formaliser de ce que mon ouvrage avait été vandalisé.

— La question est la suivante : doit-on se marier uniquement par amour ? lança Osgood comme si la question découlait naturellement de ma remarque sur la décoration du sapin. Ou doit-on décider que le mariage est un objectif louable en soi, pour lequel il faut sélectionner la meilleure... la meilleure candidate disponible ?

— Je pencherais en faveur de la première option. Ma mère préférerait que j'envisage la seconde stratégie. N'êtes-vous pas fiancé ?

— En effet, si, répondit hâtivement le docteur sans s'appesantir. Vous n'auriez pas... Avez-vous eu l'occasion de parler à Vivienne depuis votre arrivée ?

— Je me suis longuement entretenu avec elle avant le dîner hier soir.

— A-t-elle... ? Le nom de Felix Rawcliffe est-il venu dans la conversation ?

— Non.

— J'ai bien peur qu'il ne complique quelque peu les choses pour Vivienne. Mais... elle ne s'est pas plainte en ce sens ? Tant mieux, tant mieux... Il doit avoir votre âge, voire moins. Et Vivienne est totalement dévouée à Arnold. Qui sait si elle envisage-rait de se remarier.

Sur ce, Robert Osgood tourna les talons et s'en fut.

J'étais encore sous le coup de ses propos lorsque, dix minutes plus tard, mon troisième visiteur fit son apparition – Jonathan Laurier, le visage renfermé, arborait un air revêche.

— Inspecteur Catchpool. J'espérais vous trouver. Avez-vous parlé à votre ami Poirot ?

Je cédai à une impulsion malicieuse.

— Cela m'est déjà arrivé.

— Ne faites pas l'imbécile, je vous prie. Je voulais revenir sur…

— L'occasion ne s'est pas présentée, coupai-je.

Il laissa échapper un lourd soupir.

— Je vous serais reconnaissant de vous en occuper dans les meilleurs délais. Poirot doit faire la promesse d'accéder au souhait de mon père.

Je repensai à la nuit précédente. Jonathan Laurier avait évoqué un sujet touchant Frellingsloe House, si mes souvenirs étaient bons, sans plus entrer dans le détail.

— La promesse suffira, dit-il, suivie de l'illusion qu'il se trame quelque chose. Cela fera l'affaire. En règle générale, je n'incite pas à la tromperie, mais en l'espèce je suis persuadé de faire le bon choix.

— Poirot n'obéit pas à mes ordres, assénai-je.

J'étais tenté d'ajouter *et moi je n'obéis pas aux vôtres*.

— Je suis certain qu'il vous écoutera, rétorqua Jonathan avec impatience. C'est un étranger. Vous êtes anglais, qui plus est inspecteur à Scotland Yard.

D'ailleurs à bien y penser… vous pourriez exercer votre influence sur notre inspecteur Mackle, pendant que vous y êtes, il est d'une stupidité exaspérante.

— Dans quel but ?

— Il y a un fou à l'hôpital qui claironne une histoire de mal à la tête.

— Ah. M. Blesser-la-tête.

— Juste après la mort de Niven, il était planté dans le couloir devant la porte de la chambre de mon père, à quelques pas de celle de Stanley Niven. N'est-ce pas évident qu'il est l'assassin ? C'était le seul fou furieux sur les lieux et il n'a eu de cesse de répéter ses aveux en boucle : « Blesser la tête, Blesser la tête. » On peut difficilement faire plus flagrant. Ma seule question, c'est : pourquoi n'a-t-il pas été arrêté sur-le-champ ?

— En avez-vous fait part à l'inspecteur Mackle ?

— Mackle a été exposé à une interprétation totalement différente de la bouche de ma mère, et malheureusement il y a cru, dit Laurier. Ma mère a tort. Elle prétend que ce fou avait peur et qu'il essayait de la prévenir que mon père allait être tué. N'importe quoi ! Il essayait d'avouer son acte, mais gêné par ses problèmes d'élocution, il n'a pas réussi à se faire comprendre. Je peux vous dire très précisément ce que ce pauvre homme était en train de faire : il n'implorait pas ma mère de le sauver, il tendait les mains pour qu'on lui passe les menottes.

— Comment pouvez-vous en avoir la certitude ?

— Je l'ai entendu de la bouche du fou : « Blesser la tête. Blesser la tête. » C'était ce qu'il voulait infliger à Stanley Niven et sa manière de nous annoncer qu'il était passé à l'acte.

17

Les portes et M. Blesser-la-tête

— Très bien, dans ce cas je vais vous parler des portes, dit Bee Haskins à Poirot. C'est une énigme que Zillah et moi ne parvenons pas à élucider.

— Ne vous inquiétez pas, mademoiselle. Poirot s'en chargera.

Zillah le dévisagea vivement, saisie par l'audace de son affirmation.

— Alors... fort bien, dit Bee Haskins. (Elle s'installa confortablement dans son fauteuil et se lança dans son récit :) Après Stanley Niven à deux heures, le Dr Wall et moi avons rendu visite aux autres patients du pavillon 6, que nous n'avions pas encore eu le temps de voir. Puis nous sommes allés au pavillon 7, le suivant dans la liste du Dr Wall. Le 7 est en face du pavillon 6, de l'autre côté de la cour. Un des patients là-bas est le Pr Burnett.

M. Blesser-la-tête, songea Poirot par-devers lui.

— C'est terrible qu'un tel cerveau soit réduit en bouillie, déplora l'inspecteur Mackle avec un soupir. L'âge et l'infirmité nous guettent, malheureusement. Le Pr Burnett était de son temps un scientifique distingué. Une éminence grise de ce pays, de ce qu'on m'a dit.

— De tous les cerveaux que l'on pourrait comparer à de la bouillie..., dit Bee Haskins avec emphase. (Se ravisant, elle poursuivit :) L'esprit du Pr Burnett fonctionne encore très bien, monsieur Poirot, quoique les pensées qu'il produit nous soient inaccessibles. Son état émotionnel se laisse plus facilement deviner. Les sentiments finissent toujours par se manifester, même quand l'expression verbale fait défaut. C'est la locution qui lui pose un problème, voyez-vous. Le Pr Burnett a perdu cette faculté en grande partie, ce qui le frustre terriblement. Il ne maîtrise plus qu'une poignée de mots, qu'il répète en boucle.

— Un sort des plus malheureux, convint Poirot.

— Quand le Dr Wall et moi avons rendu visite au Pr Burnett le 8 septembre, il n'était pas alité comme à son habitude. Il se tenait à la fenêtre. J'ai voulu le ramener à son lit, mais il insistait pour regarder la cour, en tout cas c'est ce que j'ai cru sur le moment. Je suis restée un instant à côté de lui, et j'ai remarqué Zillah de l'autre côté de la cour, dans la chambre du pavillon 6 qui va bientôt accueillir Arnold Laurier. Elle aussi se tenait près de la fenêtre, accompagnée d'un jeune couple : une femme de petite taille à la chevelure blonde, qui ressemblait à une décoration d'ange qu'on accroche dans les sapins de Noël, et un homme élancé. Je sais désormais, car Zillah me l'a dit, qu'il s'agissait de Jonathan et Janet Laurier, mais sur l'instant je l'ignorais. Derrière eux se découpaient les silhouettes d'autres personnes...

— Vivienne, Madeline et Douglas Laurier, récita Zillah Hunt à l'attention de Poirot.

— Oui, mais je ne les voyais pas bien, dit Bee Haskins. Je n'ai vu que des formes en arrière-plan. Ce que j'ai remarqué immédiatement en revanche, c'est que Zillah avait l'air mal à l'aise. Et que Jonathan et Janet Laurier semblaient en colère et s'en prenaient à Zillah avec une certaine hostilité. Et la pauvre avait l'air de plus en plus désespérée…

— C'était exactement ça, acquiesça Zillah. J'ai aperçu tante Bee à la fenêtre à côté du Pr Burnett, et je me suis dit : « Si seulement elle était ici avec moi. Elle saurait quoi faire. » Ce Jonathan Laurier est un odieux personnage. Il n'arrêtait pas de me houspiller et sa femme répétait tout ce qu'il disait, sauf qu'elle avait l'air plus effrayée que véritablement en colère. J'ai déjà eu affaire à ce genre d'épouses : elles ont peur que leurs maris retournent leur rage contre elles alors elles font semblant d'être aussi furieuses qu'eux. Quant à l'autre couple, Douglas Laurier et sa femme… ma foi, c'était incongru. Ils ont commencé à dresser la liste de tous les défauts de Jonathan et Janet. C'était horrible. À aucun moment ils n'ont haussé le ton, mais ce ton calme et détaché rendait ce qu'ils disaient encore plus méchant, comme s'ils énonçaient des évidences.

L'inspecteur Mackle se pencha en avant et tapota la main de Zillah.

— Si captivante que soit cette histoire, très chère, elle est sans lien avec l'affaire qui nous occupe : le meurtre de Stanley Niven. Lui et les Laurier ne se connaissaient pas. Il n'y a pas de rapport entre…

— Comment pouvez-vous en être sûr ? le questionna Poirot.

— Eh bien, c'est ce qu'ils disent – tous les Laurier et tous les Niven. Et sachez que je ne les ai pas crus sur parole. J'ai moi-même fait des recherches et je n'ai trouvé aucun lien entre les deux familles.

— Mademoiselle Hunt, je vous en prie, veuillez continuer, l'incita Poirot.

— Donc tante Bee, de l'autre côté de la cour, se rendait bien compte que j'étais coincée dans une chambre avec des gens horribles – sauf la femme d'Arnold, notez bien. Elle avait l'air gentille et tout aussi contrariée que moi par la situation.

— J'ai voulu rejoindre le pavillon 6 à toute vitesse pour tirer Zillah de ce mauvais pas, mais je devais suivre le Dr Wall dans sa tournée, ajouta Bee Haskins. Je me suis dit que j'allais rester à la fenêtre avec le Pr Burnett pour garder un œil sur la situation. La tension a eu l'air de retomber un peu, et j'ai vu que Zillah reprenait ses esprits…

— Après avoir dit les choses les plus blessantes qui leur passaient par la tête, ils ont fini par s'essouffler, raconta Zillah. La dispute a perduré péniblement, s'est arrêtée, puis a repris – tout ça parce que personne ne voulait s'avouer vaincu. On voyait bien qu'il n'y avait plus d'entrain. J'ai su que le pire était passé quand Vivienne Laurier a cessé de pleurer. J'ai affiché ma plus belle expression enjouée et je lui ai parlé de l'hôpital St Walstan. Je n'ai pas regardé les autres, je suis restée concentrée sur elle tout le reste du temps que nous avons passé dans la chambre.

— Quand j'ai vu que Zillah reprenait du poil de la bête, je me suis dit que je pouvais m'écarter de la fenêtre, expliqua Bee Haskins. Le Pr Burnett, lui, a refusé d'en bouger et de retourner dans son lit. Et maintenant que j'ai planté le décor, monsieur

Poirot, j'en viens au fait : je suis certaine – absolument convaincue – que la porte de cette chambre du pavillon 6, la chambre d'Arnold Laurier, était *ouverte* pendant que le gros de la dispute avait lieu.

— Alors que je suis persuadée qu'elle était fermée, contra la jeune infirmière. Tante Bee et moi en avons débattu sans relâche, vous imaginez bien. Aucune ne parvient à convaincre l'autre.

— Avez-vous remarqué quelqu'un ou quelque chose dans la chambre de Stanley Niven ? demanda Poirot à Bee Haskins.

Elle secoua la tête.

— Mon attention était malheureusement focalisée sur Zillah et les Laurier. Mais je crois que le Pr Burnett a vu quelque chose. Et je crois que c'est pour cela qu'il refusait d'abandonner son poste à la fenêtre. Avant la mort de Stanley Niven, le Pr Burnett avait l'habitude de répéter la même phrase. Le personnel de St Walstan ne l'avait jamais entendu dire autre chose. Sa famille nous avait prévenus d'emblée qu'il ne dirait jamais rien d'autre. Eh bien, il en a été autrement ! Mais je m'avance un peu vite. La formule est une citation de la Bible : « Le Fils de l'homme n'a pas où poser la tête. » Quand on passait le voir, le professeur l'énonçait au moins une ou deux fois, et il la prononçait *invariablement* quand il vous apercevait pour la première fois de la journée, en guise de salutation. Toutefois, l'après-midi du 8 septembre, il ne l'a pas récitée. Quand le Dr Wall et moi-même sommes entrés dans sa chambre, il n'a pas fait un bruit. Il regardait fixement par la fenêtre, les yeux sur la cour ou sur quelque chose de l'autre côté. J'ai pensé que l'altercation qui se déroulait en face au sein de la famille Laurier l'avait pétrifié ; depuis le pavillon 7, on n'entendait rien, mais même sans le son, la scène était saisissante. Rétrospectivement, je ne pense pas que le professeur observait la dispute. Je crois qu'il a été témoin du meurtre de Stanley Niven. Un individu qui brandit un vase imposant et l'abat plus d'une fois... il a très bien pu voir le crime.

— Oui, acquiesça Poirot. Ce n'est pas un mode opératoire très discret. À votre avis, une femme de force moyenne aurait-elle pu soulever et... manier ce vase facilement ?

— Oh oui, dit Bee Haskins. Les infirmières ont l'habitude de le faire.

— Et la chambre du professeur est située en face de celle dans laquelle M. Niven a été tué ?

— Presque en face. Monsieur Poirot, je suis intimement persuadée que le Pr Burnett connaît l'identité du tueur. Le drame est qu'il ne peut pas nous en faire part.

— Monsieur Prarrow, vous êtes le bienvenu pour vous entretenir avec le professeur, dit l'inspecteur Mackle. Essayez donc de soutirer le nom de l'assassin d'un type qui répète les mêmes trois mots en boucle toute la journée. En plus, il ne connaît pas le nom des proches de Stanley Niven, non ? Donc je le vois mal dire : « C'est Clarence, le frère, qui a fait le coup. »

— Ça fait plus de trois mots, objecta Zillah Hunt.

— Pardon, très chère ? demanda Mackle en se tournant vers elle.

— « Le Fils de l'homme n'a pas où poser la tête. » Ça fait plus de trois mots, répéta la jeune infirmière. Et ils ont changé, monsieur Poirot, depuis que Stanley Niven a été tué. À présent, le Pr Burnett remplace

196

très souvent « poser » par « blesser » : « Le Fils de l'homme n'a pas où *blesser* la tête. » Cette variation n'existait pas avant le meurtre de Stanley Niven.

— Et il a commencé à l'utiliser le jour même, précisa Bee Haskins. Il l'a dite pour la première fois à la famille Laurier, quand ils sont sortis de la chambre d'Arnold en compagnie de Zillah. À ce moment-là, j'avais quitté le pavillon 6, donc je n'en ai pas été témoin, mais Zillah l'a entendue, bien sûr.

— Il était dans tous ses états, acquiesça cette dernière. Et maintenant, il ne dit plus que ça : « Blesser la tête ! Blesser la tête ! »

— Il me le répète au moins deux fois par jour, insista Bee Haskins. Parfois, il le hurle en me montrant du doigt. C'est horrible.

— Très intéressant, commenta Poirot. Dites-moi, le tueur aurait-il été couvert du sang de M. Niven après avoir commis le crime ?

L'inspecteur Mackle secoua la tête.

— Il y avait du sang sur le vase et sur M. Niven, évidemment, mais...

Une sonnerie de téléphone fit sursauter leur petite assemblée, absorbée par la conversation.

Zillah Hunt s'excusa et quitta le salon. Elle revint quelques instants plus tard, une expression d'angoisse sur le visage.

— Oh là là, j'espère...

— Que se passe-t-il, mademoiselle ? Répondez-moi.

— C'était le Dr Osgood. Il dit que vous devez rentrer à Frellingsloe House de toute urgence, monsieur Poirot. Arnold Laurier a disparu. Le Dr Osgood et Vivienne Laurier ont cherché partout, il est introuvable.

18

Le sapin de la bibliothèque

Je progressais sur le front du sapin de Noël de la bibliothèque lorsque Terence Surtees fit son apparition.

— Pas de Maddie ou de Douglas pour vous prêter main-forte ? s'enquit-il.

— Non.

— Et votre ami Poirot ?

— Non plus. Il passera sans doute le plus clair de la journée avec l'inspecteur Mackle.

— Je vois. (Surtees regardait fixement le sapin de Noël.) Est-ce le bon emplacement pour ces flocons en papier ?

— Il me semble, oui. Mais le résultat prendra forme plus tard.

— On ne dirait pas des flocons de neige. Ça donne plutôt l'impression de voir une fleur dont les pétales sont des flocons.

— C'est l'effet recherché, répondis-je. Quand j'aurai terminé, l'ensemble sera bluffant.

Au lieu de lui demander ce qu'il voulait, je me lançai dans la description de ce que j'espérais obtenir avec mon idée de fleur-flocon de neige. Il ne lui fallut pas dix secondes pour m'interrompre.

— Je suis venu pour vous présenter mes excuses. J'ai dû vous sembler bien impoli, à quitter ainsi la salle à manger, sans même un au revoir. J'ai surpris une bribe de conversation qui ne m'était pas destinée et je me suis rendu compte que j'avais été induit en erreur.

— Par qui ?

— Par notre cher hôte et maître, répondit Surtees d'une voix sèche. Arnold. Je l'ai croisé tantôt et il m'a dit… Bon sang, il m'a refait le coup ! J'ai été stupide de le croire à l'époque, et voilà que je remets le couvert. Eh bien, ce sera la dernière fois.

Je déplaçai une boule de Noël sur une branche.

— Vous pensez que c'est plus joli comme ça ?

— Il m'a dit que les enfants vous donnaient un coup de main pour décorer les sapins. Il s'est précipité pour me le dire, comme si c'était un grand événement. Quand je suis arrivé pour constater ce joyeux spectacle de mes propres yeux, qu'est-ce que j'ai trouvé ? Une de mes filles en train de traiter l'autre d'« ignoble » auprès d'un inspecteur de police qu'elle ne connaît ni d'Ève ni d'Adam.

— Je suis navré que vous ayez surpris cet échange.

— L'animosité entre Maddie et Janet nous a arraché, à Enid et moi, nos derniers lambeaux de bonheur. Enid a abandonné tout espoir. Les soucis lui font perdre ses cheveux. Quand on l'a connue avant, c'est un vrai calvaire de penser à la femme qu'elle est devenue.

Il passa une main dans ses mèches pour remettre de l'ordre dans sa crinière. Après un coup d'œil en direction de la porte, par-dessus son épaule, il reprit à voix basse :

— Les petits-enfants, ce n'est rien. Je peux très bien faire sans, si seulement Maddie et Janet voulaient bien résoudre leur différend. Enid pensait qu'en nous installant ici, au beau milieu du champ de bataille des filles, elles seraient obligées de faire un effort. Eh bien nous sommes ici depuis sept mois, à trimer en cuisine et au jardin, à ne pas toucher un sou, et rien ne bouge.

— C'est un arrangement inhabituel, observai-je.

— Évidemment, nous sommes nourris et logés, et nous pouvons voir nos filles tous les jours. Arnold dirait que la situation est idéale. C'est ainsi qu'il l'a présentée à Enid, quand elle est allée leur parler, à Vivienne et lui, sans m'en toucher un mot. C'est Enid qui est allée voir les Laurier et qui leur a demandé s'ils envisageraient de nous héberger pendant une courte période dans l'espoir de réconcilier nos filles, qui vivaient déjà ici. Arnold était aux anges. La requête d'Enid tombait à point nommé : Vivienne venait tout juste de congédier la cuisinière et le jardinier pour économiser de l'argent. (Surtees étouffa un rire cynique.) Ce qui est absurde quand on pense qu'Arnold est assis sur une petite fortune. Il refuse d'en dépenser un sou. Pour lui « l'argent de la famille », comme il l'appelle, est pour Douglas et Jonathan.

— Tous les pères ne sont pas aussi généreux, dis-je avec une pensée pour le mien, qui n'avait eu de cesse de me rappeler au cours de mon enfance que sa contribution financière à mon existence prendrait fin le jour de mon entrée dans l'âge adulte.

— Même en laissant de côté la tonne d'argent en question, Arnold pourrait très bien se payer les services d'une cuisinière et d'un jardinier s'il le voulait, affirma

Surtees. Il l'a bien fait, pendant des années. Je ne sais pas ce qui a changé. Je ne veux pas de son argent, de toute façon. Même s'il me le proposait, je le refuserais. Enid et moi gagnons plus que nécessaire en louant notre maison à Londres pendant que nous logeons ici. Évidemment, Arnold n'a pas pensé une seule seconde que la domesticité risquait de faire naître chez Enid et moi-même un ressentiment de plus en plus fort. Il est trop gentil, c'est ça le problème avec Arnold : il est content de tout. Je suis sûr qu'il ne verrait pas d'inconvénient à être domestique ; il trouverait le moyen d'en faire une aventure. Il pense pouvoir s'amuser de tout. C'est bien pour cela qu'on ne peut pas lui faire confiance. Il ne faut pas le croire quand il affirme que tout va bien se passer ; tout ce que cela veut dire, c'est qu'il refuse de se départir de son optimisme à toute épreuve.

— Je doute qu'il vous ait volontairement berné à propos des sapins de Noël. Maddie et Douglas m'ont aidé à décorer le premier et Janet le deuxième, plus tôt dans la matinée. Arnold a dû en entendre parler et mal comprendre.

— Vous avez raison, concéda Surtees. Arnold ne ferait pas du mal délibérément. C'en est presque pire.

— Cette boule de Noël argentée irait mieux de l'autre côté du sapin, dis-je. De sorte qu'on la verrait du jardin. Qu'en pensez-vous ?

Surtees ignora la question. Il s'approcha de la fenêtre et contempla la vue. Après un silence de plusieurs secondes, il dit :

— Si on pouvait faire marche arrière... si seulement je pouvais... je ne laisserais pas Arnold me convaincre.

— Vous convaincre de quoi ? demandai-je d'une voix détachée, tout en repositionnant l'élément de décoration.

— Enid était au courant, vous voyez. Elle a toujours su ce qui se tramait entre les filles, bien avant qu'elles ne nous disent quoi que ce soit. Elle savait que Janet et Jonathan avaient le béguin l'un pour l'autre. Un jour, elle m'a dit : « Maintenant écoute bien, Terence. Tu ne vas pas me croire, et tu vas être indigné, j'imagine, mais je vais t'expliquer ce qui va se passer et ce que tu vas devoir faire. Jonathan Laurier ne va pas tarder à venir te demander la main de Janet. Et tu devras dire non. N'accepte sous aucun prétexte ! Réponds-lui qu'il n'a pas ton autorisation. Promets-le-moi. » Bien évidemment, j'ai ri. Comment Enid pouvait-elle deviner ce que Jonathan allait faire ? Et pourquoi s'acharnerait-elle à séparer deux jeunes gens follement épris l'un de l'autre ? Après tout, j'avais accepté bien volontiers quand Douglas m'avait demandé la main de Maddie. J'ai alors fait part de ces objections à Enid, qui m'a répondu : « C'est pour ça que tu dois faire tout ton possible pour décourager Jonathan. J'ai déjà entendu parler de ce cas de figure : deux frères et deux sœurs. Crois-moi, ça entraîne toutes sortes de problèmes. » Je lui ai dit que je ne voyais pas en quoi, et elle m'a fait une réponse très compliquée sur la redistribution des loyautés. (Surtees reprit après un soupir.) Ma femme m'a tenu des discours pleins de sagesse ce jour-là, inspecteur. Si seulement je l'avais écoutée.

— La redistribution des loyautés, hein ?

— Oui, et pas seulement. L'invasion du territoire, aussi. Oh, elle a tout prédit, Enid, bien avant que ça n'advienne. Elle a dit : « Si Janet épouse Jonathan Laurier, elle va partir du principe que tout ce qui concerne cette famille lui appartient de droit. Elle sera encore plus furieuse que Maddie soit arrivée la première, et elle l'accusera de tous les maux, comme si Maddie était l'envahisseuse, en oubliant que la chronologie lui donne tort. »

Surtees se laissa choir dans un fauteuil.

— On a toujours tendance à mépriser les signaux qui nous avertissent d'un danger. On se dit : « Mais non, ça ne risque pas » d'un ton raisonnable et parfaitement mesuré. « C'est forcément une exagération, les choses ne seront pas si terribles que ça. » Et si cet avertissement nous est donné avec conviction, eh bien voilà qu'on se met à soupçonner ceux qui adoptent – souvent à raison – ce ton péremptoire. J'ai suivi le conseil d'Arnold et j'ai donné à Jonathan ma permission de demander la main de Janet.

— Arnold vous a conseillé ?

— Oh, il était aux anges, comme à son habitude. Il trouvait merveilleux que les quatre enfants se marient entre eux. Vivienne aussi était enchantée. Elle disait que nous formerions bientôt une grande famille, tous les huit. En réalité… (Surtees fronça les sourcils.) Oui, c'est bien ça, si ma mémoire ne me fait pas défaut – et je ne crois pas. Vivienne nous a immédiatement conviés à emménager chez eux, ici à Frelly. Pour une fois, Arnold était le plus réservé des deux. Il lui disait : « Ne va pas trop vite en besogne, ma chérie. Jonathan n'a pas encore fait sa demande et Janet n'a pas encore dit oui. » Cela nous faisait rire. La gentillesse de Vivienne me touchait. Elle-même vient d'une famille nombreuse – cinq enfants, comme moi. C'était compréhensible qu'elle veuille recréer une famille heureuse. J'étais loin de m'imaginer qu'en un rien de temps elle transformerait les nouveaux membres en domestiques.

Surtees réprima une grimace.

— C'est peut-être de moi que Janet tient son côté déraisonnable.

— Je ne vous suis pas, avouai-je.

— Enid et moi avons accepté la proposition de résider ici en échange de notre main-d'œuvre. Et nous voici toujours au même point aujourd'hui, alors que nous aurions pu partir et que nous détestons chaque jour un peu plus notre asservissement. Enfin peu importe, ce n'est pas le sujet, dit-il brusquement. Vous m'avez demandé si Arnold m'avait conseillé. La réponse est oui. Et au bout de cinq minutes de discussion, il m'a convaincu que les prédictions apocalyptiques d'Enid étaient chimériques. J'ai fait savoir à Enid que je donnerais l'autorisation à Jonathan d'épouser Janet si jamais il me le demandait. Quand ma femme, en sanglots, m'a supplié de revenir sur ma décision, j'ai cité les propos d'Arnold : « Pourquoi prendrais-je le parti de la peur contre celui de l'amour ? » Et maintenant je paie quotidiennement le prix de ma stupidité. J'ai les deux pieds – et Enid avec moi – dans le scénario cauchemardesque qu'elle espérait éviter. Ma plus grande peur… (Sa voix se brisa.) Ma plus grande peur est qu'Enid et moi quittions cette terre sans que Maddie et Janet se soient réconciliées.

Si elles s'aimaient de nouveau comme autrefois, je pourrais mourir en paix. Enid aussi.

— Je suis désolé. Ce doit être très dur pour vous et votre épouse.

— Je sais que j'ai ma part de culpabilité dans tout cela, pourtant je tiens Arnold pour entièrement responsable. N'est-ce pas injuste ? Parfois je me dis que je le hais. « Pourquoi prendrais-je le parti de la peur contre celui de l'amour ? », marmonna Surtees. Pour une très bonne raison, en réalité. Si Arnold ne m'avait pas posé cette question… Puisse-t-il endurer sans fin les tourments des damnés pour avoir prononcé ces mots en ma présence !

19

Questions sans réponses

C'est en ces termes que Poirot me décrivit plus tard son trajet retour de Duluth Cottage : « C'était insupportable, Catchpool. J'ai enduré les affres des damnés – ce qui n'a pas été aidé par le bavardage incessant de Mackle. Ce crétin est un gouffre à avaler le silence. Il n'arrêtait pas de parler du meurtre de Stanley Niven, parce que selon lui aucun autre meurtre, aucun *deuxième* meurtre, n'était lié à l'affaire. Pendant ce temps, j'étais persuadé qu'Arnold Laurier, porté disparu à Frellingsloe House, avait été assassiné – et que c'était ma faute ! Jamais je n'aurais dû le laisser sans surveillance, tant je craignais que Vivienne Laurier ait vu juste en prédisant qu'il serait la prochaine victime. J'ai été d'une imbécillité aveugle, à mépriser ma propre intuition alors qu'elle me parlait haut et fort ! J'étais certain que la dépouille de M. Laurier m'attendait à mon retour. »

Comme je l'ai précisé, ce n'est que bien plus tard que Poirot s'autorisa à exprimer toute cette angoisse réprimée. Je ne veux surtout pas aller trop vite en besogne, si bien que je vais revenir en arrière, au moment de son retour à Frellingsloe House. J'étais à quatre pattes, occupé à apporter les touches finales à la décoration du sapin de Noël du vestibule, quand j'entendis une voiture se garer sur le gravier de l'allée. S'ensuivit aussitôt le martèlement de pas précipités. « Ce ne peut être Poirot », songeai-je. Par habitude autant que par goût, mon ami belge ne se mouvait pas avec vélocité.

Un tambourinement frénétique retentit contre la porte d'entrée.

— Catchpool ! Ouvrez-moi immédiatement !

J'ignorais l'objet de tant d'agitation et partis du principe qu'il avait dû se passer quelque chose lors de son passage au poste de police ou à l'hôpital ; à ce stade, je ne savais pas encore qu'il n'avait visité aucune des deux adresses. Je ne savais pas davantage qu'on avait téléphoné au poste, puis au Duluth Cottage en apprenant où l'inspecteur Mackle avait emmené le célèbre Hercule Poirot, pour solliciter son retour de toute urgence. En tout état de cause, personne n'avait pris la peine de me préciser qu'Arnold Laurier avait disparu.

Je voulus me relever d'un bond, mais titubai et retombai par terre.

— Catchpool ! C'est moi, Poirot ! Ouvrez-moi ! cria-t-il en tambourinant de plus belle.

Tandis que je me dirigeais vers la porte d'entrée, j'entendis des bruits de pas à l'étage.

— Ne vous inquiétez pas ! J'arrive dans une seconde ! lança joyeusement une voix depuis la cage d'escalier.

Estimant que le propriétaire de la voix atteindrait la porte d'entrée avant moi, je m'en retournai à mon sapin, lequel – si je puis me permettre – était de toute beauté. C'était le roi des sapins, festonné d'une profusion de décorations mirifiques, toutes placées de façon optimale avec autant de délicatesse que d'habileté.

Quelques secondes plus tard, la porte d'entrée fut ouverte, par Arnold Laurier en personne. Oui, c'était bel et bien lui qui avait descendu les escaliers d'un pas alerte en claironnant allègrement.

Il fallait voir la tête de Poirot. On aurait dit un poisson rouge sorti de son bocal, qui ne comprenait pas pourquoi il n'avait plus d'eau pour respirer. Derrière lui, par la porte entrouverte, j'aperçus l'automobile qui était passée le chercher le matin même. Après s'être ressaisi, Poirot se tourna et fit signe au conducteur qu'il pouvait disposer.

— Je vous dois des excuses, monsieur Poirot, commença Arnold Laurier. On vous aura dérangé et sans doute fort alarmé, le tout sans raison aucune. Comme vous pouvez le constater, je suis là.

Il tourna sur lui-même, se dévoilant à Poirot – et à moi aussi, mais une fois encore, j'étais vraisemblablement entre parenthèses – sous tous les angles.

— Je n'ai pas disparu. Je n'ai jamais disparu. Je suis tout bonnement sorti sans prévenir personne – comme je l'ai fait toute ma vie, soit dit en passant –, sauf que j'aurais dû prendre en considération la peur sans fondement de ma femme qui me voit déjà assassiné par le monstre de St Walstan, quel qu'il soit. Haha ! À tous les coups, elle croit qu'il s'est lassé de m'attendre à l'hôpital et qu'il s'est mis en quête de sa proie ici même à Frelly pour infliger son épouvantable châtiment.

Laurier riait, trouvant manifestement la scène d'une grande drôlerie. Puis il se souvint de ce que Poirot venait de traverser et revêtit une expression d'une plus grande pondération.

— Je suis vraiment désolé si je vous ai causé un choc, mon vieux.

— Je suis ravi de vous voir sain et sauf, et de si bonne humeur, mon ami.

— Pourquoi ne lui demandez-vous pas où il était passé, monsieur Poirot ? s'éleva la voix de Vivienne Laurier depuis l'autre bout du vestibule. Il refuse de me le dire.

Comme à son habitude, elle parlait avec une intonation aussi triste que résignée.

— Vous saurez tout, très chère, l'assura Arnold. Quand je serai prêt, je vous raconterai tout dans les moindres délicieux détails. Je préfère vous soumettre un problème joliment résolu qu'un casse-tête. Et je connais celui qui pourra m'aider à l'élucider. Monsieur Poirot, puis-je m'entretenir un moment avec vous en privé ?

— Certainement.

— Merci. Allons dans mon bureau. Vivienne, j'ai bon espoir qu'après une courte causerie avec notre bon ami Poirot, j'aurai de bonnes nouvelles pour vous… pour nous tous ; les enfants aussi.

Vivienne et moi les regardâmes s'éloigner.

— Que pensez-vous de mes essais de décoration ? lui demandai-je.

Elle ne me répondit pas et ne daigna pas même lever les yeux sur le sapin. Elle déambula sans but apparent dans le vestibule comme une somnambule, tout d'abord vers la porte d'entrée, puis vers les escaliers, où elle s'immobilisa.

— C'est injuste, dit-elle.

À l'évidence, ces mots ne m'étaient pas adressés. Elle se parlait à elle-même.

— Qu'est-ce qui est injuste ? demandai-je.

— Nous imaginons toujours que c'est l'injustice qui blesse, mais la pire douleur est engendrée par l'idée que les choses devraient être justes, alors qu'en réalité elles ne le sont jamais et ne le seront jamais. Si seulement je voyais les choses différemment... mais comment ? (Soudain elle posa les yeux sur moi.) Edward, ne trouvez-vous pas horriblement, terriblement injuste qu'une chose moralement aussi peu pertinente qu'un hasard biologique – les particularités physiques héritées à la naissance, que l'on n'a rien fait pour recevoir – puissent entraîner de telles conséquences ? Si l'esprit, le courage ou la foi comptaient un tant soit peu, si la créativité ou la détermination avaient la moindre incidence sur le développement d'un individu, Arnold vivrait éternellement tandis que je dépérirais.

— Vous êtes inutilement cruelle envers vous-même.

— À la place, ce sont nos gènes qui décident de notre survie, soit une affaire totalement aléatoire, poursuivit-elle. Arnold est exaltant et talentueux, unique. Pourtant c'est lui qui se meurt. Je savais qu'il partirait en premier. Je l'ai toujours su, dès que j'ai posé les yeux sur lui et que je suis tombée amoureuse. Déjà à l'époque il se remettait d'une maladie. Depuis l'âge de vingt ans, il souffre de toutes les faiblesses de constitution possibles et imaginables. Enfant, il était chétif après une naissance prématurée. Je vois que vous avez du mal à le croire. Oh, je comprends bien pourquoi. Quand on rencontre Arnold, on ne voit que sa force de vie – le souffle de son esprit et de sa personnalité. Il ne s'arrête pas sur les multiples désastres qui pourraient survenir. Il ne perd pas son temps à penser à sa mort, parce qu'il déborde de vie.

Un sanglot lui échappa.

— Et me voilà, vidée, l'ombre de moi-même, à ne plus savoir si j'ai envie de continuer. Je pourrais sans doute vivre encore trente ans, mais chaque année sera plus vide et malheureuse que la précédente.

Je restai les bras ballants à côté d'elle, ne sachant trop comment réagir face à ces plaintes d'animal blessé.

— Et encore, la souffrance qui m'attend une fois qu'Arnold sera mort n'est rien, explosa-t-elle. Ce sera pire avant. Il sera hospitalisé à St Walstan – il y tient absolument – et... et... oh il ne se rend pas compte qu'il flirte avec le danger.

— À moins que Poirot n'attrape le tueur en premier, intervins-je.

— Je ne pense pas qu'il y parviendra.

— Puis-je vous demander pourquoi ?

— Je ne crois plus en un avenir meilleur.

— Je connais Poirot depuis des années, au cours desquelles je l'ai vu résoudre une affaire après l'autre. Je suis certain qu'il mettra la main sur l'assassin de Stanley Niven.

— Cynthia pense la même chose. Elle se demandait pourquoi diable j'irais douter de quelqu'un qui n'a jamais connu l'échec. Mais l'espoir ne peut plus prendre racine dans un cœur qui ne connaît que le désespoir, et mon désespoir se répand en moi tel un poison. Il ne reste plus grand-chose sur son passage. Le drame, c'est que ce genre de poison est insuffisant en comparaison de la robustesse physique d'un individu, qui est purement le fruit de l'héritage génétique. Le Dr Osgood passe son temps à répéter à tous les occupants de cette maison – je suis sûre qu'à vous aussi il en a parlé – que j'ai perdu trop de poids et que je dépéris. Si seulement je pouvais le croire, croire que je vais m'étioler jusqu'à disparaître... Mais non, ce sont les gens comme Arnold qui ont ce destin, pas les gens comme moi. Ne trouvez-vous pas terriblement cruel de la part de Mère Nature d'agencer les choses de la sorte ? Pourquoi ne pas implanter le tempérament et l'esprit d'Arnold dans un corps indestructible ? (Elle se montra du doigt et ajouta :) Je ne serais pas étonnée d'apprendre que mon cœur brisé a encore deux bonnes décennies devant lui.

Je restai sans voix. J'ai déjà remarqué que face aux personnes excessivement mélancoliques et qui emportent partout avec elles leurs nuages de tristesse, on perd la volonté de leur remonter le moral. À leur contact, on perd totalement de vue la possibilité d'améliorer son propre sort ou celui d'autrui.

— Votre mère tolère beaucoup moins que vous mon découragement, me dit Vivienne. Aussi étrange que cela puisse paraître, je lui serai toujours reconnaissante de refuser de s'y plier. Si elle n'était pas ici même à Frelly, je passerais mon temps à errer comme un fantôme dans les couloirs et pièces de cette maison, qui de fait est elle aussi un fantôme. Voilà typiquement le genre de choses que Cynthia ne me laisserait pas dire. Elle me crierait après.

J'espérais bien qu'elle ne s'attendait pas à ce que j'en fasse autant.

— Elle seule est capable de me tirer de l'abîme de temps à autre. C'est son intolérance profonde envers tout ce qu'elle n'aime pas, doublée de la puissance de sa personnalité, qui réussit ce tour de force. C'est en sa présence que je suis au mieux de mes capacités.

Mes sourcils durent s'envoler vers le plafond. Soudain la paranoïa s'empara de tout mon être. Ma mère avait-elle persuadé son amie de la couvrir de louanges à chaque fois que l'occasion se présentait ? Avaient-elles passé un marché ? « Fais ton possible pour persuader mon fils récalcitrant que je suis la huitième merveille du monde et je ferai venir Hercule Poirot jusqu'ici pour qu'Arnold ne craigne rien à St Walstan » ?

Incidemment, l'objet de mes soupçons s'avançait à grands pas vers moi.

— Edward !

— Bonjour, mère.

— As-tu terminé de décorer tous les sapins ? Il est fini, celui-là ? On ne dirait pas.

— Presque. Il me reste à accrocher deux-trois broutilles.

— Dans ce cas on peut savoir ce que tu fais à bavasser, si tu n'as pas terminé ?

— C'est à cause de moi, me défendit Vivienne. Je crains d'être…

— Oh, Vivienne, la toisa ma mère avec colère. Tu ne t'es pas amusée à débiter tes bêtises habituelles, si ? Qu'est-ce qu'elle est allée te raconter encore, Edward ? Qu'elle va être condamnée à vivre jusqu'à cent dix ans, toute seule dans son coin ? Je n'arrête pas de lui répéter : le malheur n'empêche pas de trouver la joie en chemin. Il suffit d'emmitoufler notre chagrin comme un bien précieux – quand on a perdu un proche ou essuyé une trahison – et de l'emporter avec nous précautionneusement, en le ressortant de temps à autre pour en prendre soin, avant de le remettre à sa place une fois qu'on l'a suffisamment contemplé.

— Mais que diantre racontez-vous, mère ?

— Et de ne jamais lui dire de s'en aller, ou qu'il n'est plus d'aucune utilité, continua-t-elle.

Vivienne semblait subjuguée par ses paroles. Pas étonnant que ma mère l'apprécie.

— Et en même temps, on reste à l'affût des infimes bribes de joie. Non, c'est plus que cela, se corrigea-t-elle. On fait le nécessaire pour créer de la joie. La plus grosse erreur est de croire qu'il faut attendre de tomber sur la joie par accident, si on a de la chance. Non et non. C'est à nous de la fabriquer. Dès que tu seras prête à te lancer, Vivienne, je te montrerai comment faire. Maintenant, Edward, dépêche-toi de terminer ce sapin. Vivienne, va en cuisine. Qu'Enid prépare un en-cas de thé et de gâteaux et qu'elle le serve dans la bibliothèque, ce sera la récompense d'Edward quand il sera allé au bout de sa tâche.

Vivienne s'empressa d'appliquer sans tarder les instructions de sa maîtresse.

— Enid Surtees ne quitte donc jamais la cuisine ? demandai-je à ma mère une fois que nous fûmes seuls.

— Ne fais pas le plaisantin, Edward. Tu l'as vue dans la salle à manger hier soir et au petit déjeuner ce matin.

— À chaque fois que je passe dans la cuisine, elle y est.

— Et à quoi t'attends-tu ? C'est la cuisinière de Frelly.

— Pourquoi ? Elle n'a aucun talent.

Ma mère sourit.

— Tu faisais toujours ça quand tu étais petit, tu te souviens ?

— Quoi ?

— Quand tu essayais de repousser une échéance ou de retarder l'heure de te mettre au lit, tu te lançais dans une série de questions de plus en plus alambiquées. Parfois je mordais à l'hameçon, mais pas souvent.

Je n'avais aucun souvenir de ce qu'elle évoquait.

— Et je ne mordrai pas à l'hameçon aujourd'hui. Fini les questions ! Va donc t'occuper du sapin, ordonna-t-elle en s'éloignant d'un air altier.

Je songeai un instant à laisser le sapin de Noël du vestibule en plan, puis me ravisai. Inutile de ruiner mon travail dans le seul but de contrarier ma mère.

Je ne manquai toutefois pas de désobéir à son autre injonction en continuant à poser des questions, ne serait-ce qu'à moi-même : sur les propos que Vivienne avait tenus, lesquels, à mon avis, ne pouvaient être compris que d'une seule manière, mais aussi sur la remarque qu'Arnold Laurier avait formulée avant d'emmener Poirot converser en privé. Je n'avais pas vraiment fait attention sur le moment. À présent que j'y repensais à tête reposée, j'étais perplexe. Je résolus d'interroger Poirot sur le sujet, car pour ma part, j'en perdais mon latin.

20

Les règles du Jeu de la Moralité

Quand j'en eus fini avec le sapin du vestibule, je me dirigeai vers la bibliothèque sans trop me réjouir de l'en-cas de « thé et de gâteaux » annoncé par ma mère. Il allait sans dire que la définition qu'en avait Enid Surtees devait être très éloignée de la mienne.

À mon arrivée sur place, aucun rafraîchissement n'avait été servi, mais un grand cahier était ouvert sur la longue table qui occupait toute la largeur ou presque de la salle. Les pages visibles étaient recouvertes d'une minuscule écriture soignée. En y regardant de plus près, je déchiffrai le mot « Moralité » avec un M majuscule. Je m'assis et me plongeai dans la lecture.

Il m'apparut assez rapidement que ces notes avaient dû être jetées sur le papier en prévision de la partie du Jeu de la Moralité prévue pour le jour de Noël. Quelqu'un avait griffonné un ensemble de règles suivies d'une liste de six noms. En arrivant au dernier, je sentis mes yeux s'écarquiller tout grand. Sous chaque nom, quelqu'un – je décrétai qu'il s'agissait de Maddie Laurier – avait rédigé une brève description des méfaits de l'individu en question, par exemple :

« *H. H. Holmes (de son vrai nom Herman Webster Mudgett) : propriétaire du "Murder Castle", hôtel dans lequel il assassinait employés et clients.* » Je réprimai un sourire. Si Poirot avait été là, j'y serais allé de mon trait d'esprit en expliquant que j'aurais pour ma part soigneusement évité un hôtel affublé d'un tel nom.

La lecture des règles du jeu m'apprit que chaque joueur débutait la partie en soumettant « la pire personne de l'Histoire » pour entrer en lice. Celui qui remportait la partie était le participant qui, à l'issue de plusieurs tours éliminatoires, glanait le plus de votes pour plébisciter son scélérat.

Manifestement, la liste des noms couchés sur le papier rassemblait les choix de Maddie Laurier. À en juger par la grande croix inscrite à côté du nom, elle avait retenu Élisabeth Báthory, la Comtesse sanglante, afin de se mesurer aux autres concurrents. Aux côtés de la Comtesse sanglante et du propriétaire du « Murder Castle », quatre noms complétaient la liste de Maddie, tous cochés : l'empereur Caligula de Rome, Maximilien de Robespierre, Gilles de Rais, et pour finir, Janet Laurier. Je constatai avec soulagement que Maddie n'avait pas totalement perdu le sens des proportions et qu'elle avait classé sa sœur à un grade inférieur à celui des assassins parmi les plus dépravés et sanguinaires de l'Histoire.

La porte de la bibliothèque s'ouvrit sur Enid Surtees, chargée d'un plateau à thé qu'elle vint déposer précautionneusement sur la table. Ses yeux se posèrent sur le cahier ouvert devant moi.

— Est-ce... ? commença-t-elle, mais sa phrase resta en suspens.

Elle se pencha, tira le cahier vers elle et l'inclina pour en déchiffrer la couverture, laquelle était blanche et portait la mention À L'USAGE DU SERVICE PUBLIC. Sous cette indication étaient inscrites les lettres majuscules G. et R., pour George Rex, le roi, entre lesquelles était frappé l'insigne d'une imposante couronne.

— Le carnet de la couronne, dit-elle en me dévisageant avec une désapprobation sans fard. Où avez-vous trouvé ça ?

— Il était ouvert sur la table.

— Si j'étais vous, je le rangerais à l'abri des regards. Si Vivienne le voit... Je suis étonnée qu'elle ne l'ait pas brûlé.

Avant même que j'aie eu le temps de l'interroger sur sa drôle de réaction, Enid Surtees avait déjà quitté la pièce et refermé la porte derrière elle.

Je parcourus le reste du cahier pour voir s'il contenait d'autres informations. À part les règles du jeu griffonnées par Maddie, deux pages avaient été utilisées, une au milieu et une près de la fin. La première énumérait des préparatifs de Noël, dont une liste de cadeaux à acheter pour les membres de la maisonnée et pour les gens de l'extérieur. L'écriture n'était pas la même. J'en conclus que Vivienne Laurier en était l'autrice, étant donné qu'elle était la seule habitante de Frellingsloe House dont le nom n'apparaissait pas dans la liste des cadeaux. À ma grande satisfaction, mon nom et celui de Poirot ne figuraient pas sur la page, ce que je pris pour un signe du destin nous confirmant que nous serions loin d'ici le jour de Noël.

Dans la liste des cadeaux, deux noms appartenaient à des gens étrangers à Frellingsloe House : le père Peter et Olga Woodruff. Je me demandai s'ils étaient attendus pour le déjeuner de Noël et pourquoi l'infirmière Olga Woodruff avait été invitée. Peut-être avait-elle été désignée pour superviser les soins prodigués à Arnold Laurier à St Walstan.

En fin de cahier, quelqu'un avait griffonné au crayon à papier par-dessus un dessin très détaillé à l'encre, à grand renfort de boucles et de zigzags enchevêtrés. Les gribouillis semblaient être l'œuvre d'un enfant. Ils ne dissimulaient rien du dessin d'origine : une pierre tombale carrée aux finitions incurvées dans les angles supérieurs. Tout au sommet de la pierre, je reconnus l'écriture de la lettre adressée à Poirot et à moi. Arnold Laurier avait écrit : « *À mon mari bien-aimé et à un père aimant qui nous a quittés le ?? 1932.* »

La porte de la bibliothèque se rouvrit et ma mère apparut, chargée d'un verre.

— Ne laisse pas ton thé refroidir, Edward, alors qu'Enid s'est donné la peine de te le préparer. Tiens, j'ai apporté un sirop pour M. Poirot. J'ai pensé qu'il serait arrivé.

— Qu'à cela ne tienne.

Je lui rapportai le commentaire d'Enid sur le carnet de la couronne que Vivienne aurait soi-disant voulu brûler et lui demandai de quoi il retournait.

— Oh, ça, fit-elle. Enid verse dans le mélodrame. Il y a environ un mois, Arnold a soumis à Vivienne un croquis représentant le genre de pierre tombale qu'il veut. Il trouvait cohérent de passer commande le plus tôt possible et s'est proposé de s'en charger, pour épargner cette peine à Vivienne. Elle a plutôt mal réagi quand elle a vu « 1932 » inscrit comme année de décès. Elle s'est emparée d'un crayon et... eh bien, elle a recouvert tout le croquis. Après coup, elle était mortifiée. Arnold pensait bien faire, mais elle trouvait terrible qu'il parte du principe qu'il allait mourir en 1932 alors qu'il pourrait vivre encore de nombreuses années. C'est faux, bien évidemment, souligna ma mère. Mais je te déconseille de le dire à Vivienne. Et maintenant bois ton thé, dit-elle en claquant des mains sous mon nez. Je m'en vais te trouver Poirot.

— C'est inutile de...

Je m'interrompis dans un soupir. Elle était déjà partie, et de toute façon, elle ne m'aurait pas écouté.

Je baissai de nouveau les yeux sur la liste de scélérats historiques et contemporains rédigée par Maddie Laurier (elle en était forcément l'autrice) : l'empereur Caligula, la Comtesse sanglante, H. H. Holmes et son « Murder Castle »... Si Maddie était capable d'ajouter sa sœur à ces fauteurs « d'une haine insensée et d'infamie envers les innocents », alors il devenait recevable que j'ajoute : « Cynthia Catchpool : obstination à mépriser les souhaits et opinions d'autrui. »

Si seulement j'avais eu de quoi écrire sous la main...

21

L'agencement

— Ah, Catchpool ? Vous voilà. Votre mère m'a prévenu que je vous trouverais dans la bibliothèque. Ah, et voilà mon sirop !

— Arnold vous aura retenu bien longuement.

J'ai toujours du mal à décrire ce que j'éprouve quand Poirot entre dans une pièce. C'est l'équivalent mental d'être transformé en couleur par la fluorescence du diamant.

— C'est quoi, ce carnet ? voulut savoir Poirot.

Je lui montrai les règles du jeu griffonnées par Maddie Laurier, le croquis de pierre tombale d'Arnold et les gribouillis de Vivienne. Puis je lui demandai s'il pensait être sur le point de résoudre le mystère du meurtre de Stanley Niven.

— Loin de là, dit-il. Mais cette pensée me donne du cœur à l'ouvrage.

Il marcha jusqu'à l'extrémité de la pièce et s'assit dans le fauteuil de cuir vert de l'angle, à côté de la fenêtre.

— Comme j'ai pu vous le dire, mais peut-être avez-vous oublié : quand les détails troublants d'une affaire commencent à proliférer, quand les incohérences s'accumulent et que chaque nouvel élément fait voler en éclats le tableau qui se dégage au lieu de le préciser… c'est à ce moment que j'ai la certitude d'avancer inexorablement vers le dévoilement final.

— Oui. Vous me l'avez déjà dit.

Poirot sourit.

— Et vous ne me croyez pas plus aujourd'hui qu'avant, pourtant c'est vrai. Rien n'est plus vrai. La plupart des gens pensent que pour progresser, il faut avoir la sensation d'avancer. Ils pensent pouvoir se dire en chemin : « Ah, oui, maintenant je comprends. Tout s'assemble à la perfection ! » Non, non et non ! On ne perçoit que chaos et confusion jusqu'à ce qu'un ou deux derniers points se révèlent. C'est alors seulement que le désordre apparent s'agence en un récit cohérent, dans lequel toutes les pièces se mettent en place.

— Qu'avait donc à vous confier Arnold Laurier qu'il ne voulait pas dire devant sa femme ? Et que s'est-il passé aujourd'hui à l'hôpital et au poste de police ? Qu'avez-vous découvert ?

— Je ne suis pas allé à St Walstan, ni au poste. J'étais au Duluth Cottage.

— Qu'est-ce donc ?

— Une adorable maisonnette. Sa propriétaire s'appelle Mlle Verity Hunt. Elle habite le cottage avec deux autres femmes : Bee Haskins et Zillah Hunt, toutes deux infirmières. Je vais tout vous raconter, mais d'abord, parlez-moi de votre journée. Que s'est-il passé à Frellingsloe House depuis mon départ ce matin ? N'omettez aucun incident ni aucune conversation, je vous prie.

— J'ai décoré cinq sapins de Noël, dont celui de cette pièce. Dans tous les cas, le résultat est splendide, je dois dire. Chacun a son style bien à lui.

Poirot me dévisagea avec une impatience palpable.

Après lui avoir décrit dans le détail les divers événements et interactions de ma journée, je lui fis part des deux points qui me taraudaient.

— Il y a tout d'abord une chose qu'a dite Arnold Laurier, puis une autre, énoncée par sa femme. Arnold, d'abord. Vous l'avez entendu. Il venait tout juste de vous ouvrir la porte d'entrée. Il se moquait de la théorie de Vivienne selon laquelle l'assassin de St Walstan était à ses trousses. Il a dit : « À tous les coups, elle croit qu'il s'est lassé de m'attendre à l'hôpital et qu'il s'est mis en quête de sa proie ici même à Frelly. » Vous souvenez-vous ?

— Je m'en souviens, dit Poirot. Et donc ?

— Cela m'a fait réfléchir. Tant que l'assassin de Stanley Niven est dans la nature, Vivienne refuse qu'Arnold mette les pieds à l'hôpital, n'est-ce pas ? Elle pense qu'une fois hospitalisé il se fera tuer, donc elle veut qu'il reste à l'abri à la maison. En outre, d'après le Dr Osgood, elle a affirmé que le tueur voulait prendre pour cible non pas Stanley Niven mais Arnold. Auquel cas… pourquoi pense-t-elle que cet individu tuera Arnold une fois seulement qu'il sera arrivé à St Walstan ? Pourquoi cet individu – homme ou femme – ne vient-il pas à Frellingsloe House, qui n'est qu'à quelques encablures de l'hôpital, pour l'assassiner ici même ? Combien de meurtriers avez-vous croisés, qui se disent : « Je vais éliminer mon ennemi, ou l'individu qui me menace, mais seulement s'il se trouve en tel lieu. Je ne vais pas me donner la peine d'aller le tuer ailleurs. »

C'est incohérent. L'assassin veut en finir avec Arnold Laurier oui ou non ? La réponse n'est tout de même pas « Seulement si je n'ai pas à me déplacer » ?

— Oui. Je vois, commenta Poirot en lissant ses moustaches du bout des doigts. Si l'assassin travaille à l'hôpital, il aura du mal à pénétrer dans cette maison et à tuer Arnold sans se faire prendre. Mieux vaut agir à St Walstan. Mais vous soulevez une éventualité intéressante : et si l'assassin se sentait menacé par M. Laurier *uniquement* si ce dernier était hospitalisé à St Walstan ?

— Poirot, je vais tenter une affirmation audacieuse. Je ne serais pas étonné d'apprendre que Vivienne Laurier connaît l'assassin et la nature précise de la rancune qu'il garde contre Arnold. Quand je me suis entretenu avec elle tantôt, elle a eu cette phrase : « Il ne se rend pas compte qu'il flirte avec le danger. » Je n'aurais pas relevé si elle avait dit « Il se moque du danger » ou quelque chose dans ce goût-là. Mais elle a dit autre chose. J'ai vraiment eu l'impression qu'elle connaissait la nature du danger en question – danger dont son mari n'a pas idée.

Poirot hocha la tête avec lenteur.

— Dans ce cas, si elle craint pour sa vie, pourquoi ne pas le lui dire ? Elle doit avoir peur de quelque chose ou de quelqu'un.

— Ou alors elle protège quelqu'un, dis-je. Un de ses fils, peut-être.

Le sourire admiratif de Poirot me laissa voir qu'il envisageait la même piste que moi. Je l'interrogeai de nouveau sur la conversation qu'il avait eue en privé dans l'étude d'Arnold Laurier. Aussitôt, un voile de tristesse obscurcit son regard.

— M. Laurier voulait me parler de Frelly.

— Êtes-vous obligé d'utiliser ce surnom ?

— C'est ainsi qu'il l'appelle, la voix pleine d'émotion, soupira Poirot. Cela me préoccupe. Aimer un bâtiment comme s'il s'agissait d'une personne douée d'émotions et dotée d'une âme... Quand M. Laurier est sorti ce matin sans en aviser personne, c'était pour se rendre à une réunion. Cela fait des mois qu'il organise des rencontres en secret. Aujourd'hui avait lieu la dernière de la série – un entretien avec un géologue norvégien. Un dénommé Gudbrand Klemesrud. Un expert mondialement reconnu dans un domaine dont je dois avouer ne jamais avoir entendu parler : la géomorphologie. C'est l'étude de la topographie et des changements du relief en fonction de l'action de l'air, de la glace et de l'eau.

— La terre qui se fait grignoter par l'océan.

Poirot opina.

— Cela fait plusieurs mois, à grands frais et à l'insu de sa famille, qu'Arnold Laurier fait défiler dans le Norfolk des experts du monde entier. Ils ont tous anéanti ses espoirs en lui répétant l'implacable vérité : rien ne pourra être fait pour sauver sa maison familiale. Bien déterminé à obtenir gain de cause, il a sollicité toutes les compétences. Aujourd'hui, Gudbrand Klemesrud lui a fait la même réponse : il n'y a aucun espoir de sauver cette bâtisse.

— Sa persévérance force le respect, observai-je.

— Non. Son impétuosité lui a fait gâcher du temps et de l'argent. C'est pour cela que les domestiques ont été congédiés, afin qu'il puisse passer tout son argent dans cette chimère. Vivienne Laurier ignore le montant total dilapidé. M. Laurier est persuadé qu'elle sera aux anges quand il lui annoncera un jour à quoi il l'a dépensé. Il lui expliquera tout une fois le problème résolu, quand il sera assuré d'une issue heureuse. Savez-vous ce qu'il m'a dit, Catchpool ? « Les grandes victoires adviennent à condition d'être prêt à tout perdre », récita Poirot en étouffant un juron. Entre Arnold Laurier et ce lourdaud d'inspecteur Mackle, il y a de quoi être dégoûté à jamais de l'optimisme. Et voilà que j'apprends que Jonathan Laurier exige que je mente à son père en promettant de sauver la maison alors que je n'ai aucune expertise dans le domaine de la géomorphologie.

— Vous voulez dire… Arnold Laurier vous a-t-il demandé, à vous personnellement, de sauver Frellingsloe House des forces de l'érosion côtière ?

Poirot opina.

— Je suis son dernier espoir.

La situation atteignait des sommets d'absurdité.

— Selon les estimations de M. Laurier, le fait que je n'aie encore jamais résolu de problème de cet ordre est idéal. L'aspect non conventionnel de la situation le séduit. Il affirme en plus que je suis la seule personne, à sa connaissance, qui n'échoue jamais. La somme d'argent qu'il m'a offerte…, dit Poirot en clignant sans cesse des yeux. Je n'ai aucune intention d'accepter, naturellement.

226

— Vous devez lui faire comprendre sans plus tarder que même vous, le grand Hercule Poirot, ne pouvez enrayer les forces de la nature.

— Vous êtes bien sûr que l'honnêteté soit la bonne marche à suivre, mon ami ? Tout ce que j'ai à faire, pour que M. Laurier puisse mourir heureux, c'est lui dire que j'accepte de mettre mes petites cellules grises à contribution…

— Non, Poirot. Ce ne serait pas bien.

— Je suis d'accord, soupira-t-il. Seulement, je n'ai nulle intention de rendre un homme heureux malheureux.

Il se leva, s'approcha de la table, but une gorgée de sirop, puis une autre.

— Le bonheur d'Arnold Laurier…, murmura-t-il en regardant par la fenêtre.

J'allais l'interroger sur l'intérêt évident qu'il portait au bonheur des sieurs Laurier et Niven, mais trop tard. Poirot avait déjà terminé son verre et passait à l'action – ce qui chez Poirot se traduisait par le fait qu'il me donnait ordre d'agir.

— Avez-vous un carnet et un crayon à portée de main, Catchpool ?

— Je peux m'en procurer.

— Faites, je vous prie. Je souhaite transférer de ma tête au papier tout ce que j'ai appris sur la chronologie du jour du meurtre de Stanley Niven.

22

Je prends des notes

Je m'en retournais promptement vers la bibliothèque quand quelqu'un surgit devant moi sans crier gare ni, de toute évidence, se soucier que je le percute. C'était Jonathan Laurier, le visage écarlate, les lèvres pincées en une ligne sévère.

— Je viens de parler à mon père. Il me dit qu'il a sollicité l'aide de Poirot mais qu'il n'a toujours pas la certitude que votre ami belge fera le nécessaire pour sauver Frelly.

— Votre père demande l'impossible. C'est infaisable, même pour Hercule Poirot.

— Qu'est-ce qui cloche chez vous autres ? s'insurgea Jonathan. N'avez-vous donc aucune compassion ? Mon père ne sera bientôt plus de ce monde. Après sa mort, le destin de cette maison n'aura plus d'importance pour lui. Poirot doit lui dire ce qu'il a envie d'entendre, afin qu'il quitte cette terre en paix.

— Poirot s'y refusera. Sa décision est prise.

Il y avait quelque chose dans la conviction inébranlable de Jonathan Laurier que tout le monde devait mettre aveuglément ses principes de côté au profit de ses désirs à lui qui me donnait envie de le prendre à partie frontalement, alors qu'en règle générale je préfère fomenter des rébellions plus discrètes.

— Tromper les gens sur ce qui leur tient à cœur n'est pas la solution. Je suis étonné que vous ne le voyiez pas.

Je m'éloignai prestement, laissant Jonathan Laurier aux prises avec sa colère mal placée.

En pénétrant dans la bibliothèque armé de mon carnet et de mon crayon, je vis Poirot dissimuler tant bien que mal une grimace de douleur.

— Ça ne va pas ? m'enquis-je.

— Ce n'est rien. Je supporte mal l'air de cette maison.

— L'air marin est pourtant très vivifiant. Recommandé pour tout un éventail de maux.

— Peut-être. Je pense que c'est plutôt l'atmosphère qui règne ici. Quelqu'un dans cette maison a l'intention de nuire, Catchpool. De tuer. Si seulement nous pouvions partir séance tenante… Mais c'est impossible. Pas avant d'avoir fait le nécessaire pour que l'assassin de Stanley Niven ne s'en prenne pas à Arnold Laurier.

Je ris.

— Poirot, l'assassin de Stanley Niven n'a vraisemblablement jamais entendu parler d'Arnold Laurier. À moins que… l'assassin ne *soit* Arnold Laurier.

— Bonne remarque, concéda Poirot. Je l'avais envisagé, bien évidemment. On nous a informés que seulement cinq membres de la famille Laurier étaient à St Walstan le 8 septembre, mais si une autre personne de Frellingsloe House s'y trouvait ce jour-là ?…

Sommes-nous certains qu'Arnold Laurier était chez lui, trop souffrant pour sortir ?

— Autre question pour vous, acquiesçai-je. Et si la peur de Vivienne Laurier était réelle, mais que la raison qu'elle invoquait était un mensonge ? Et si elle savait que son mari avait tué Niven et que le meurtre avait sans doute été surpris par M. Blesser-la-tête ?

— Qui sera peut-être encore à St Walstan quand Arnold Laurier s'y installera début janvier ! compléta Poirot avec une lueur d'excitation. Que se passera-t-il, se demande Mme Laurier, quand ce témoin montrera son mari du doigt et dira « Blesser la tête, Blesser la tête » en boucle, tant et si bien que même l'inspecteur Mackle remettra en question sa certitude que Clarence Niven est l'assassin ? Cette perspective serait terrifiante pour Mme Laurier, non ? Que son mari puisse être accusé de meurtre et vive suffisamment longtemps pour être condamné à la potence ? Ou voir sa réputation ternie à jamais ?

— Certes, mais...

— Naturellement, elle ne peut pas reconnaître les raisons de sa peur sans avouer que son mari est un assassin. Toutefois elle ne parvient pas à dissimuler son effroi. Car c'est l'émotion la plus compliquée à cacher, la crainte. Elle déborde par les yeux, la bouche et même par la peau.

— Arnold Laurier n'avait aucune raison valable de vouloir la mort de Stanley Niven, soulignai-je. Sauf s'il tenait absolument à occuper la chambre de Niven dans le pavillon 6. Était-elle mieux aménagée ?

— Encore une idée de génie, Catchpool, souffla Poirot.

— Je plaisantais.

— Je vous en prie, continuez dans cette veine. Vous m'incitez à tout remettre en question. Écrivez tout.

Je m'appliquai à coucher par écrit les deux idées ridicules que je venais d'évoquer. Inutile de dire que je me sentais bien bête.

1. Arnold Laurier a pu se rendre dans le plus grand secret à St Walstan le 8 septembre et tuer Stanley Niven. (Raison pour laquelle Vivienne a peur qu'il retourne à l'hôpital – au cas où M. Blesser-la-tête le désigne comme l'assassin.)

2. Le mobile d'Arnold Laurier pour le meurtre était peut-être qu'il voulait la chambre de Stanley Niven dans le pavillon 6 plutôt que celle, adjacente, qui lui était réservée.

— À présent, Catchpool, je vais vous faire part de tout ce que l'on m'a raconté aujourd'hui à propos du meurtre de Stanley Niven, et vous allez prendre des notes. Êtes-vous prêt ?

J'étais fin prêt. Il commença par me relater sa visite au domicile des deux infirmières, Bee Haskins et Zillah Hunt et leur désaccord concernant la porte, ouverte ou close, de la chambre d'Arnold Laurier à l'hôpital tandis que les cinq membres de la famille Laurier et Zillah se trouvaient sur place l'après-midi du 8 septembre. Je fis de mon mieux pour ne pas perdre le fil tandis que Poirot marchait de long en large dans la pièce deux fois plus vite qu'à son habitude. Je signifiai les liens entre les différentes parties par des traits et des flèches.

Les souvenirs de Poirot étaient hétérogènes. Gerald Mackle lui avait rapporté une profusion de détails – la teneur des témoignages, notamment – au pire moment de la journée, à savoir quand Poirot s'inquiétait pour Arnold Laurier suite à sa prétendue disparition de Frellingsloe House. Il n'en restait pas moins que la mémoire de Poirot était faramineuse, même quand il n'était pas au mieux de sa forme, et qu'il avait enregistré une quantité impressionnante d'informations sur les déplacements des protagonistes en cet après-midi du 8 septembre.

Je reposai enfin mon stylo quand je sentis Poirot se pencher derrière moi. Il appuya l'avant-bras sur mon épaule et émit un petit gargouillis étranglé. Je me retournai : il avait tiré un mouchoir de la poche de son gilet et s'épongeait le front.

— Quels sont ces gribouillis illisibles, Catchpool ? Comment voulez-vous qu'on y comprenne quoi que ce soit ? Cela n'a rien à voir avec ce que je vous ai dicté. C'est quoi, ça ? Un mot ou un… un…

— C'est le mot « docteur ». J'arrive à tout déchiffrer sans peine. Si votre compte rendu est terminé, je vais tout mettre au propre.

— Merci, dit-il avec soulagement.

Je résistai à l'envie de lui faire savoir qu'il suffisait de jeter un coup d'œil au sapin de Noël qui trônait avec splendeur dans un coin de la pièce pour comprendre que j'avais le sens de l'ordre.

Pour épargner au lecteur de mon récit le désarroi de Poirot face à mes griffonnages, j'ai pris la décision d'écarter la version préliminaire de mes notes. À la place, je propose le modèle de clarté suivant :

Ce qu'on a raconté à Poirot le 20 décembre :

1. Stanley Niven a été assassiné entre 14 heures et 14 h 50 dans sa chambre d'hôpital du pavillon 6. Il a été vu en vie pour la dernière fois par le Dr Wall et l'infirmière Bee Haskins à 14 heures. Ils ont quitté sa chambre une minute à peine plus tard. Le Dr Robert Osgood a découvert Stanley Niven mort à 14 h 50.

2. Plusieurs membres de la famille Laurier se trouvaient dans le pavillon 6 lorsque M. Niven a été assassiné. Ils étaient dans la chambre adjacente, laquelle était vide et sera bientôt occupée par Arnold Laurier.

3. L'infirmière Zillah Hunt et les cinq membres de la famille Laurier affirment que la porte de la chambre d'Arnold Laurier était fermée tout du long. Ce fait est contesté par Bee Haskins, qui dit avoir regardé dans leur direction depuis la chambre du Pr Burnett dans le pavillon 7, de l'autre côté de la cour, à 14 h 30, et vu cette même porte grande ouverte.

4. Le groupe des Laurier est arrivé au pavillon 6 ce jour-là à 14 h 15. Cet horaire est confirmé par le Dr Robert Osgood, qui se trouvait dans le couloir à leur arrivée. Il est ensuite allé trouver l'infirmière Zillah Hunt, qui avait pour tâche de faire visiter aux Laurier la chambre qu'occuperait Arnold à partir du mois de janvier. Zillah a discuté pendant cinq minutes environ avec le Dr Osgood et les Laurier dans le couloir à l'extérieur de la chambre d'Arnold.

5. Le Dr Wall et l'infirmière Bee Haskins, occupés à faire la tournée des patients du pavillon 6 depuis 14 heures, sont ressortis dans le couloir à 14 h 20, à la

fin de leur tournée du pavillon 6. Ils ont vu l'infirmière Zillah et le Dr Osgood dans le couloir et, derrière eux, un groupe de personnes qu'ils ont pris à juste titre pour des visiteurs ; il s'agissait des Laurier.

6. Toujours dans le couloir du pavillon à la même heure, soit 14 h 20, se trouvait l'infirmière Olga Woodruff. Bee Haskins, Zillah Hunt et le Dr Wall confirment tous sa présence. Le Dr Osgood a commencé par avancer qu'Olga n'était pas sur les lieux, pour modifier ensuite sa déclaration et dire qu'elle y était vraisemblablement mais qu'il n'avait pas fait attention. Olga insiste sur le fait qu'elle y était et s'est mise à pleurer quand l'inspecteur Mackle a fait valoir que ce pouvait être faux, que le Dr Osgood n'en avait aucun souvenir. Mackle a dit à Poirot que s'il n'était pas à ce point persuadé de la culpabilité de Clarence Niven, il aurait soupçonné Olga en raison de sa réaction « hystérique » quand il l'a interrogée.

7. L'infirmière Zillah a emmené les Laurier dans la chambre d'Arnold juste après 14 h 20. Aussitôt une dispute a suivi : la controverse de la cour. Au même moment, Bee Haskins et le Dr Wall se rendaient au pavillon 7. À leur arrivée sur place, ils ont d'abord rendu visite à un patient souffrant de pneumonie, puis au Pr Burnett (M. Blesser-la-tête). L'attitude du professeur était radicalement différente. Il ne les a pas salués avec sa phrase d'usage : « Le Fils de l'homme n'a pas où poser la tête. » Contrairement à d'habitude, il n'était pas alité mais il regardait fixement par la fenêtre. Il a pu être témoin du meurtre de Stanley Niven : d'après Bee Haskins, cela explique le changement d'attitude et de citation. Depuis l'après-midi

du 8 septembre, il n'a plus que ponctuellement cité la phrase dans sa forme originelle tirée de la Bible. Le plus souvent, il dit : « Le Fils de l'homme n'a pas où *blesser* la tête. » D'après Bee Haskins, c'est le signe qu'il a vu l'assassin frapper Stanley Niven avec le vase.

8. Le Dr Wall ne s'est pas inquiété du changement d'attitude du professeur et ne part pas du principe que c'est la preuve que le patient a été témoin du meurtre de Stanley Niven. Il avance que le comportement d'un patient change souvent pour des raisons neurologiques plus qu'environnementales.

9. Ma note : si M. Blesser-la-tête a été témoin du meurtre de Stanley Niven, et si c'est pour cette raison qu'il se tenait à la fenêtre à 14 h 30 quand Bee Haskins et le Dr Wall sont passés le voir, alors le meurtre a eu lieu entre 14 heures et 14 h 30. Toutefois, entre 14 h 15 et 14 h 20, les Laurier, le Dr Osgood, Zillah Hunt et Olga Woodruff étaient dans le couloir, tout comme Bee Haskins et le Dr Wall entre 14 h 20 et leur départ pour le pavillon 7, quelques minutes plus tard. Entre 14 heures et 14 h 15, le Dr Osgood était occupé dans le couloir du pavillon et affirme que personne n'est entré dans la chambre de Stanley Niven. Donc le tueur est entré dans la chambre de Niven entre 14 h 20 et 14 h 30. (Et quand a-t-il quitté la chambre ? Y était-il encore caché à 14 h 50, quand le corps de Niven a été découvert ?)

10. Entre 14 h 20 et 14 h 50, le Dr Osgood et Olga Woodruff ont tous deux dit à la police qu'ils avaient fait « des allers-retours » dans le pavillon 6. Ils ont également tous les deux affirmé avoir passé du temps dans les pavillons 4 et 5 dans cet intervalle.

11. À 14 h 55, Vivienne Laurier a ouvert la porte de la chambre d'Arnold pour que le groupe de personnes, qui avait terminé sa visite, puisse partir. Dans le couloir, ils sont tombés nez à nez avec M. Blesser-la-tête, qui était très secoué et ne cessait de répéter à Vivienne Laurier : « Le Fils de l'homme n'a pas où blesser la tête », dans un état d'agitation de plus en plus prononcé. Olga Woodruff l'a ramené contre son gré au pavillon 7. (Vivienne Laurier affirme qu'il avait l'air terrifié et qu'il s'est élancé vers elle, comme s'il espérait qu'elle allait le retenir et l'aider à échapper aux griffes d'Olga Woodruff.)

12. Une fois Olga et M. Blesser-la-tête partis, le Dr Osgood a dit aux Laurier et à Zillah Hunt que Stanley Niven avait été assassiné et que la police était en route. Tous semblaient sous le choc. Vivienne Laurier a enfoui son visage dans ses mains et s'est mise à pleurer. Elle a refusé de retourner à Frellingsloe House avec ses fils et leurs épouses et le Dr Osgood a dû quitter le travail pour la raccompagner en voiture.

— Pourquoi un vase ? demandai-je en relevant la tête de mes notes.

— Pardon ? demanda Poirot d'une voix étouffée.

Il s'épongea une nouvelle fois le front de son mouchoir en soie. Il ne souffrait tout de même pas de la chaleur ? Il régnait dans cette maison un froid de gueux et je n'avais pas le souvenir d'avoir jamais été plus frileux que Poirot.

— Le vase comme arme du crime, énonçai-je. Ne pensez-vous pas que dans un hôpital, les produits médicamenteux sont à portée de main ? Il y a des substances en veux-tu en voilà qui, prises en doses excessives, peuvent facilement mettre quelqu'un K.-O., et de manière radicale. Poirot, est-ce que tout va bien ? Vous n'avez pas l'air dans votre assiette.

— Je ne me sens pas bien. Là, dit-il en posant sa main sur son ventre avant de la soulever et de la laisser planer un peu plus haut comme s'il ne parvenait pas à décider entre l'estomac et la poitrine. Attendez. Ah, c'est parti. Continuez, je vous prie. Le vase ?

— Vous devriez vous asseoir, mon vieux.

— C'est inutile. Continuez.

— Pour une raison ou une autre, je soupçonne le Dr Osgood. J'ignore pourquoi. Mais si c'est lui l'assassin, il a forcément tout un panel de méthodes beaucoup plus accessibles à sa disposition. Une seringue pleine d'une substance qui arrête le cœur par exemple – un jeu d'enfant pour un homme de sa profession.

— Si j'étais médecin et que je voulais commettre un meurtre, je choisirais une méthode sans aucun lien avec la pratique médicale, objecta Poirot. Pour détourner les soupçons de ma personne.

Je devais avouer qu'il marquait un point.

Soudain, j'entendis un bruit sourd. Je me retournai.

— Poirot ?

Au début, je ne le vis pas. Il n'était pas là où je m'attendais à le voir. Puis je baissai les yeux et le vis, il gisait sur le sol. J'étouffai un cri. Il s'était effondré. Son visage avait pris une atroce teinte bleutée et ses yeux saillaient de sa tête.

— Poison, Catchpool, ahana-t-il.

Je me précipitai hors de la pièce en appelant à l'aide.

21 DÉCEMBRE 1931

23

À St Walstan

Le lendemain, Hercule Poirot ouvrit les yeux à trois heures moins onze minutes.

— Dieu soit loué, murmurai-je en me levant.

J'avais les os endoloris à force d'être resté assis des heures durant sur une chaise à dos droit recouverte d'un coussin de siège particulièrement fin. Sans doute était-ce là ce que le pavillon 4 de l'hôpital St Walstan avait de mieux à offrir, y compris dans les chambres individuelles, comme celle qu'occupait Poirot.

— Je vous avais dit qu'il allait s'en remettre, déclara Olga Woodruff.

L'infirmière venait de passer la majeure partie de la nuit au chevet de mon ami, à m'assurer qu'il y avait toutes les raisons d'être optimiste. Elle avait pris le soin de m'énumérer régulièrement les bonnes nouvelles : son rythme cardiaque, ses signes vitaux, l'élimination de la piste de l'appendicite, la précision des faits qu'il était capable de débiter pendant une fenêtre de lucidité. Je n'aurais pas été tout à fait étonné d'apprendre qu'Olga Woodruff avait engendré la guérison de Poirot par la seule force de sa détermination ; elle avait l'air plus qu'à la hauteur de cette tâche.

Jeune et dynamique, elle arborait un visage et une silhouette qui faisaient la réclame d'une gaieté débonnaire contre le gré de l'observateur : des joues roses rebondies, des yeux bleus étincelants frangés de longs cils, un large sourire qui dévoilait des rangées parfaitement droites de dents blanches et une taille de guêpe s'évasant de part et d'autre sur des courbes généreuses. Sa chevelure était d'un orange assez inédit : couleur carotte. Depuis que nous étions arrivés en ambulance la veille, elle s'était chargée de veiller sur Poirot et, force était de l'admettre, sur mes manifestations excessives de désarroi.

Poirot avait oscillé entre somnolence et inconscience sans qu'il fût toujours évident de faire la différence. Je m'étais plus d'une fois demandé si Olga Woodruff ne me cachait pas des choses. À chaque fois qu'elle m'avait encouragé à essayer de grappiller quelques minutes de sommeil sur ma chaise inconfortable, j'avais vivement résisté, persuadé contre tout bon sens qu'en gardant les yeux ouverts j'aiderais Poirot à rouvrir les siens. Finalement, la méthode avait porté ses fruits.

— Catchpool ? dit mon ami d'une voix éraillée. Où sommes-nous ? Quelle heure est-il ?

Je lui répondis.

— Ai-je été empoisonné ? Je ne me suis jamais senti aussi mal de ma vie qu'au cours de ces dernières heures. Je n'étais pas sûr de vous revoir, mon cher.

— Eh bien, fort heureusement, nous voici réunis.

— Vous avez vraisemblablement mangé quelque chose qui aura contrarié votre système digestif, monsieur Poirot, expliqua l'infirmière. Si vous avez réellement été empoisonné, c'est par quelqu'un qui ne sait pas du tout comment s'y prendre pour tuer.

— Non, rétorqua Poirot. C'était un empoisonnement. Certes la nourriture qu'on m'oblige à ingérer à Frellingsloe House est indéniablement contrariante, mais je ne pense pas qu'elle aurait suffi à elle seule à me rendre malade.

Il poussa un grognement. Je vis son corps se contorsionner sous les draps.

— Et comme vous le voyez, ce n'est pas fini, dit-il. J'ai la gorge sèche comme le désert de Gobi. Et puis un tintement dans les oreilles, comme une cloche. À chaque instant, des crampes me déchirent l'estomac avec une telle violence que je me tords – comme si la lame d'un couteau me crevait la chair. Et je suis au regret de dire que les petites cellules grises de Poirot sont touchées, elles aussi. Je ne pense pas aussi clairement que le requiert la situation, ce qui fait l'affaire de l'assassin de Stanley Niven. Bien sûr que si, j'ai été empoisonné. Ce serait bien mieux pour ce tueur qu'Hercule Poirot quitte la scène !

— Balivernes, dit Olga Woodruff. Tous les symptômes que vous décrivez peuvent être causés par des maux à l'estomac tout ce qu'il y a de plus ordinaires – un virus, ou de la viande avariée. Vous logez à Frellingsloe House, c'est bien ça ? Personne là-bas n'a envie de vous empoisonner, c'est sûr. D'après mon futur époux…

Là-dessus, elle leva la main gauche et agita l'annulaire, qui était nu.

— Oh, rit-elle. Évidemment, je la retire quand je suis au travail. Peu importe. J'en étais où ? Ah oui : d'après Robert, tout le monde faisait des bonds de joie à la perspective de votre visite.

— Robert ? répétai-je.

Elle ne voulait tout de même pas dire…

— Oui, le Dr Robert Osgood, sourit Olga Woodruff. Mon fiancé.

Une idée affleura instantanément à la surface de mon esprit. Sur le moment, je n'y avais pas prêté attention, si ce n'était que la remarque était insolite : Osgood, à côté du sapin de Noël dans l'étude d'Arnold Laurier, m'avait dit à propos de Felix Rawcliffe, sur le ton de la désapprobation : « Il doit avoir votre âge, voire moins. » Avant ça, il parlait du vicaire par rapport à Vivienne Laurier – mais quelle signification y avait-il dans les âges relatifs de Rawcliffe et de Vivienne ? Osgood cherchait-il à sous-entendre qu'il y avait une idylle entre eux ? Et pourquoi m'avait-il demandé si Vivienne avait fait mention de Rawcliffe lors de notre conversation de la veille au soir ?

Osgood et le vicaire étaient-ils *tous les deux* amoureux de Vivienne Laurier ? Était-ce pour cette raison qu'ils logeaient à Frellingsloe House ? Il semblait peu probable qu'un jeune vicaire comme Rawcliffe pût tomber amoureux d'une femme qui avait près de deux fois son âge.

Quand elle m'avait invité pour la première fois à passer Noël dans le Norfolk, ma mère m'avait annoncé, comme s'il s'agissait d'un fait incontesté, que le docteur était amoureux de la matriarche de Frellingsloe House. Pour une fois, ma mère avait peut-être raison. Auquel cas Olga Woodruff savait qu'elle n'était pas le premier choix de Robert Osgood.

Je me rappelai alors une chose que j'avais notée juste avant que Poirot ne tombe malade : d'après le compte rendu de Poirot, Osgood avait d'abord dit à l'inspecteur Mackle qu'Olga Woodruff ne se trouvait pas dans le couloir du pavillon 6 à quatorze heures vingt le jour du meurtre de Stanley Niven. Plus tard, il était revenu sur sa déclaration en affirmant qu'elle s'y trouvait peut-être mais qu'il n'avait pas fait attention.

Comme il se doit, Olga Woodruff avait pleuré toutes les larmes de son corps quand l'inspecteur Mackle lui avait dit que son fiancé n'avait aucun souvenir de sa présence. Était-elle à ce point insignifiante pour lui qu'il ne la voyait pas alors qu'elle était sous son nez ? J'imaginais sans mal la tristesse que cette seule pensée pouvait déclencher chez cette pauvre jeune femme. Et sa crise de larmes était encore plus compréhensible si elle savait, ou soupçonnait, qu'Osgood était amoureux de Vivienne Laurier, qu'il n'avait pas manqué de remarquer au même moment dans le couloir du pavillon 6.

Le carnet de la couronne que j'avais trouvé dans la bibliothèque de Frellingsloe House indiquait qu'Olga Woodruff serait parmi les convives de Laurier pour Noël. En me représentant la tension autour de la table, je m'engageai une fois encore à faire tout ce qui était en mon pouvoir pour que Poirot et moi soyons de retour à Londres le jour de Noël.

La voix d'Olga Woodruff interrompit le fil de mes pensées.

— Robert et moi allons nous marier l'année prochaine, début mai, annonça-t-elle avec un immense sourire.

— Toutes mes félicitations, dis-je en dissimulant de mon mieux la peine qu'elle m'inspirait.

— Pitié, plus un mot, implora Poirot. Je dois fermer les yeux. Il y a trop de bruit la nuit pour dormir correctement ; entre les gens qui passent devant la porte en cavalant comme des chevaux et les voix des autres patients et des docteurs.

— Vous avez tout à fait raison. Il faut vous reposer, acquiesça l'infirmière. N'ayez crainte, l'inspecteur Catchpool va partir.

— Ah bon ?

— Oui. Vous allez retourner à Frellingsloe House, vous mettre au lit sans tarder et dormir pendant au moins huit heures. Vous êtes pâle comme un linge.

— Infirmière, s'il vous plaît...

— Qu'y a-t-il, monsieur Poirot ?

— Je dois m'entretenir seul avec Catchpool pendant quelques instants avant qu'il ne s'en aille.

— Très bien. Je vous laisse deux minutes. Pas plus.

Poirot et moi acceptâmes ses conditions. À peine eut-elle fermé la porte derrière elle que Poirot se lança :

— Vous devez contacter Scotland Yard, mon ami. Qui a toute votre confiance là-bas ?

— Le sergent James Wight, répondis-je sans hésitation.

— Dans ce cas, demandez-lui qu'il fasse la chose suivante de toute urgence : qu'il trouve le lien entre les Laurier, ou les Surtees, et la famille Niven. Pour certains occupants de Frellingsloe House, Stanley Niven était probablement un inconnu, mais certainement pas pour tout le monde.

— Vous avez sans doute raison, acquiesçai-je.

Je lui rappelai que Vivienne Laurier m'avait dit avec beaucoup d'autorité que les Niven étaient une famille soudée et aimante. Elle avait énoncé ce fait comme si elle les connaissait personnellement, avant de préciser qu'elle tenait l'information du Dr Osgood.

— Demandez également au sergent Wight de se pencher sur un possible lien entre la famille Niven et les deux locataires : Osgood et Rawcliffe, continua Poirot. Et d'aller parler à la famille de Stanley Niven – sa femme, son fils et sa fille, et son frère Clarence. Qu'il interroge les Niven sur le Dr Osgood. Stanley Niven et eux ont-ils jamais rencontré le moindre problème impliquant le Dr Osgood ? Et que le sergent Wight vérifie les alibis de tous les membres de la famille Niven.

J'envisageai d'énoncer une évidence – à savoir que James Wight était bien occupé par son poste à Scotland Yard – avant de me raviser. Wight était un type en or ; il trouverait le moyen de tout mener de front.

— Après quoi, je veux que vous retourniez à Frellingsloe House, Catchpool, pour exécuter une tâche d'égale importance : interroger tout le monde. Cette fois-ci, on ne discute pas amicalement autour du sapin de Noël – pas du tout ! Cette fois, ils doivent tous penser sans l'ombre d'un doute qu'ils sont soupçonnés de meurtre. Demandez aux cinq Laurier qui s'est rendu à l'hôpital le 8 septembre, et ce qui s'est passé exactement entre le moment où ils sont entrés dans la chambre d'Arnold Laurier et le moment où ils en sont partis.

Nous comparerons leurs dires – car la réponse se trouve là, à mon avis. Quant aux autres résidents de Frellingsloe House qui n'étaient pas à l'hôpital ce jour-là – Arnold Laurier, Felix Rawcliffe, Enid et Terence Surtees –, vous leur demanderez où ils se trouvaient entre deux heures et trois heures moins dix l'après-midi en question. Au cours de ces cinquante minutes, étaient-ils chacun dans une pièce distincte de Frellingsloe House ou tous ensemble au même endroit ? Il nous faut la réponse ! Je doute que l'inspecteur Mackle se soit donné la peine de poser la question. Il part volontiers du principe que leur présence à Frelly ensemble à l'heure dite leur donne à tous un alibi – mais être tous ensemble sous le même toit, qu'est-ce que cela signifie ? Si Terence Surtees, Felix Rawcliffe et Arnold Laurier étaient dans leurs chambres à coucher, auraient-ils été au courant si Enid Surtees avait quitté la cuisine pour aller commettre un meurtre à St Walstan ?

— Non, en effet, acquiesçai-je. (Et j'étais le premier à partir du principe qu'Enid ne quittait jamais la cuisine, alors pourquoi pas eux.) Tout y est ou souhaitez-vous que je leur pose d'autres questions ?

— Que Felix Rawcliffe et Vivienne Laurier vous explicitent leur conversation secrète, celle que vous avez surprise le premier soir.

— Je crois avoir compris de quoi il retournait.

La porte s'ouvrit. Olga Woodruff nous adressa un regard sévère.

— Je suis sûre que votre petit conciliabule est terminé.

— Oui, oui, merci, infirmière, dit Poirot en fermant les paupières avant de les rouvrir aussitôt. N'oubliez pas, Catchpool : ne vous laissez pas décourager par les mensonges.

— Reposez-vous, Poirot. Je m'en vais débusquer tous les menteurs…

— Vous m'avez mal compris. Je voulais parler des plus gros menteurs, à savoir vos propres pensées et suppositions. Ne vous y fiez pas. Remettez-les en question comme vous le feriez face à un suspect de meurtre. Et ne cédez pas à la confusion.

— Même si c'est le cas ?

— Vous ne devez jamais vous retrouver dans cette infortunée position et vous en convaincre ne vous aidera pas. La confusion est l'état mental qui empêche de réfléchir sereinement. Soit un problème différent de celui qui se posera à vous : une incapacité temporaire à faire concorder tous les faits visibles. C'est votre lucidité qui vous permettra de voir que les pièces dont vous disposez pour l'heure ne forment pas encore d'image cohérente. Cette conclusion vous incitera à en déduire qu'il reste d'autres pièces à trouver et vous partirez en quête de ces faits manquants.

— Je n'y manquerai pas, promis-je.

Moins de cinq secondes plus tard, Poirot dormait à poings fermés.

*

— Êtes-vous sûre que l'état de Poirot n'est pas le résultat d'une tentative de meurtre ? demandai-je à Olga Woodruff tandis que nous remontions le couloir du pavillon quelques instants plus tard.

— Sûre et certaine. Sortez-vous cette idée de la tête.

— Puis-je vous interroger sur le 8 septembre ? Où étiez-vous et que faisiez-vous entre quatorze heures vingt et quatorze heures trente ?

— Je faisais des allers-retours dans ce pavillon, dit-elle. Je travaillais. On n'a pas le temps de lambiner à St Walstan.

— Par hasard, vous souvenez-vous de ce qu'a fait le Dr Osgood au cours de ces dix minutes ?

— Exactement la même chose que moi. Je le suivais partout. Pavillon 5, pavillon 4, retour au pavillon 6. Si vous m'interrogez sur ces dix minutes en particulier… ?

J'opinai de la tête.

— Robert a quitté le pavillon 6 quelques instants après le départ du Dr Wall et de Bee, poursuivit-elle, et s'est rendu au pavillon 5. Je l'ai suivi. Ensuite, nous sommes allés ensemble au pavillon 4, mais c'était après quatorze heures trente. Nous sommes restés au 5 plus de dix minutes, je dirais.

— Le Dr Osgood et vous étiez ensemble tout du long ?

— Oh, non.

Sa voix avait soudain vibré d'une colère flagrante qui semblait sortie de nulle part.

— Non ?

— Non, répéta-t-elle fermement. Robert était seul, ou plutôt, il tenait compagnie à Vivienne Laurier dans sa tête – à lui susurrer des mots doux, à tous les coups. Moi, pendant ce temps, je lui emboîtais le pas en passant inaperçue.

Je fis de mon mieux pour ne rien laisser paraître de ma stupéfaction. Pourquoi diable restait-elle fiancée à Osgood si elle le savait amoureux d'une autre femme ?

— Robert devait être ravi que le meurtre de Stanley Niven ait affolé Vivienne. Je les ai surpris ensemble un peu plus tard, après que j'avais confié le Pr Burnett aux infirmières du pavillon 7. Ils étaient dehors, à côté de la voiture de Robert et il la réconfortait, un bras autour de ses épaules. Elle sanglotait, le visage enfoui entre ses mains, tout en marmonnant que l'assassin avait l'intention de tuer son mari, Arnold, et pas Stanley Niven. Quelle sotte. Quel assassin irait commettre ce genre de bourde ridicule ?

Olga Woodruff haussa le menton d'un air de défi.

— Allez-y, posez-la, votre question : pourquoi je reste fiancée à Robert dans ces circonstances ? La réponse est simple : parce qu'il choisit, jour après jour, de rester fiancé à moi. Ce qui m'en dit long. Par exemple sur le fait qu'il sait, au fond, que Vivienne Laurier ne l'aime pas et ne l'aimera jamais. Il sait aussi que je ferais tout pour lui. Je mourrais pour lui sans l'ombre d'une hésitation.

Partant du principe que « Quelle folie de votre part, vu comme il vous traite mal » ne serait pas perçu comme une réponse appropriée, je restai coi.

— Au fond de lui, Robert sait qu'il sera mieux avec une épouse jeune et forte et en mesure de lui donner des enfants qu'avec une veuve désemparée et plus vieille que lui. Ce grand amour qu'il croit porter à Vivienne est typiquement le genre de petit caprice dont les hommes vaniteux aiment se repaître pour se divertir. Il entendra raison dès que nous serons mariés. Mais d'abord, il faut qu'Arnold meure, que Robert fasse sa demande à Vivienne et qu'elle l'éconduise. Ce n'est qu'alors qu'il acceptera la réalité de la situation.

Olga Woodruff sourit avant de conclure :

— À ce moment-là, je pense qu'il se rendra compte qu'il m'aime plutôt bien, en fin de compte.

J'en avais assez entendu, et je décidai de changer de sujet.

— Quand vous avez quitté le pavillon 6 après quatorze heures vingt, vous souvenez-vous si la porte de la chambre d'Arnold Laurier était ouverte ou fermée ?

— Le jour de la mort de M. Niven ? demandat-elle en fronçant les sourcils. Je ne crois pas me... Attendez. Oui, elle était fermée. Résolument fermée. À moins que je ne pense à la porte de la chambre de Stanley Niven. Elles sont côte à côte, voyez-vous il y a à peine deux mètres entre elles.

Donc, si je traduisais : elle n'en savait rien.

— Ce que je puis vous dire avec certitude, c'est que je n'ai pas quitté Robert des yeux plus d'une seconde entre deux heures et trois heures moins dix, déclara Olga Woodruff.

J'étais en train de me dire que sa déclaration était tout aussi ostentatoire que potentiellement contre-productive quand elle poussa le bouchon encore plus loin.

— Non seulement je suis sa fiancée, dit-elle sans ambages en me regardant de ses yeux écarquillés pour enfoncer le clou. Mais je suis en outre son alibi, et des plus solides. Robert n'aurait jamais pu tuer Stanley Niven, donc s'il est sur votre liste de suspects, ou celle de l'inspecteur Mackle, vous feriez bien de l'en retirer immédiatement.

22 DÉCEMBRE 1931

24

Le sérum de vérité

Étant donné le nombre de tâches que m'avait confiées Poirot, je ne pensais pas être de retour à St Walstan de sitôt. Et pourtant, voilà que je me trouvais à l'hôpital à dix heures le lendemain matin, fulminant d'une rage aveugle. De ma vie entière, je n'avais encore jamais éprouvé une telle fureur. Lorsqu'elle s'empara de moi, il me fallut m'asseoir, la tête penchée en avant, et rester concentré sur ma respiration. Après coup, je jetai un regard à ma montre à gousset : j'étais resté immobile pendant quarante minutes, frémissant d'incrédulité et de colère. C'était impensable. Franchement, c'était impossible.

La colère est un drôle de phénomène. Une fois qu'elle s'enracine en vous, elle transforme votre manière de percevoir toute chose. Tandis que je remontais à grandes enjambées le couloir du pavillon 4 pour rejoindre la chambre de Poirot, j'avais envie de renverser l'arbre de Noël décoré sans goût, les chaises, la plante imbécile dans son pot à côté de la salle des infirmières. Rien de tout cela ne m'avait fait de mal, mais je leur en voulais de se trouver dans mon champ de vision alors que je ne voulais y voir que Poirot, assis bien droit dans son lit, en voie de guérison, le sourire aux lèvres. Je me fis la promesse que, si par malheur il ne s'en sortait pas, je ne laisserais aucune place à la peur et que j'assouvirais la plus horrible des vengeances possibles et imaginables, qu'importe les conséquences pour mon âme immortelle...

Bien évidemment, ce que je m'apprêtais à annoncer à Poirot aurait tôt fait de lui coûter son sourire. Non, me ravisai-je, pas moi, je laisserais le soin à la coupable de le lui dire. Contre toute attente, elle s'était montrée coopérative en acceptant de m'accompagner à l'hôpital dans ce but. À n'en point douter, elle passerait aux aveux exactement tel qu'elle l'avait fait en ma présence ce matin même, au cours du petit déjeuner à Frellingsloe House : l'air de rien, comme si ce genre de pratiques était aussi attendu que raisonnable à sa façon.

Le soulagement grignota du terrain sur ma rage lorsque nous atteignîmes la chambre de Poirot et que je constatai qu'il était en bien meilleure forme que la veille. Il était assis dans son lit. Il avait repris des couleurs et je remarquai immédiatement la nuance d'un vert éclatant qui éclairait ses yeux, signe qu'il était dans un état d'excitation intellectuelle. Je songeai aussitôt qu'il avait dû faire une percée dans l'enquête. J'avais hâte qu'il m'en fasse part, mais il convenait tout d'abord de s'occuper de l'autre affaire répugnante qui nous attendait.

— Catchpool ! m'accueillit Poirot en souriant. Accompagné de Mme Catchpool. Quelle bonne surprise. Je ne m'attendais pas à votre visite.

— Comment vous sentez-vous, monsieur Poirot ? s'enquit ma mère. En voie de guérison, on dirait. Ma foi, voilà une bonne nouvelle. Beaucoup de bruit pour rien, en somme.

— Jamais je ne me suis senti aussi mal, madame. Catchpool, que vous arrive-t-il ? Vous avez une mine affreuse – un vrai fantôme. Pourquoi n'êtes-vous pas à Frellingsloe House à mener à bien les tâches dont nous avons parlé hier ?

— J'ai bien peur d'avoir à peine eu le temps de m'entretenir avec le sergent James Wight et de lui donner ses instructions quand j'ai fait une découverte terrible qui a écarté toute autre considération de mon esprit. Dites-lui, mère.

— Bonté divine, quel mélodrame. Edward affable, monsieur Poirot. Il n'a pas fait de « découverte ». C'est moi qui lui ai dit quelque chose. Ce n'est vraiment pas pareil.

— Dites-lui, répétai-je.

— C'est à cause de moi que vous êtes malade, monsieur Poirot, commença ma mère avec un sourire douceureux. J'ai versé un petit quelque chose dans votre sirop. Vous souvenez-vous – le verre que je vous ai porté à la bibliothèque ? Je savais pertinemment que cela ne vous ferait aucun mal sur le long terme, que c'était parfaitement inoffensif. J'essayais de vous aider à résoudre le meurtre de Stanley Niven le plus efficacement possible. Je me suis demandé : Hercule Poirot serait-il enclin à sortir des sentiers battus afin de prendre l'avantage dans l'affaire qui l'occupe ? Dit comme ça, la réponse me semblait évidente : bien sûr que oui.

Poirot la dévisageait en silence.

— Je suis navrée que mon plan ait eu pour effet de vous barbouiller pendant un jour ou deux, mais j'avais tout bordé, voyez-vous. Je savais que vous projetiez de vous rendre à l'hôpital en votre qualité de détective, ce qui ne vous mettait pas dans une posture idéale, loin de là. Tous vos interlocuteurs auraient été au courant qu'ils avaient affaire à Hercule Poirot, *le célèbre détective*. Ils se seraient méfiés, prêts à tout dissimuler. Je suis étonnée que l'idée ne vous ait pas traversé l'esprit, monsieur Poirot.

Poirot, articulant lentement, prit la parole.

— La tasse de thé que vous avez confiée pour moi à Maddie Laurier, le jour de notre arrivée à Frellingsloe House – là aussi, vous aviez mis quelque chose dedans pour me rendre malade ?

Je sentis la rage exploser de plus belle dans ma poitrine. Ma mère m'avait avoué un seul épisode d'empoisonnement. Il ne pouvait tout de même pas y en avoir deux ?

— Je n'ai bu que deux gorgées, dit Poirot. Le thé était froid, mais il avait un goût bizarre et, peu de temps après, alors que je m'entretenais avec Arnold Laurier dans son étude, j'ai été pris de vertiges et j'ai dû me retirer dans ma chambre.

— Oui, c'était ma première tentative, reconnut ma mère. Malheureusement, vous n'en avez pas ingéré suffisamment cette fois-ci pour nécessiter une hospitalisation à St Walstan.

Je réprimai l'envie de l'interrompre pour lui faire savoir que notre relation, en l'état, était terminée pour toujours. Fini les vacances à Great Yarmouth, elle n'obtiendrait plus jamais rien de moi. Je m'obligeai à demeurer silencieux. Poirot, contrairement à moi, conservait son calme : la seule chose sensée était de le laisser décider la manière de traiter cette abomination.

— Cessez donc, je vous prie, de me regarder avec cet air emphatique de supériorité, reprit ma mère. Ou tout du moins, attendez un peu avant de me regarder comme ça. D'abord, dites-moi ceci : après ces deux petites nuits que vous venez de passer dans cet hôpital, n'avez-vous pas progressé de manière significative dans votre enquête sur le meurtre de Stanley Niven ? Si la réponse est oui, et je n'en doute point, alors vous devez réfléchir sérieusement quant à savoir s'il convient de me sermonner ou de me remercier.

— J'aimerais en savoir plus sur cette… cette substance que vous m'avez administrée par deux fois, dit Poirot d'une voix totalement dénuée de sentiments. De quoi s'agit-il ?

— C'est mon amie Daphne qui me l'a donnée. Elle appelle ça « le sérum de liberté ». Elle en donne à son mari quand elle a besoin qu'il soit… disons hors circuit pendant quelques jours. J'ignore ce qu'il contient, mais Daphne m'a assuré qu'il n'aurait pas d'effets indésirables durables ; c'est désagréable mais pas dangereux.

— Le sérum de liberté, répéta Poirot.

— Dans votre cas, mieux vaudrait l'appeler « le sérum de vérité », dit ma mère. Je savais qu'en étant admis à St Walstan en tant que patient vous n'éveilleriez pas les soupçons, ce qui vous permettrait d'en apprendre davantage. Dites-moi : mon plan a-t-il marché ?

— Madame, dit Poirot. Écoutez-moi bien. Je vais vous donner un ordre, et vous allez obéir sans regimber. Si vous ne faites pas preuve de la plus grande obéissance, je ferai le nécessaire pour que vous soyez arrêtée pour empoisonnement et tentative de meurtre. Dans la foulée, votre amie qui dispense ce sérum de liberté sera elle aussi arrêtée pour l'empoisonnement et la tentative de meurtre de son époux.

— C'est vraiment injuste pour la pauvre Daphne, protesta ma mère. Elle n'a jamais administré le sérum à personne d'autre qu'à son mari. Si vous l'aviez rencontré, monsieur Poirot – oh, doux seigneur ! Il est de ces insupportables Monsieur-je-sais-tout qui se croient à la tête du monde entier.

Une description qui aurait très bien pu correspondre à sa personne, songeai-je.

— Il n'arrête pas d'écrire à son député pour soumettre les projets les plus démentiels que vous puissiez imaginer. Je doute que même un député du parti libéral soit en faveur de l'admission au suffrage des chiens, et je suis tout à fait persuadée que le cinquième baron de Brabourne, Michael Knatchbull, serait d'accord avec moi pour juger l'idée saugrenue. C'est le député de la circonscription de Daphne.

— Des chiens ? murmura Poirot, dont la carnation avait quelque peu pâli.

— Des chiens, confirma ma mère. Le mari de Daphne pense qu'il conviendrait de leur donner le droit de vote. D'après lui, c'est une idée très intelligente et le meilleur moyen de résoudre tous les problèmes de notre grande nation. Cette théorie stupide s'assortit d'une justification aussi longue que compliquée – que Daphne ne comprend pas tout à fait et moi non plus. Mais son mari semble bien déterminé à…

— *Madame* ! hurla Poirot. Silence !

Ma mère prit un air offensé.

La porte s'ouvrit, laissant apparaître la chevelure carotte d'Olga Woodruff.

— Tout va bien par ici ? J'ai entendu crier.

— Tout est en ordre, dit Poirot. Je vous remercie.

Une fois l'infirmière repartie, il s'adressa à ma mère :

— Voici vos instructions, madame. Suivez-les scrupuleusement si vous souhaitez vous épargner arrestation et châtiment. Vous allez sortir de cette chambre et patienter dans le couloir pendant que je m'entretiens en privé avec Catchpool. Après quoi il vous reconduira à Frellingsloe House, où vous lui remettrez votre sérum empoisonné. Intégralement, jusqu'à la dernière goutte.

Ma mère poussa un soupir.

— Vous irez parler à votre amie Daphne et vous vous assurerez qu'elle n'administrera plus jamais de poison à son mari. Est-ce clair ?

— Si vous insistez, monsieur Poirot. Mais je dois dire que…

— Qui d'autre est au courant que vous m'avez servi par deux fois du poison ? interrompit Poirot. L'avez-vous dit à quelqu'un ?

— Bien sûr que non. Ce matin, je l'ai dit à Edward, c'est tout. Comment voulez-vous que mon plan secret fonctionne si je m'amuse à le raconter à tout le monde ?

— Sortez de ma vue, ordonna Poirot. Et fermez la porte derrière vous.

— Je suis vraiment désolé, Poirot, dis-je une fois ma mère partie. Je suis mortifié, si vous saviez…

— Non, non, mon ami. Vous n'êtes pas responsable des agissements de votre mère.

261

— Mais c'est à cause de notre amitié que…

— Si j'avais su que notre amitié engendrerait l'empoisonnement non mortel de ma personne, j'aurais malgré tout choisi de m'impliquer dans cette affaire, répondit Poirot d'un air solennel. Vous souvenez-vous quand je vous ai dit que votre mère était excellente pour vous ?

— Vous aviez tout faux.

— Pas du tout. Je maintiens ce que j'ai dit. Je vois bien que l'expérience d'être son fils n'est pas agréable, néanmoins elle vous a donné une perception unique en plus de vous inculquer de multiples qualités telles que la sensibilité et la résilience.

J'aurais mille fois préféré avoir une mère qui ne fût pas un monstre.

— Vous êtes unique, Catchpool. Tout comme moi. C'est pour cela que nous nous entendons à merveille. (Il eut un petit rire.) Combien de personnes, lancées dans une opération aussi triviale que la décoration des sapins de Noël, aurait inventé la théorie du « Maintenant que c'est là » en lui donnant ce nom ?

— Des tas de gens inventent des tas de bêtises, me défendis-je. Écoutez, Poirot, ne soyez pas indulgent avec ma mère pour me faire plaisir. Elle mérite d'être…

— Je serai indulgent parce que ses actes, quoique abjects, m'ont permis de recueillir des informations précieuses. La nuit passée a été bruyante et agitée, mais productive. J'ai fait une série de rencontres fascinantes. Il y a désormais un nouveau mystère à ajouter à notre liste !

25

La nuit agitée de Poirot

La nuit précédente, la première nuisance nocturne qui avait empêché Poirot de trouver le sommeil s'était manifestée sous la forme de M. Blesser-la-tête, le Pr Burnett. Un peu après minuit, Poirot avait entendu son pas lourd et irrégulier, bientôt suivi de sa citation coutumière, dans sa formulation antérieure au meurtre de Stanley Niven : « Le Fils de l'homme n'a pas où poser la tête. » Le professeur répéta la phrase plusieurs fois d'une voix normale, puis la déclama en chantant un air que Poirot ne reconnut pas. (« M. Mal-à-la-tête n'a pas l'oreille musicale, mon ami. »)

Après avoir écouté pendant quelques secondes, Poirot finit par identifier la mélopée ainsi massacrée comme étant le chant de Noël *Douce nuit*, et l'ironie de la situation ne lui échappa point étant donné que les nuits au pavillon 4 étaient manifestement tout sauf douces. Que les paroles jurent avec la mélodie ne semblait pas gêner le professeur le moins du monde.

Tandis que la voix se rapprochait, Poirot – alors encore très souffrant – y vit une occasion et décida de s'en saisir. Le plus vite possible, et malgré les crampes d'estomac qui lui arrachaient des grimaces de douleur, il retira sa chemise d'hôpital au profit de ses propres vêtements, que l'infirmière Olga Woodruff avait rangés dans le petit placard à côté de la fenêtre. Une fois habillé, il sortit de sa chambre et entreprit de suivre M. Blesser-la-tête au gré de son étrange danse hypnotique, faite d'allers-retours dans le couloir. Si l'affairement de Poirot ou du professeur fut remarqué par une ou plusieurs infirmières en service, elles n'en laissèrent rien paraître. Pas une ne prêta attention au chant discordant ou aux va-et-vient.

Le professeur finit par sortir du pavillon 4 et s'élança vers une autre aile de l'hôpital, sans se douter qu'il avait Poirot à ses trousses. Ce dernier ne tarda pas à se retrouver sur une étroite passerelle de béton percée de fenêtres. Arrivé dans ce goulet, le professeur eut la bonne idée de réduire le volume de son chant, qui se résuma à un murmure, en plus de s'appliquer à adapter la scansion des paroles à la mélodie : « Fi-ils de l'homme, n'a-a pas oùùù poser la-a tête. Fi-ils de l'homme, n'a-a pas oùùù poser la-a tête… »

Toujours suivi par Poirot, le professeur avança à grandes enjambées chancelantes dans le couloir de communication jusqu'à atteindre enfin le pavillon 6. Il poussa le battant et poursuivit à la même vitesse jusqu'à une porte située à mi-parcours du couloir, la seule à être munie d'une pancarte. Poirot se trouvait trop en retrait pour lire l'inscription sur le carton blanc. M. Blesser-la-tête posa dessus sa main – qui ne manqua pas de rappeler à Poirot une patte d'ours – et chuchota : « Le Fils de l'homme n'a pas où blesser la tête. »

« Intéressant », songea Poirot.

Jusqu'ici, le professeur avait récité « poser la tête ».

— Blesser la tête, blesser la tête, répétait le professeur avec une agitation croissante.

Deux infirmières approchaient déjà. L'une d'elles l'interpella d'une voix enjouée mais ferme :

— On va vous ramener dans le bon pavillon, professeur.

À cet instant, Poirot était quasiment arrivé à hauteur de la porte affichant la pancarte blanche, si bien que lorsque M. Blesser-la-tête retira sa main, il découvrit qu'elle dissimulait un simple morceau de papier sur lequel une écriture soignée annonçait : *Réservée pour Arnold Laurier*.

— Monsieur Poirot, lança Bee Haskins qui venait de surgir derrière lui. N'êtes-vous pas au pavillon 4 ?

— Pas présentement, non. Je suis ici au pavillon 6.

— Eh bien, vous êtes censé être au pavillon 4, dit-elle sèchement. Allons, on y retourne.

— Blesser la tête ! Blesser la tête ! gémit le Pr Burnett.

— Je retournerai au pavillon 4 quand je serai prêt, contra Poirot.

— Oh non. Oh là là.

Bee Haskins recula tandis que deux infirmières empoignaient M. Blesser-la-tête par les bras et s'efforçaient de l'éloigner de la porte de la chambre d'Arnold Laurier.

— Blesser la tête ! Blesser la tête !

Les gémissements se faisaient de plus en plus sonores. Bee Haskins sembla à Poirot particulièrement secouée.

— Je devrais aller les aider, mais je n'ose pas, avoua-t-elle.

— Avez-vous peur du professeur ? demanda Poirot.

— Pas du tout. C'est le contraire ! Il a visiblement peur de moi, sans raison. Je ne lui ai jamais fait le moindre mal, ni à lui ni à personne. Alors pourquoi est-ce qu'il… ?

Les sanglots étranglèrent le reste de sa phrase.

— Je vous en prie, dites-moi ce qui vous bouleverse, mademoiselle.

— Blesser la tête ! Blesser la tête !

Le Pr Burnett montrait Poirot du doigt. Ou… était-il possible qu'il désignât Bee Haskins, qui se précipitait vers la porte de sortie du pavillon comme si elle voulait mettre le plus de distance possible entre le professeur et elle ?

Il fallut une dizaine de minutes aux deux infirmières du pavillon 6 pour calmer M. Blesser-la-tête. Elles réussirent enfin à l'éloigner, à grand renfort de mots apaisants, sans doute dans l'optique de le ramener au pavillon 7.

Lorsque Poirot retourna dans sa chambre du pavillon 4, il trouva Bee Haskins assise sur une chaise près de son lit, en train de boire une tasse de thé.

— J'espère que vous vous êtes remise de cet incident désagréable, dit-il et, en prononçant le mot « remise », il se rendit compte qu'il n'avait pas souffert de crampes d'estomac depuis un petit moment.

Elle opina de la tête.

266

— Comment l'expliquez-vous ? Vous qui êtes détective.

— Expliquer quoi ?

— Pourquoi le Pr Burnett m'a prise en grippe. Je ne suis que douceur avec lui, mais à chaque fois qu'il me voit, il réagit comme vous l'avez vu faire à l'instant : il me montre du doigt en hurlant « Blesser la tête ! Blesser la tête ! ». Il ne fait pas ça aux autres infirmières ou aux médecins.

— Vous êtes entrée dans sa chambre et vous vous êtes approchée de lui juste après qu'il a été témoin, en regardant par sa fenêtre, du meurtre de Stanley Niven, dit Poirot. Il est possible que vous lui rappeliez le drame.

— Je ne pense pas que ce soit la raison, sans que je puisse expliquer pourquoi. Vous savez à quoi ça me fait penser ? On dirait qu'il m'accuse *moi* d'avoir tué Stanley Niven – c'est faux ! Le Pr Burnett, surtout lui, devrait bien le savoir s'il a été témoin du meurtre. Je ne sais pas si vous comprenez, monsieur Poirot, mais la situation me met en panique… Et, eh bien disons que ça me déprime totalement. À chaque fois que je suis la cible d'une profonde hostilité, mon corps réagit de cette manière. Mon corps plus que mon esprit. Je me répète : c'est impossible, ou presque, à expliquer. Je m'imagine que c'est mérité – c'est le pire. C'est comme ça depuis… (Elle s'interrompit brusquement.) Le fait est que je suis en train de devenir folle, mais je m'assure que personne ne s'en rende compte. Je n'ai pas tué Stanley Niven et j'ai consacré toute ma vie professionnelle à sauver des vies, mais à force d'entendre le Pr Burnett, je finis presque par penser que je suis coupable de quelque chose.

— Et vous ressentez ceci – cette sensibilité à l'hostilité – depuis quand, mademoiselle ?

— Fort bien, monsieur Poirot, dit-elle après une hésitation. Ça sera un vrai calvaire, mais je vais vous raconter toute cette histoire sordide.

23 DÉCEMBRE 1931

26

Un sommeil sans rêves

À son arrivée dans la salle à manger le lendemain matin à sept heures et quart, le Dr Osgood avait des nouvelles pour moi : une infirmière de St Walstan avait téléphoné pour annoncer que Poirot était tout à fait remis et en état de quitter l'hôpital.

Je ne sais quel réflexe m'incita à poser la question.

— Quelle infirmière ?

— Quelle importance ? C'était Olga Woodruff, répondit Osgood sans émotion.

— Votre fiancée.

Le docteur me regarda d'un air renfrogné.

— Voulez-vous que je vous conduise à l'hôpital pour chercher votre ami ou non ?

— Non, merci, répondis-je d'un ton tout aussi désinvolte et désobligeant. Je vais m'arranger autrement.

Je me levai, pas mécontent d'abandonner la mixture grumeleuse et immangeable qui passait pour un petit déjeuner. Dieu seul sait quelles sortes de viandes Enid avait utilisées ou ce qu'elle s'imaginait en avoir fait. En tout état de cause, le résultat restait indéterminé.

— Prenez ma voiture, Catchpool, proposa Douglas Laurier. Poirot et vous aurez certainement beaucoup de choses à vous dire, et de préférence sans qu'aucun de nous écoute aux portes, pas vrai ?

À part le Dr Osgood et moi, il n'y avait que Douglas dans la salle à manger. Les autres résidents n'étaient sans doute pas encore réveillés. Je m'étais levé tôt dans l'idée de faire une longue promenade au bord de la mer, suivie d'une baignade et d'un bain chaud, mais j'avais laissé tomber le projet en apprenant que Poirot était de nouveau en pleine forme.

Depuis qu'elle m'avait remis son infâme « sérum de liberté » la veille, je n'avais pas recroisé ma mère. Je n'avais pas beaucoup pensé à elle non plus, comme si mon esprit avait érigé une sorte de barrière nébuleuse qui m'empêchait de tourner mes pensées vers elle. Je ne vois pas comment le décrire autrement : un état de torpeur étrange qui m'était totalement inconnu.

J'empruntai la voiture de Douglas. Arrivé à l'hôpital, je trouvai Poirot dans sa chambre, au garde-à-vous et vêtu de ses plus beaux atours, tel un dignitaire attendant d'être conduit à quelque fonction officielle. Il avait l'air tout à fait remis, mais préoccupé.

— C'est merveilleux de vous voir rétabli, dis-je.

— J'ai bien dormi, me répondit-il. Pour la première fois depuis mon arrivée dans le Norfolk, j'ai bénéficié – pour reprendre le titre d'un célèbre chant de Noël – d'une douce nuit.

— Vous m'en voyez ravi.

— Une nuit sans rêves, mais pendant laquelle j'ai beaucoup réfléchi. À propos de Bee Haskins et du jeune homme à qui elle était fiancée.

— Ah, oui. L'histoire que vous ne vouliez pas me raconter hier.

— Une triste histoire. La mort du fiancé de Bee Haskins n'est qu'une partie de cette tragédie.

— Comme ça, il est mort ?

— Elle a été trahie par sa sœur, qui était elle aussi amoureuse du même homme, et jalouse. Il y a eu un enfant naturel, qui a été élevé par une amie.

— Pas étonnant que vous ayez veillé toute la nuit.

— Non, non. J'ai dormi profondément. Et je n'ai pas fait de rêves. À la place, j'ai réfléchi dans mon sommeil.

J'abandonnai l'idée de le contredire et choisis à la place de citer le cantique *Petite Ville de Bethléem* :

— *Tu dors tranquillement, Sur ton sommeil, l'étoile d'or se lève au firmament.*

— Ça m'a permis de réfléchir, Catchpool, et de voir à quel point la querelle entre Maddie et Janet Laurier est idiote et vaine, partant du principe qu'elles nous ont raconté la vérité sur ses origines. Elles aiment chacune un frère très différent de l'autre, pas le même ! Pourquoi ne pas rester amies ? s'interrogea-t-il en secouant la tête. La tragédie, Catchpool est un organisme composé de plusieurs sous-espèces.

— Poirot, maintenant que vous êtes rétabli…

— Vous vous demandez où en sont nos fragiles projets pour Noël, n'est-ce pas ?

— Nous sommes aujourd'hui le 23 décembre. Si nous voulons passer Noël à Londres, il va falloir partir aujourd'hui ou demain.

— Demain, affirma Poirot.

— Vraiment ? m'exclamai-je en sentant mon cœur faire un bond.

— Je pense. J'ai de grands espoirs, dit-il avec sérieux. Tout pointe vers un individu en particulier. Le seul souci est que la personne que j'ai à l'esprit n'a aucun lien connu avec Stanley Niven et aucune raison de vouloir sa mort. À moins que le sergent James Wight vous ait appris quelque chose ?

— Non. Il a téléphoné hier pour dire qu'il attend une information qui lui sera transmise ce matin. Il nous contactera immédiatement.

— Bien, dit Poirot. Cette information devrait compléter le tableau.

Une fois sortis de l'hôpital, nous rejoignîmes l'automobile de Douglas Laurier. Jamais je n'avais ressenti un tel soulagement en quittant un lieu. Le ciel était exceptionnellement dégagé pour une journée de fin décembre et seule une poignée de nuages presque translucides dessinait des traînées semblables à du givre dans la froidure du ciel bleu. Soit les conditions météorologiques idéales pour une discussion au cours de laquelle Poirot, pour une fois, me fit part de ses pensées et hypothèses sans aucune réserve.

— J'imagine que vous n'allez pas me donner le nom de votre suspect ? demandai-je tandis que je nous conduisais sur la route côtière, le long d'une mer d'huile.

— Bien sûr, dit-il. Je soupçonne la seule et unique personne dont le manque de fiabilité est si flagrant qu'il est difficile de passer à côté.

— Janet Laurier ? Jonathan Laurier ? tentai-je. (Comme il restait silencieux, j'essayai de plus belle :)

Le Dr Osgood ? C'est mon préféré, je vous le dis tout net. Son seul alibi pour les dix minutes entre quatorze heures vingt et quatorze heures trente le 8 septembre n'est autre qu'Olga Woodruff, sa fiancée.

— L'apparence d'un alibi, lequel, après examen, se révèle ne pas en être un, professa Poirot. Dites-moi, Catchpool, quels alibis vous ont servis les autres résidents de Frellingsloe House que je vous ai demandé d'interroger : Enid et Terence Surtees, Felix Rawcliffe et Arnold Laurier ?

— J'ai bien peur de ne pas avoir encore eu le temps de m'en occuper. Ou, pour être tout à fait précis, je n'étais pas complètement en état d'entreprendre grand-chose hier. J'ai passé beaucoup de temps à marcher en bord de mer, afin d'éviter et la maison et ma mère. (Avant que Poirot n'eût le temps de me réprimander, j'ajoutai :) Voulez-vous bien me dire ce qui, dans le fait que Stanley Niven était un type avenant, a tant retenu votre attention quand vous avez entendu parler du meurtre ?

J'avais réussi à formuler ma question sans mentionner l'exécrable créature qui nous avait rapporté le crime.

— C'est très simple, dit Poirot. Après dix années de travaux sur des affaires criminelles, je n'avais encore jamais entendu dire ça d'une victime. Oh, bien sûr, j'avais entendu parler de victimes qui n'avaient pas d'ennemis, qui n'avaient jamais fait de mal à personne, qui menaient une existence à l'abri des soucis, mais on ne m'avait encore jamais décrit une victime de meurtre qui se distinguait par sa félicité. Et ce que votre mère nous a rapporté de Stanley Niven allait encore plus loin – nettement plus loin.

— Comment ça ?

— Elle ne s'est pas contentée de dire que M. Niven était d'un naturel heureux. D'après elle, *il rendait les autres heureux*. C'était impossible de ne pas le ressentir en sa présence.

— Mais ma mère ne connaissait pas Stanley Niven, protestai-je. Elle a très bien pu raconter n'importe quoi, comme la plupart du temps.

— Cela me suffisait de savoir que c'était ce que l'on disait de ce M. Niven. C'était ainsi qu'il était connu et perçu : comme un créateur de bonheur. J'ai repensé à toutes les autres victimes assassinées de mon passé, et je me suis posé la question : de combien d'entre elles avait-on dit la même chose ? Pour combien d'entre elles une telle description aurait-elle été fidèle à la réalité ? La réponse était : aucune. *Aucune*, Catchpool. Ce qui a piqué ma curiosité. Les gens tels que Stanley Niven, ceux qui ont la capacité de réconforter – ces gens-là ne se font pas assassiner. Et pourtant c'est arrivé à M. Niven. C'est pour cette raison que j'ai eu peur pour Arnold Laurier pendant si longtemps. Je persistais à croire que Mme Vivienne avait raison de penser son mari en danger, face à un assassin déterminé à éliminer les hommes heureux de ce monde, ou si profondément malheureux lui-même qu'il s'acharnait à détruire la joie sur son passage. Vous souvenez-vous quand votre mère a dit qu'il était impossible de se mettre en colère contre Arnold Laurier, tant il était enjoué et heureux ?

— Je me souviens vaguement de quelque chose dans ce goût-là, oui.

— J'ai soupçonné la similitude de personnalité entre les deux hommes : Laurier et Niven. Il n'en reste pas moins que si mes soupçons quant à l'identité du tueur de M. Niven sont avérés, alors Arnold Laurier ne sera pas la prochaine victime. En effet, tant que je n'aurai pas découvert le lien entre Stanley Niven et Frellingsloe House, je n'aurai aucun moyen de savoir s'il y aura un deuxième meurtre. En l'absence de mobile, Catchpool, c'est comme si on avait mis un bandeau sur chacune de mes petites cellules grises.

Notre conversation continua et je passai le reste du trajet à me creuser la cervelle pour essayer de comprendre si Poirot avait reconnu soupçonner lui aussi le Dr Robert Osgood du meurtre de Stanley Niven. *L'apparence d'un alibi, lequel après examen se révèle ne pas en être un.* La formule n'équivalait pas à une affirmation de soupçon envers quiconque, même si dans le contexte, elle pouvait tout à fait signifier que Poirot soupçonnait Osgood autant que moi. Il était étrange de songer que la communication à venir de James Wight de Scotland Yard apporterait vraisemblablement le chaînon manquant, ainsi que le mobile, pour expliciter la mort de Stanley Niven.

Dix minutes plus tard, je garai l'automobile de Douglas dans l'allée de gravier de Frellingsloe House. Je m'apprêtais à m'extraire de derrière le volant quand la porte d'entrée de la maison s'ouvrit à la volée. Felix Rawcliffe sortit en titubant, comme si quelqu'un l'avait poussé. Son visage était d'une pâleur cadavérique, son regard creusé par des cernes mauves.

— Que diable… ? marmonnai-je.

— Mon Dieu ! souffla Poirot d'une voix lourde d'angoisse qui fit écho à la mienne.

Nous descendîmes de voiture et nous précipitâmes vers le vicaire, lorsqu'une autre silhouette apparut derrière lui : l'inspecteur Gerald Mackle.

— Que s'est-il passé, inspecteur ? demanda Poirot. Dites-le-moi tout de suite.

— Malheureusement, monsieur Prarrow, il y a eu un autre meurtre.

— C'est Arnold, dit Rawcliffe d'une voix tremblante. Arnold est mort.

27

La mort des hommes heureux

— Arnold a été assassiné, dit Felix Rawcliffe d'une voix à peine audible. Quelle horreur. Vivienne est... Nous sommes tous...

Sa phrase se termina en un gémissement étranglé.

— C'est la vérité, je le crains, monsieur Prarrow, dit Mackle. Malheureusement, l'assassin a encore frappé. Cette fois, la victime est Arnold Laurier.

Poirot baissa la tête et resta dans une immobilité parfaite. J'éprouvai presque la douleur qu'il devait ressentir en cet instant, bien qu'il ne dît rien. Il se ressaisit, puis interrogea Mackle sur un ton de vive impatience.

— Encore frappé ? Comment savez-vous que la même personne a tué Stanley Niven et Arnold Laurier ?

— Eh bien..., commença Mackle.

— Attendez. Ne répondez pas, l'interrompit Poirot. Je ne souhaite pas poursuivre cette conversation dans le froid. Allons dans une pièce où nous pourrons nous entretenir en privé. Nous trois seulement – vous, moi et Catchpool. (Il se tourna vers Rawcliffe.) Où sont les autres ?

Le vicaire darda des coups d'œil autour de lui comme s'il ne savait pas trop où chercher.

— Je… je ne sais pas. Je n'ai vu personne depuis un moment. Dès que j'ai appris ce qui s'était passé, je suis allé téléphoner au poste de police, et puis j'ai attendu l'inspecteur Mackle dans le vestibule. Je suis avec lui depuis son arrivée.

— J'ai demandé au Dr Osgood de rassembler tout le monde dans le salon, dit Mackle à Poirot. Nous pourrions nous entretenir dans le bureau – la scène du crime – même si, hélas, le corps de M. Laurier y est encore. Le spectacle risque de vous être déplaisant, monsieur Prarrow.

— Je tiens à le voir. Je dois l'examiner dans les moindres détails sans détourner les yeux. Je dois cela, et bien plus, à M. Laurier. C'est de ma faute s'il est mort. Si j'avais travaillé plus vite…

— Ce n'est absolument pas votre faute, déclarai-je avec fermeté tandis que nous emboîtions le pas à l'inspecteur Mackle dans le vestibule. Vous ne pouviez pas savoir…

— Mais je le savais parfaitement, Catchpool. J'avais l'intime conviction que les craintes nourries par Vivienne Laurier pour son mari étaient fondées et la similitude de personnalité entre M. Laurier et M. Niven était évidente. Quant à mes soupçons sur le coupable… (Il émit un bruit de dégoût.) Quelle grossière erreur ! Je faisais fausse route.

— Vous n'avez rien à gagner à vous admonester, insistai-je.

— Si, Catchpool, j'admoneste. Toujours, j'admoneste.

— J'ai donné des consignes pour qu'on interroge Clarence Niven, annonça l'inspecteur Mackle une fois arrivé devant la porte close de l'étude d'Arnold Laurier. Même si je parie que cette fripouille se sera fabriqué un alibi encore plus impressionnant cette fois-ci. À coup sûr, cinquante personnes vont jurer qu'elles étaient avec lui quand Arnold Laurier a été tué, et il nous sera impossible de prouver le contraire. Ce sera un simulacre de vérité, monsieur Prarrow. *Encore* un simulacre, devrais-je dire.

— Ouvrez la porte, je vous prie, inspecteur. Et, je vous en supplie, ne mentionnez plus le nom de Clarence Niven. Il n'a tué ni son frère ni Arnold Laurier.

Les scènes de meurtre n'offrent jamais un spectacle réjouissant, et je trouvai celle-ci particulièrement insoutenable. À présent que son âme avait quitté son enveloppe corporelle, la fragilité d'Arnold Laurier sautait cruellement aux yeux. Tandis que je contemplais le cadavre qui gisait devant moi, l'expression « n'avoir plus que la peau sur les os » me frappa dans toute son horreur. Ses os étaient si frêles que je tressaillis en les imaginant se briser net. Quant à la peau, tout particulièrement celle du visage et du cou, elle semblait à peine plus solide qu'une toile d'araignée.

Je me demandai quelle sorte de monstre pouvait désirer infliger davantage de souffrance à un homme dans un tel état de délabrement. Ce qui me fit prendre conscience d'une chose : l'assassin d'Arnold ne souhaitait pas simplement sa mort ; non, son assassin voulait le mettre hors d'état de nuire séance tenante, sans quoi il aurait suffi de laisser la maladie suivre son cours.

L'inspecteur Mackle s'était lancé dans la description de la cause de la mort, qui selon lui avait été confirmée par le Dr Osgood, mais toute explication était superflue. La scène parlait d'elle-même. Les détails visibles racontaient tous la même histoire : la blessure à l'arrière de la tête ; le corps affaissé sur le bureau ; le vase blanc marqué d'une tache sinistre ; la flaque d'eau par terre ; les grandes fleurs en papier faites de petits flocons en papier, que je reconnus immédiatement. Je les avais moi-même confectionnées quelques jours plus tôt pour en décorer le sapin de Noël.

Je notai avec intérêt que la tête et le haut du corps d'Arnold Laurier ne reposaient pas sur un bureau vide. Au moment de sa mort, il était manifestement occupé à compulser des photographies ; des dizaines de clichés étaient éparpillées des deux côtés de sa dépouille, et sans doute sous son buste, aussi.

— Exactement le même mode opératoire que pour Stanley Niven, déclara Mackle. Des coups à l'arrière de la tête, portés à l'aide de ce vase que l'assassin a ensuite laissé tomber ou disposé par terre avant de quitter la pièce. Il est semblable au vase qui a servi à commettre le premier meurtre.

— Non, dit Poirot. Ce n'est pas du tout le même. Catchpool, veuillez expliquer la différence à l'inspecteur. Vous l'avez forcément remarquée, vu les travaux de décoration que vous avez récemment entrepris dans cette maison.

— J'ai confectionné ces fleurs en flocons de papier pour le sapin de Noël de la bibliothèque, signifiai-je à Mackle. Elles s'y trouvaient, pas plus tard qu'hier. Et certainement pas dans un vase rempli d'eau. Qui irait mettre des fleurs en papier dans de l'eau ?

— Personne, répondit Poirot. Comme vous pouvez le constater, inspecteur, ces fleurs sont sèches de bout en bout ; leur papier, immaculé. Elles n'ont jamais séjourné dans l'eau.

— Soit une différence de taille entre les scènes de meurtre numéro une et numéro deux, conclus-je. Sur la première scène, la présence des fleurs et de l'eau par terre s'expliquait aisément : l'assassin voulait user du vase comme d'une arme, donc il en a vidé le contenu, qui l'aurait sinon gêné en plus de semer le désordre. Ici, les fleurs n'ont jamais été dans ce vase. Elles étaient sur le sapin de Noël.

— Et ce vase se trouvait dans ma chambre au dernier étage de la maison, ajouta Poirot. L'assassin est monté le chercher tout là-haut, sachant que j'étais à St Walstan. Il l'a rempli d'eau, l'a apporté ici, puis est allé chercher les fleurs en papier dans la bibliothèque… (Poirot secoua la tête.) Pourquoi se donner tout ce mal alors qu'il aurait pu obtenir le même résultat avec ce tisonnier ? dit-il en montrant du doigt la cheminée, qui comptait tout un arsenal d'armes potentielles.

— Il s'agit d'une référence délibérée à la première scène de meurtre, dis-je en formulant l'évidence même. Sommes-nous censés nous dire : « Ce doit être la même personne qui a tué Stanley Niven » ? Auquel cas… Ma foi, je ne suis pas convaincu. J'y vois plutôt... une sorte de parodie du mode opératoire ; or les gens se parodient rarement.

Poirot se tourna vers Mackle.

— Quand M. Laurier a-t-il été assassiné ? À quelle heure a-t-il été découvert, et par qui ?

— Sa femme l'a découvert ce matin, une heure avant que vous et l'inspecteur Catchpool n'arriviez, répondit Mackle. Il n'était pas descendu pour le petit déjeuner, donc elle est montée le chercher après, en sortant de table. Ne le trouvant pas dans sa chambre, elle est venue ici et a découvert cet horrible spectacle.

— Elle ne l'a pas vu plus tôt dans la matinée ? s'enquit Poirot.

— Non, confirma Mackle. Ils faisaient chambre à part. Ils avaient l'habitude de se retrouver pour le petit déjeuner. D'après le Dr Osgood, le décès est vraisemblablement survenu entre minuit et deux heures du matin, voire trois heures du matin au plus tard. Inutile de vous préciser que le crime a été commis ici même dans cette pièce. M. Laurier a été tué alors qu'il regardait de vieilles photos de famille, assis à son bureau. Il y a un carreau cassé dans la salle à manger ; c'est sans doute par cette fenêtre que l'intrus est entré.

Poirot, qui s'était avancé vers le bureau d'Arnold Laurier, s'arrêta et fit volte-face.

— L'intrus ? répéta-t-il.

— Eh bien... oui, monsieur Prarrow.

L'expression qui se dessinait sur le visage de Mackle laissait penser qu'il brûlait de mentionner Clarence Niven. Avec grandeur, il se fit violence.

— Comment savez-vous qu'il y a eu un intrus ? voulut savoir Poirot.

— Ma foi, parce qu'on a cassé un des carreaux de la salle à manger, se défendit le policier d'un air de plus en plus déconcerté. Comment pouvait-il faire autrement pour pénétrer dans une maison qui était fermée à double tour pour la nuit ?

— Sauf si un individu vivant sous ce toit voulait faire croire à la police que l'assassin venait de l'extérieur, plaida Poirot. A-t-on entendu le carreau se briser ?

— Personne n'a rien entendu, dit Mackle. Tout le monde dormait à poings fermés – y compris ceux qui ont habituellement le sommeil léger. J'ai interrogé tous les occupants de la maison et tous étaient au lit largement avant minuit. Pas un bruit ne les a réveillés.

— *Douce nuit*, murmura Poirot en s'approchant du bureau d'Arnold Laurier. *Meurtrière nuit. Dans les cieux, l'astre luit...*

— *Le meurtre annoncé s'accomplit* ? complétai-je.

— Catchpool, venez jeter un œil à ces photos. Vous reconnaîtrez plusieurs visages.

Sa manière de formuler la chose me laissait penser que j'étais censé débusquer un visage qui n'avait rien à faire là, ce à quoi je m'employai sans tarder. Mais je ne trouvai aucun intrus.

— Mon Dieu ! souffla Poirot à mi-voix avec un regain d'énergie.

Il avait décelé quelque chose, mais je n'avais pas la moindre idée de ce dont il retournait. Plusieurs clichés montraient Arnold et Vivienne Laurier jeunes, en des temps plus heureux, accompagnés parfois d'un de leurs fils, ou des deux. Douglas et Jonathan Laurier, à différents âges, étaient parfaitement identifiables. Une photographie plus récente montrait les Laurier et les Surtees posant devant un kiosque à musique. Aucun des quatre adultes que l'on appelait « les enfants » à Frellingsloe House ne souriait. En réalité, personne ne souriait, à part Arnold Laurier.

— Rien ne vous frappe, dans ces photos, mon ami ?

— Rien si ce n'est qu'Arnold Laurier a toujours été d'une maigreur extrême, observai-je. Et que le Dr Osgood a bien raison de dire que Vivienne Laurier a perdu la moitié de son poids. On la voit bien plus en chair sur ces photos.

— Mais il y a autre chose, de bien plus significatif, que vous ne…

Poirot s'interrompit et partit d'un rire.

— Mais bien sûr. *Bien sûr*. Merci, Catchpool !

— Je n'ai rien fait.

— Vous êtes incapable de voir ce qui compte vraiment. Ne le prenez pas mal – il n'y a rien de désobligeant dans mes propos. Inspecteur Mackle, je souhaite m'entretenir avec plusieurs personnes dans la bibliothèque, en même temps, dès que faire se peut : Felix Rawcliffe, Enid Surtees et Terence Surtees. Faites-les venir sans tarder.

28

Joie et culpabilité

Tandis que Poirot et moi nous acheminions vers la bibliothèque, je l'interrogeai sur le choix du lieu :

— Étant donné ce qui vous est arrivé la dernière fois que vous y étiez...

— C'est bien pour cela que le choix est approprié, dit-il comme nous pénétrions dans la salle. J'ai cru rendre mon dernier souffle entre ces quatre murs. Je me souviens clairement m'être dit : « Je vais mourir dans cette pièce. » Je pourrais aisément éviter l'endroit, dorénavant. À la place, je ferai de cette bibliothèque le lieu où j'ai laissé éclater la vérité et mis un terme aux machinations d'un assassin !

— J'admire votre courage et votre ambition.

Poirot s'approcha de la fenêtre.

— Observez la mer de Frellingsloe. Même par beau temps, elle bouillonne et écume, comme possédée par un esprit vengeur.

— Je crois que le vent se lève, commentai-je.

On frappa à la porte, puis Felix Rawcliffe apparut, l'air encore plus mal en point que lorsque Poirot l'avait congédié trente minutes plus tôt.

— Pourquoi avez-vous convoqué Terence, Enid et moi, mais personne d'autre ? Vous nous soupçonnez de quelque chose ? Je peux vous assurer que...

— Asseyez-vous, je vous prie, monsieur Rawcliffe, l'invita Poirot. À la table, s'il vous plaît, pas dans un fauteuil.

— Je n'ai tué personne, vous entendez ? Personne.

Rawcliffe s'assit maladroitement au bord du fauteuil et poursuivit d'une voix plaintive.

— J'étais très attaché à Arnold Laurier, et je ne connaissais pas Stanley Niven. Je ne l'ai jamais vu de ma vie.

— Pourquoi monter sur vos grands chevaux, monsieur ? Si vous êtes innocent, vous n'avez rien à craindre.

La porte se rouvrit et Enid et Terence Surtees entrèrent. Je manquai pousser un cri en découvrant leur visage éclairé d'un large sourire. Enid semblait même avoir abandonné son éternel pas lourd au profit d'une démarche guillerette.

— Monsieur et madame Surtees, veuillez prendre place à table, je vous prie, les convia Poirot.

Il avait manifestement décrété que personne ne s'installerait confortablement dans un fauteuil. J'aurais donné n'importe quoi pour en occuper un moi-même, tant mon corps et mon cerveau étaient endoloris par les événements éprouvants des derniers jours, mais je me sentais obligé de prendre part au malaise collectif, si bien que je pris place comme les autres sur une chaise.

Poirot prit la parole en arpentant la pièce.

— Puis-je vous demander si vous avez récemment eu de bonnes nouvelles, madame ? demanda Poirot à Enid Surtees. Vous semblez d'humeur joyeuse, malgré le meurtre sous votre toit de votre cher ami Arnold Laurier.

— Je ne sais pas trop si le « cher ami » est de mise, dit-elle, et son sourire vacilla. Il était notre maître et nous ses domestiques à jamais redevables. Frelly n'a jamais été notre chez-nous, monsieur Poirot, quand bien même nous vivons dans cette demeure.

— C'est injuste, Enid, protesta son mari. Arnold était notre ami. Il nous aimait et a toujours fait de son mieux pour nous aider. Quant à cet arrangement, nous l'avions accepté de bon cœur. Arnold n'était pas la cause de notre morosité.

— Terence a tout à fait raison, reconnut Enid avec un hochement de tête à l'attention de Poirot. Dans notre joie, nous nous devons d'être magnanimes. Oh ! Vous pensez que nous sommes…, rit-elle. Non, non, pas du tout. Ce n'est pas la mort d'Arnold qui nous rend joyeux, monsieur Poirot. Un meurtre à Frelly ? C'est un choc, et pauvre Arnold, évidemment… Même s'il faut raison garder. Après tout, il était à l'article de la mort – et à mon avis, le calvaire d'une longue maladie est sûrement pire qu'une mort rapide. Et maintenant qu'Arnold n'est plus là, j'aurai peut-être des petits-enfants ! s'exclama-t-elle, le regard brillant.

— Nous devrions nous expliquer, ma chère, sans quoi M. Poirot va trouver que nous sommes complètement fous, tempéra son mari. Nous sommes heureux parce que, par miracle, nos filles ont cessé de se détester. C'est arrivé tout juste ce matin : une véritable métamorphose !

— Dieu soit loué ! s'esbaudit Enid en pressant l'une contre l'autre les paumes de ses mains. Terence les a trouvées enlacées un peu plus tôt dans le salon. Enfin mon rêve se réalise !

Terence opina vigoureusement du chef.

— Elles étaient en pleurs, monsieur Poirot, et s'excusaient du rôle qu'elles avaient joué dans la querelle qui avait fait d'elles des ennemies pendant si longtemps. J'ai dit à Enid : on aurait dit qu'elles venaient de se retrouver après avoir été séparées de force pendant des années. Ce qui est étrange, quand on y réfléchit, parce que rien ne les empêchait d'être amies si ce n'est leur détermination farouche à se détester. Mais je m'inquiète pour les garçons, ajouta-t-il un instant plus tard, en coulant un regard en biais à sa femme.

— Moi je ne m'inquiète plus de rien ! exulta-t-elle en levant les bras au ciel. J'ai l'impression que je ne pourrai plus jamais m'inquiéter de toute ma vie. Mon vœu a été exaucé. Je ne me préoccupe même plus tant que cela d'avoir des petits-enfants, à présent. Même si, bien évidemment, ce serait merveilleux d'en avoir au moins un de chaque fille.

— Mais ma chérie, les garçons n'avaient pas l'air heureux, insista Terence.

— Si vous voulez parler de Douglas et Jonathan Laurier, c'est peut-être parce que leur père vient tout juste d'être assassiné, suggérai-je.

— Ne t'inquiète pas, mon chéri, le rassura Enid. Ces deux idiots peuvent continuer à ne pas s'aimer si ça les amuse, mais nos filles ne seront plus jamais brouillées. L'amour qui a toujours existé entre elles s'est révélé plus fort que toutes les petites rancœurs mesquines. Telle est la bénédiction que le meurtre d'Arnold nous accorde – si regrettable que ce soit, bien évidemment. Et je prédis que les garçons, avec le temps, se mettront au diapason. Ce sont toujours les femmes qui donnent le *la*, monsieur Poirot. Quand Jonathan et Douglas verront que Maddie et Janet sont désormais amies, ils prendront le pli.

J'observai Felix Rawcliffe pendant la tirade d'Enid. Avachi sur la table, incapable de retenir le tremblement nerveux de ses jambes, il avait l'air désespéré. Me faisais-je des idées, ou la culpabilité était-elle en train de le ronger ? C'était clairement l'impression qu'il me donnait.

— En quoi l'assassinat d'Arnold Laurier a-t-il mis un point final à la rupture entre vos filles ? demanda Poirot à Terence Surtees.

— L'explication n'est-elle pas évidente ? Sa mort les a bouleversées et leur a fait comprendre une horrible vérité : on peut perdre un membre de sa famille en un clin d'œil, de la manière la plus brutale qui soit, dit Surtees. Maddie et Janet adoraient Arnold. Sa disparition, mêlée à leur douleur et à leur stupéfaction, les a ramenées à la raison.

— Elles ont pris conscience de ce qu'elles savent depuis toujours, continua Enid. L'amour, c'est la vie, et la haine, c'est la mort. J'ai haï pendant si longtemps, en me sentant morte à l'intérieur, mais à présent je suis si gonflée d'amour que je risque d'exploser.

— Madame, vous avez dit tantôt une chose qui n'a aucun sens pour moi. En quoi la mort d'Arnold Laurier vous permettra-t-elle d'avoir des petits-enfants ?

— Sans les tensions engendrées par leur querelle ridicule, pourquoi mes filles ne pourraient-elles pas être à même de concevoir un enfant ?

— Il faut tout de même garder à l'esprit la constitution chétive de la famille Laurier, lui rappela son mari. Arnold n'est pas issu d'une couche saine. Riche, oui, mais pas robuste.

— Mais, mon chéri, prends Douglas et Jonathan. Prends Maddie et Janet – pas un seul n'est du genre à être malade, ce qui n'a rien de surprenant. Si trois quarts de gènes transmis sont forts comme un bœuf, alors évidemment nous aurons plein de petits-enfants.

— Où étiez-vous l'après-midi du 8 septembre, madame ? Précisément, entre deux et trois heures.

— Le 8 septembre ? répéta Enid en fronçant les sourcils. Je ne vois pas en quoi ma mémoire devrait remonter aussi loin, mais a priori j'étais en cuisine.

— Il parle du jour où Stanley Niven a été tué, dit son mari. Tu étais en effet en cuisine, ma chérie.

— Comment le savez-vous, monsieur Surtees ? intervint Poirot. Étiez-vous également en cuisine entre deux et trois heures ?

— Non. J'ai passé tout l'après-midi au salon. Tout comme Felix – n'est-ce pas, Felix ? Nous avons joué aux échecs, puis nous avons lu.

— Est-ce vrai, monsieur Rawcliffe ? l'interrogea Poirot.

— Je... je..., balbutia le vicaire. Je suis désolé, quelle était votre question ?

Poirot répéta sa question.

— Oui, c'est vrai. Tous les autres étaient à l'hôpital. Terence et moi étions seuls au salon.

— En vertu de quoi aucun de vous deux n'est en mesure de confirmer les allées et venues de Mme Surtees au cours de l'heure en question.

Enid rit.

— Je vous ai déjà dit, monsieur Poirot, que j'étais en cuisine, ici même à Frelly. C'est là que je passe tous les jours de ma vie. Où vouliez-vous que je sois ?

— Et Arnold Laurier ? m'enquis-je. Où était-il ce jour-là, entre deux et trois heures ?

— Alité et souffrant, dans mon souvenir, répondit Terence Surtees.

— L'un d'entre vous l'a-t-il vu, ou êtes-vous simplement parti du principe qu'il était dans sa chambre ? insista Poirot.

Après un court silence, Terence Surtees répondit.

— Nous ne l'avons pas vu de nos yeux, si telle est la question.

— Moi non plus, je ne l'ai pas vu, concéda Enid. Mais sans doute était-il là-haut. Je l'entendais ronfler de temps à autre. Monsieur Poirot, Arnold serait tout aussi incapable d'un acte de violence que de… oh, je ne sais pas, moi !

— Monsieur Rawcliffe ? lança Poirot. Vous souvenez-vous avoir vu M. Arnold Laurier entre deux et trois heures, l'après-midi du 8 septembre ?

Le vicaire, visiblement agité, fit non de la tête avant de répondre.

— Mais… mais je ne me souviens pas de grand-chose de cet après-midi-là. Non, vraiment pas grand-chose.

Poirot les remercia avant de les congédier. Ils quittèrent la pièce, les Surtees en premier de leur pas allègre, puis Rawcliffe à la remorque, comme s'il était accablé d'un millier de fardeaux invisibles. Je ne pouvais trouver aucun mobile valable à ce jeune vicaire pour attenter à la vie de quiconque, pourtant son étrange comportement m'incitait à me demander si l'un de ces poids sur sa conscience n'était pas le meurtre de Stanley Niven, et si un autre ne pouvait pas être le meurtre d'Arnold Laurier.

29

Mobiles et alibis

— Allez-vous interroger ma mère sur ses déplacements le jour du 8 septembre ?

Quinze minutes plus tard, Poirot et moi longions le sommet de la falaise. Le vent était retombé et Poirot avait objecté mollement à ma suggestion d'aller prendre l'air.

— Non. Elle n'était pas dans le Norfolk à cette date.

— Comment le savez-vous ?

— Catchpool, votre mère n'a pas assassiné Stanley Niven. Ni Arnold Laurier.

Je répétai ma question.

— Parce que je sais qui a commis chacun des deux crimes. Ou peu s'en faut. La communication du sergent Wight le confirmera.

— Espérons-le. Manifestement, vous n'avez plus besoin de ma contribution, mais je me disais…

— Votre opinion m'intéresse, Catchpool, toujours.

— Fort bien, dans ce cas. Je pense que l'assassin d'Arnold Laurier croit avoir fourni un alibi inébranlable pour le meurtre de Stanley Niven. Pourquoi se donner la peine d'apporter les fleurs en papier, l'eau et le vase dans le bureau si ce n'est pour faire croire qu'on a affaire au même tueur ? Et pourquoi nous pousser vers cette conclusion, à moins d'être hors de soupçon du meurtre de Niven grâce à un alibi en béton ? Oh. (J'étouffai un juron.) Quel imbécile. Si l'assassin d'Arnold Laurier est quelqu'un d'autre – *pas le même* que celui de Niven – alors cela l'expliquerait.

Poirot sourit et contempla la mer en silence.

— Voulez-vous que je vous dise ce que je ferais sans votre avis expert ? proposai-je.

— Je vous en prie.

— J'estimerais bien plus probable de résoudre le meurtre de Laurier si je le séparais de celui de Niven, en le considérant comme un… disons, comme une énigme distincte. À notre connaissance, personne n'avait de raison de vouloir la mort de Niven alors que tout le monde ou presque avait un mobile pour assassiner Arnold Laurier.

— Ah bon ? Dites-m'en plus, mon ami.

— Eh bien, sa femme, pour commencer. Pour lui épargner l'horreur d'une longue agonie due à la maladie. Aux dires de tous ou presque, y compris de sa propre fiancée, le Dr Osgood est amoureux de Vivienne Laurier. Plus Arnold décède vite, plus sa veuve est libre d'épouser un autre. Bon, Olga Woodruff est persuadée que Vivienne va l'envoyer promener. Notre infirmière a tout à gagner à ce que cela arrive sans tarder, comme ça, le bon docteur peut enfin s'occuper de lui prodiguer son amour et de l'épouser.

— Et Bee Haskins ? lança Poirot. Et Zillah Hunt ?

Je fronçai les sourcils.

— Aucune des deux n'avait de raison de vouloir la mort d'Arnold Laurier, que je sache.

Poirot opina.

— Continuez. Et le vicaire, M. Rawcliffe ? Il n'avait pas l'air à son aise, si ?

— Il nous faut tirer au clair ce dont lui et Vivienne Laurier parlaient quand je les ai surpris. Osgood m'a subtilement fait comprendre que Rawcliffe était amoureux de Vivienne Laurier. Si c'est le cas, alors le mobile du vicaire et celui d'Osgood concordent : se débarrasser du mari malade pour épouser la veuve.

— Et quid de Maddie, Douglas, Janet et Jonathan Laurier ? énuméra Poirot. Ont-ils chacun un mobile au meurtre d'Arnold Laurier ?

— Celui de Janet est bizarre. Elle veut – voulait – secrètement qu'Arnold meure à Frellingsloe House pour que la demeure soit ternie aux yeux de Jonathan et que ce dernier cesse de s'agiter en vain pour sauver la maison. Tous les quatre – les deux fils et les deux épouses – ont tout à gagner financièrement puisque Douglas et Jonathan hériteront chacun de la moitié de la fortune familiale. Maddie a un mobile supplémentaire, étant donné qu'elle est très attachée à Vivienne. Elle m'a fait savoir avec beaucoup de conviction que Vivienne ne pourrait se relever et trouver le bonheur qu'une fois Arnold mort. Oh, et Jonathan Laurier a un mobile altruiste, outre l'incitation financière.

— À savoir ? s'enquit Poirot.

— D'après lui, Arnold mourrait heureux à condition que vous lui fassiez la promesse solennelle de sauver Frellingsloe de l'érosion naturelle. Je crains de lui avoir fait comprendre sans ambages que vous n'étiez pas disposé à mentir. Lors de votre hospitalisation, Jonathan a peut-être vu l'occasion d'épargner à son père la douleur d'entendre que sa demeure adorée était vouée à disparaître.

— Et Terence et Enid Surtees ?

— C'est aussi facile qu'évident : ils haïssaient Arnold Laurier et supportaient très mal leur statut de domestiques. En plus de quoi, Enid impute manifestement l'absence de petits-enfants au mauvais héritage génétique d'Arnold. Terence lui en voulait d'avoir œuvré en faveur de l'union entre Jonathan et Janet et sans doute, avant toute chose, d'être responsable du déclin lamentable d'Enid.

— Notez bien, en outre, que M. *et* Mme Surtees avaient l'air aux anges, aujourd'hui. Observer qui se réjouit d'un meurtre est un exercice fort instructif.

— Tout à fait, acquiesçai-je. Quoique ni Terence ni Enid n'auraient pu anticiper que le meurtre d'Arnold Laurier aurait pour conséquence la réconciliation de leurs filles.

— Les parents connaissent leurs enfants, affirma Poirot. Tout du moins, c'est parfois le cas.

— Eh bien, si vous dites vrai, alors les Surtees avaient un mobile gros comme le Norfolk.

Poirot sourit.

— Votre démonstration est tout à fait judicieuse, Catchpool. Tout le monde à Frellingsloe House a en effet un mobile pour tuer Arnold Laurier, même si certains sont plus fragiles et moins évidents que d'autres. Retournons à l'intérieur nous entretenir avec M. Rawcliffe. Qu'il soit ou non coupable de meurtre, j'espère que nous saurons le persuader de nous dire ce qui l'effraie à ce point.

30

Le verre brisé et la quête de vérité

Nous n'eûmes pas à chercher Felix Rawcliffe bien longtemps. Il rôdait autour de la maison et nous sauta dessus à notre arrivée dans le vestibule. En sueur, aussi pâle qu'avant, le vicaire serrait une enveloppe jaune entre ses mains.

— Ceci est arrivé pour vous, inspecteur Catchpool.

Un télégramme, songeai-je, et je sentis mon cœur accélérer.

Comme je m'y attendais, le pli venait du sergent James Wight de Scotland Yard.

Inspecteur Catchpool,
Les alibis de tous les membres de la famille Niven sont bons. Tous sont hors de cause. Je n'ai trouvé aucun lien de quelque sorte entre les individus figurant sur votre liste et la famille de Stanley Niven. Un point intéressant : un de ces individus est un imposteur. Vous préférerez sans doute que je vous donne les détails en personne ou par téléphone, étant donné que la

*documentation écrite peut facilement tomber
entre de mauvaises mains.*

Cordialement,
James Wight (sergent)

Je tendis le télégramme à Poirot. À sa lecture, ses
sourcils s'arquèrent et ses moustaches frémirent. Au
même instant, l'inspecteur Mackle apparut dans le
vestibule, flanqué de deux policiers en uniforme et
suivi de deux hommes en costume transportant un
imposant coffre de couleur noire. Sans doute en vue de
transporter la dépouille d'Arnold Laurier.

En apercevant le réceptacle sombre, Felix Rawcliffe
étouffa un cri et m'agrippa le bras.

— Je dois vous parler de quelque chose. Je le garde
depuis trop longtemps.

Quelques minutes plus tard, Rawcliffe, Poirot et
moi étions seuls dans la salle à manger, porte close.
À cause du carreau cassé, il régnait dans la pièce le
même froid qu'à l'extérieur.

— Ne pourrait-on pas aller dans un endroit un peu
moins glacial ? demandai-je en frissonnant.

— C'est comme si nous étions encore dehors,
observa Poirot. Heureusement, nous n'avons pas retiré
nos manteaux. Monsieur Rawcliffe, souhaitez-vous
aller chercher un manteau, un chapeau et des gants ?

Le vicaire lui fit la plus étrange des réponses.

— J'ai peur de me déplacer seul.

Je m'attendais à ce que Poirot relève, mais il fit mine
de n'avoir rien entendu et s'approcha du carreau brisé.

— Que pensez-vous de cette pile de bris de verre,
Catchpool ? Venez voir de plus près, je vous prie.

— On dirait une décoration de Noël. Des petits éclats de verre qui étincellent dans les rayons du soleil, comme des perles de givre.

— Oui, oui, très poétique, s'impatienta Poirot. Regardez mieux que cela. Qu'y a-t-il d'incongru ?

— Oh, vous voulez parler des graviers ? Je vois où vous voulez en venir. La vitre a été brisée pour faire croire qu'un intrus s'est introduit dans la maison pour tuer Arnold Laurier. Or elle a été brisée *de l'intérieur*, et a projeté des éclats de verre dans le jardin, parmi les cailloux. L'assassin de Laurier a dû estimer qu'il y avait trop de verre dehors et en a pelleté à l'intérieur, et ce faisant il y a mêlé des graviers.

— Précisément. Il y a beaucoup trop de cailloux à l'intérieur – beaucoup trop pour qu'ils aient été apportés par les semelles de l'intrus, par exemple. C'est la présence et la quantité de ces petits cailloux qui démontrent que le carreau a été cassé de l'intérieur, et que, par conséquent, il n'y a pas eu d'intrus. M. Laurier a été tué par quelqu'un qui vit sous ce toit. Était-ce vous, monsieur Rawcliffe ? Avez-vous tué Arnold Laurier puis tenté d'élaborer un mensonge à partir d'un carreau brisé au beau milieu de la nuit ?

— Non. Je vous jure, ce n'était pas moi. Je suis prêt à vous dire tout ce que je sais, mais… mais j'ai peur d'être la prochaine victime si je parle.

Voilà donc ce qui expliquait sa réticence à se déplacer seul.

Poirot se cala dans un fauteuil.

— Monsieur, comme j'ai eu l'occasion de le répéter à bien des personnes en proie à la peur au fil des années : vous serez moins en danger si vous parlez que si vous restez coi. Je vous en prie, dites-nous ce que vous ne pouvez plus garder pour vous.

— Le Dr Osgood est amoureux de Vivienne Laurier, énonça Rawcliffe. Je crois que c'est lui qui a tué Arnold. Il est... eh bien, d'une impatience sanguine, à attendre qu'Arnold meure de causes naturelles. À maintes reprises, j'ai supplié Vivienne de prier le Dr Osgood de quitter Frelly. J'en suis même arrivé à me demander si elle n'éprouvait pas des sentiments pour lui, bien qu'elle m'ait assuré du contraire. Elle disait vouloir le docteur à proximité pour s'occuper plus facilement d'Arnold.

À ce stade, j'interrompis le vicaire pour lui faire part des bribes de conversation que j'avais entendues à leur insu.

— Oui, Vivienne et moi étions en train de parler du problème, reconnut-il.

— Qui était l'inconnue que vous l'encouragiez à considérer ? demandai-je.

— Ma foi, la pauvre Olga Woodruff, bien sûr. Ce n'est pas vraiment une inconnue, je suppose, mais Vivienne a dû la croiser une ou deux fois tout au plus, les rares fois où le Dr Osgood l'a amenée ici. Si Vivienne avait dit au Dr Osgood, il y a des mois, de manière claire et nette, qu'elle ne l'aimait pas et n'avait aucune intention de l'épouser, on aurait pu espérer qu'il quitte Frellingsloe House sur-le-champ pour reporter ses élans amoureux sur sa fiancée.

— La conversation sur Roméo et Juliette, intervint Poirot. Touchait-elle au même sujet ?

Rawcliffe opina.

— Le Dr Osgood s'est donné beaucoup de mal pour me convaincre que la destruction de son lien avec la pauvre Olga ne serait pas une grosse perte. Il faisait valoir qu'ils tenaient plus de Roméo et Rosaline que de Roméo et Juliette. J'ignore pourquoi il avait la certitude que Vivienne l'épouserait après la mort d'Arnold. Elle se défend de l'avoir jamais encouragé en ce sens. Et il est sur le point de comprendre son erreur.

— Le Dr Osgood a l'air de penser que vous aussi êtes amoureux de Vivienne Laurier, objectai-je.

— Moi ? fit Rawcliffe d'un air stupéfait. Bonté divine, quelle idée saugrenue. Je lui suis très attaché, mais pas de cette manière. Elle a l'âge d'être ma mère. C'est d'ailleurs ainsi que je l'ai toujours considérée : comme une figure maternelle. J'ai perdu ma mère il y a plusieurs années, paix à son âme.

Je me souvins qu'il avait déjà évoqué sa défunte mère, quand Poirot et moi avions fait sa connaissance, à la gare ferroviaire.

— Autant vous dire le reste de la vérité, continua Rawcliffe.

Nous patientâmes en silence, tandis qu'une roseur partait de la périphérie de son visage pour envahir lentement toute sa physionomie. Il finit par se lancer.

— Si pour une raison quelconque les projets de mariage entre le Dr Osgood et Olga ne se concrétisent pas, j'ai l'intention de faire ma demande. Personne n'est au courant. Vous êtes les deux premiers à qui j'en parle.

— Vous connaissez Olga Woodruff mieux que Vivienne Laurier ne la connaît, dans ce cas ?

Rawcliffe secoua la tête en signe de dénégation.

— Je l'ai croisée une ou deux fois seulement, moi aussi. William Shakespeare avait bien compris qu'il suffisait parfois d'un regard… (Sa phrase resta en suspens, puis il reprit.) Ce que je ne comprends pas, c'est qu'elle ne se soit pas aperçue que son nom deviendrait Olga Osgood, ce qui ne sonne pas très bien. Olga Rawcliffe, c'est parfait.

— À part son attachement amoureux à Vivienne Laurier, avez-vous d'autres raisons de croire que le Dr Osgood aurait pu assassiner Arnold Laurier, ou la preuve qu'il l'a fait ? interrogea Poirot.

— Eh bien, non, mais…

— Pensez-vous que le docteur a également tué Stanley Niven ?

Rawcliffe secoua la tête.

— Non. Pourquoi aurait-il fait une chose pareille ?

— C'est une bonne question, monsieur, une très bonne question. Pourquoi quiconque à Frelly aurait envie de tuer Stanley Niven ? C'était un parfait inconnu. C'est ce qu'on nous répète depuis le début. Je pensais que c'était faux, mais je m'étais trompé. Aujourd'hui, nous avons appris d'un associé de confiance de Catchpool qu'il n'existe aucun lien entre les membres de cette maisonnée et la famille Niven. Si on retire cette pièce du puzzle, et sachant ce que le sergent Wight nous apprend dans son télégramme, je soupçonne désormais un nouveau lien. Un lien qui n'implique pas Stanley Niven ni aucun de ses proches. À part le fait qu'il a été assassiné par le même individu que celui qui a tué Arnold Laurier, M. Niven n'a rien à voir dans cette histoire.

— Mais… c'est complètement insensé, balbutia Rawcliffe.

J'étais en train de me dire la même chose.

304

— Monsieur Rawcliffe, si vous voulez bien rendre un service à Poirot. Allez chercher Vivienne Laurier et amenez-la dans la bibliothèque. Il fait trop froid pour rester dans cette pièce. Allez, tout de suite, ordonna mon ami. J'ai une mission pour vous aussi, Catchpool, poursuivit-il une fois que nous fûmes seuls. N'ayez crainte – il ne s'agit pas de décorer un énième sapin. J'ai besoin que vous vous acquittiez pour moi d'une tâche ô combien plus importante. Elle implique de vous rendre quelque part – une destination très précise – et d'attendre quelqu'un en embuscade.

— En embuscade ?

— Oui. Quand la personne en question se présentera, vous ferez semblant de croiser son chemin par hasard. Vous direz que vous étiez là, ou que vous passiez dans le coin, vous ferez mine de consulter l'heure ou de vous frotter l'œil.

— De me frotter l'œil ? Mais pour quoi faire ? Poirot, je n'ai aucune intention de me lancer dans une mission farfelue à des lieues d'ici. Cela exigerait que je revienne ici, et… avez-vous oublié que nous sommes censés rentrer à Londres demain ? Pour passer Noël à Whitehaven Mansions, cela vous rappelle quelque chose ?

— Cessez de chicaner, Catchpool. Faites confiance à votre ami Poirot. J'ai pour ma part souvent été aux prises avec le supplice passager d'une poussière dans l'œil. C'est la cause d'une grande gêne. Mais choisissez autre chose, si vous préférez – je serai heureux de vous laisser maître des détails insignifiants de cette opération. Le but est de faire croire que vous tombez sur votre cible par pur hasard. Vous devez avoir l'air parfaitement insouciant, vous comprenez ? Puis, une fois que vous aurez eu l'air agréablement surpris par cette rencontre fortuite et que vous aurez échangé les salutations d'usage, vous direz précisément ces mots : « Cela fait un moment que je me demandais s'il était envisageable que vous me parliez de ce terrible accident. » Veuillez répéter la phrase, je vous prie.

Avait-il perdu la raison et l'esprit ?

— Poirot, j'aurai l'air d'un imbécile. Pourrais-je au moins savoir pourquoi je ferais cette demande et de quoi diantre il est question ?

— Je crains que non.

— Dans ce cas, vous devrez vous en charger vous-même.

— Impossible, mon ami. Je vais bientôt devoir m'occuper de Vivienne Laurier et il vaut mieux qu'Hercule Poirot ne s'agite pas ; qu'il mette ses petites cellules grises à contribution mais pas le reste de son corps. À présent, veuillez répéter votre phrase, je vous prie. Vous devez l'apprendre par cœur.

Je soupirai.

— Redites-la-moi.

Poirot me la récita une nouvelle fois.

Je la lui répétai bêtement.

— « Cela fait un moment que je me demandais s'il était envisageable que vous me parliez de ce terrible accident. »

— Encore !

Il m'obligea à la répéter cinq fois.

— Parfait. Maintenant, elle est gravée dans votre mémoire.

— Sans doute à jamais, grommelai-je.

Je me sentais déjà épuisé par le voyage alors que je n'avais pas bougé d'un iota.

— Une des deux choses suivantes va se passer une fois que vous aurez prononcé ces mots, prédit Poirot. Soit votre cible va se lancer dans le récit d'un terrible accident, soit votre cible va dire : « Quel accident ? » Auquel cas, vous direz : « Celui qui remonte à de nombreuses années. Vous voyez très bien ce que je veux dire. » Vous serez alors attentif et noterez si votre cible voit ce à quoi vous faites allusion. Si elle a l'air aussi perplexe que vous en cet instant, vous direz : « Je suis désolé. Je ne voulais pas dire "accident", je voulais dire "crime". Parlez-moi du crime terrible qui remonte à des années. »

Je sentis un frisson me traverser l'échine. Je savais qu'il était vain de demander : « Quel crime terrible ? »

— À qui dois-je poser cette question ? m'enquis-je à la place. Et où dois-je me mettre à l'affût pour prendre ma fameuse cible en embuscade ?

Poirot me donna deux réponses claires : d'abord la personne, ensuite le lieu. Je m'étais attendu à tous les noms possibles et imaginables sauf à celui-là, quant au site de mon embuscade… J'admets volontiers que, de surprise, mes yeux manquèrent sortir de leurs orbites.

31

Chambres avec vue

Je n'assistai pas à la conversation entre Poirot et Vivienne Laurier dans la bibliothèque, de sorte que je ne puis que recréer la scène à partir du compte rendu exhaustif que mon ami m'en fit des jours plus tard.

Poirot commença par poser une question simple.

— Qui a tué Stanley Niven, madame ?

— Je... Pourquoi me posez-vous cette question ? s'irrita Vivienne.

Poirot nota que son allure, son attitude et son apparence n'avaient guère changé depuis le meurtre de son mari. Elle avait tout de la veuve éplorée, drapée dans un voile de désespoir invisible mais tangible – exactement telle qu'elle était le jour où nous étions arrivés en sa demeure.

— Je n'en ai pas la moindre idée, répondit-elle.

— C'est un mensonge, n'est-ce pas ? Vous savez qui a tué M. Niven, et pourquoi. Dès que vous avez appris le crime, vous avez craint – non sans raison – que le même individu s'en prenne à votre mari. À présent que votre pire crainte s'est avérée (et là, Poirot lui sourit et conclut avec le plus de douceur

308

possible), ne souhaitez-vous pas me confier la vérité, madame ?

— Je vous ai déjà dit la vérité. Je ne sais pas qui a tué Arnold, ou M. Niven.

— Donc vous préférez protéger le coupable, encore maintenant. Dans ce cas, parlez-moi de la dispute qui a éclaté dans la chambre réservée pour votre mari dans le pavillon 6 de l'hôpital St Walstan le 8 septembre.

— La... la dispute ?

— À propos de la cour.

— Pourquoi ? demanda-t-elle. Qu'importe une dispute idiote, à présent ?

— S'il vous plaît.

Elle resta quelques secondes sans bouger, puis répondit.

— Jonathan et Janet affirmaient qu'il était absolument inacceptable que la chambre d'Arnold donne sur les fenêtres de plusieurs autres patients. Une fois hospitalisé, on est rarement présentable et rarement vêtu de pied en cap. Et puis le manque d'intimité est valable dans les deux sens. Tel était leur point de vue. Jonathan a dit à l'infirmière – celle qui s'appelle Zillah – que son père serait tout aussi mal à l'aise d'avoir vue sur les autres patients dans leurs chambres que de savoir qu'eux pouvaient l'épier dans la sienne.

— Êtes-vous de cet avis ? l'interrogea Poirot. Était-ce l'impression de votre mari ?

— Je ne sais pas.

— Vous ne lui avez pas posé la question lorsque vous êtes rentrée de l'hôpital ?

— Non. Il était très malade, ce jour-là. J'étais en état de choc après avoir découvert qu'un meurtre brutal avait eu lieu dans la chambre voisine de celle où je me tenais.

— Et plus tard ? insista Poirot. La semaine suivante, ou le mois suivant… vous n'avez pas soulevé la question en sa présence ?

— Entre-temps, Douglas l'avait fait, et Arnold avait répondu que n'importe quelle chambre lui conviendrait, du moment qu'elle était à St Walstan où il pourrait s'employer à résoudre le meurtre de Stanley Niven.

— Si vous-même étiez patiente, que penseriez-vous de cette histoire de cour ? demanda Poirot.

— Je… je ne sais pas, balbutia Vivienne d'un air perplexe. Je n'y ai pas réfléchi.

— Je vois. Et Douglas et Maddie, ont-ils exprimé une opinion à ce propos quand vous étiez dans la chambre avec vue sur la cour cet après-midi du 8 septembre ?

Vivienne hocha la tête.

— Ils les ont copieusement tournés en dérision, comme à chaque fois qu'ils ont Jonathan et Janet dans le collimateur. Peu importe le genre de soins qu'Arnold recevait, peu importe son bien-être, pour Jonathan et Janet, rien de tout cela n'avait d'importance, du moment que sa chambre ne donnait pas sur une cour. Ils ne se préoccupaient pas de son traitement médical ou de son état de santé : seule comptait la vue. Quand ils ont été à court de sarcasmes, ils ont fait valoir que ce n'était pas si grave que ça de voir d'autres patients. D'après Maddie, avoir un peu de compagnie et de commisération ne pouvait pas faire de mal. Et Douglas a souligné que les chambres avaient des rideaux, qu'on pouvait toujours tirer pour se ménager un peu d'intimité.

— À mon sens, c'est là un point essentiel, commenta Poirot. Quoique dans ce cas il faille choisir entre l'intimité et la lumière du jour. Quel serait votre choix, madame ?

Vivienne le dévisagea comme s'il était devenu fou.

— Je vous ai déjà répondu : je ne sais pas. Qu'importe mon opinion ?

— Votre opinion importe parce que je veux arrêter et traduire en justice l'assassin de votre mari. (Il sourit.) Merci. Vous m'avez été très utile tout en faisant de votre mieux pour faire obstruction. Ce sera tout pour le moment. Vous pouvez disposer. Et madame ? Je suis sincèrement navré de ce qui est arrivé à M. Arnold. Vous devez avoir le cœur brisé.

— Merci. Et non, je n'ai pas le cœur brisé. Mon cœur est mort bien avant Arnold. Il ne reste plus rien à briser.

32

En embuscade

Je n'eus pas à m'inquiéter de partir à l'autre bout du pays. L'endroit où Poirot m'avait envoyé était une alcôve dans le mur qui jouxtait la porte du salon de Frellingsloe House. En voyant ma réaction à cette annonce, Poirot avait ri comme un bossu.

— Quand j'ai annoncé que cette mission impliquait d'aller quelque part, votre erreur a été d'en déduire que c'était loin d'ici, Catchpool. Alors que je voulais dire qu'il vous faudrait sortir de cette pièce.

J'étais donc en position, en embuscade, bien déterminé à ne pas me frotter les yeux, quoi qu'il advînt.

Le problème, quand on est discrètement à l'affût, c'est que personne n'est au courant et que les probabilités pour qu'on vous laisse tranquille sont minces. Quatre personnes m'abordèrent l'une après l'autre tandis que j'étais planté dans cette alcôve telle une plante verte échappée de son pot. Pour commencer, l'inspecteur Mackle me fit part de sa toute dernière théorie à propos du cerveau criminel insaisissable qu'était Clarence Niven. J'accompagnai sa démonstration de petits hochements de tête approbateurs avant de conclure d'un « Je suis sûr que vous avez raison » qui sembla le contenter puisqu'il s'en alla le sourire aux lèvres.

Vint ensuite Janet Laurier, le visage ravagé par les larmes. Me voyant musarder, elle se précipita vers moi comme dans l'intention de me plaquer au sol.

— Inspecteur Catchpool. C'est horrible. Je n'en peux plus. Arnold est mort et Jonathan est en deuil. Je ne pourrai plus jamais le rendre heureux, pas après ça. Aucun d'entre nous ne connaîtra le bonheur après ça !

— Vous avez souffert un choc terrible. Les semaines à venir vont vraisemblablement être insoutenables, mais vous tiendrez bon, et vous trouverez, le temps aidant, que la vie vaut la peine d'être vécue. Jonathan s'en remettra. Vous vous en remettrez tous.

— Ma mère a dû vous dire que Maddie et moi étions de nouveau en bons termes ?

— Oui. J'en suis ravi.

— J'ai peur de tout gâcher et de nous monter de nouveau l'une contre l'autre. Toute cette hostilité entre nous, c'était de ma faute depuis le début. Maddie a toujours voulu qu'on s'aime fort, alors que je voulais, j'avais *besoin*, de la mettre en échec. J'ai été rancunière, cupide et hypocrite et… je suis encore forcément tout ça, vous ne croyez pas ?

— Eh bien, je…

— Quand le choc du meurtre d'Arnold se sera estompé, je vais sans doute perdre de vue l'importance de l'amour et me laisser consumer par la mesquinerie, comme avant. Mais… je ne veux pas ! J'aime ma sœur. Que faire, inspecteur ? Même Jonathan et Douglas sont partants pour appliquer notre nouvel accord de paix. Douglas appelle ça *l'entente cordiale*.

— Ça m'a l'air d'être un très bon arrangement, dis-je en scrutant derrière elle pour voir si ma cible arrivait dans le couloir. À votre place, j'éviterais de tout faire capoter.

Je dus lui paraître impatient et insensible, mais il fallait que je me débarrasse d'elle le plus vite possible.

Quand enfin elle cessa de chercher en moi une source de réconfort et me laissa seul, je poussai un soupir de soulagement – pour autant j'étais loin d'être hors de danger. Quelques instants plus tard, ce fut au tour de Maddie Laurier de se précipiter vers moi, les yeux rougis et gonflés par les larmes.

— Edward ! s'écria-t-elle en se jetant à mon cou pour m'étreindre d'une façon que je trouvai parfaitement répréhensible. Je suis si contente que M. Poirot et vous soyez ici. Pitié, pitié, sortez-nous de ce cauchemar sans fin. Vous n'avez pas réussi à prévenir le meurtre d'Arnold, mais vous pouvez encore le résoudre. N'est-ce pas ? Dites oui ! L'inspecteur Mackle est à peu près aussi utile qu'une roue carrée. S'il prononce encore une fois le nom de Clarence Niven... Je dois dire que c'est une immense consolation de songer qu'Arnold doit être très heureux que Janet et moi soyons réconciliées. Je sais qu'il n'est plus avec nous comme avant, mais je ressens encore très vivement sa présence. Jamais il n'abandonnerait sa maison et sa famille ; il nous aimait bien trop pour ça. La plupart des gens, la plupart des âmes, se laissent terrasser par la mort – et qui plus est par un meurtre – mais pas Arnold ! Il est encore ici, Edward. Je vois bien que vous ne me croyez pas, mais c'est vrai.

Je priai pour qu'elle arrête de bavasser et qu'elle passe son chemin. Jusqu'à présent, je n'avais pas vu la similitude entre elle et sa mère, mais à présent qu'Enid avait repris du poil de la bête, les points communs entre les deux femmes me sautaient aux yeux.

Maddie finit par emporter ses délires plus loin et je poussai un grognement de gratitude. Quand j'entendis de nouveaux bruits de pas, je me façonnai une mine insouciante, conformément aux instructions de Poirot ; ma cible était peut-être à l'approche. En apercevant ma mère s'avancer sur moi à grands pas, je sentis mon cœur se changer en plomb.

— Edward ! Te voilà !

Je ne puis rendre compte avec précision de l'échange qui eut lieu entre nous. Je fais donc le choix d'omettre cette scène de mon récit des meurtres du Norfolk ; elle est triviale. Tout ce que je puis vous dire, c'est qu'à peine ma mère eut-elle ouvert la bouche, je vis rouge et un vrombissement me vrilla les oreilles, comme si on perçait un trou dans ma cervelle. Cette désagréable entrevue se solda par le fait que j'énonçai enfin ses quatre vérités à ma mère, qui s'enfuit en pleurant. J'aurais dû me sentir victorieux, à la place de quoi j'eus l'impression (sans aucune raison, devrais-je préciser) que quelqu'un – ma mère, maintenant que j'y pense – avait tenté de me tuer.

En dépit de la situation, je restai en poste dans mon alcôve et ma patience fut enfin récompensée : j'aperçus ma cible qui marchait vers moi, et me préparai à endosser mon rôle dans une scène qui s'annonçait particulièrement saugrenue.

33

Mission accomplie

— Mission accomplie avec succès, annonçai-je à Poirot quand je le retrouvai une demi-heure plus tard sur le palier du deuxième étage, devant nos chambres. Ma mère a failli tout faire rater, comme à son habitude. Elle m'a vu traîner et en a conclu que je n'avais rien d'autre à faire que me laisser tyranniser.

— Ce qu'elle a fait ? demanda Poirot.

Je hochai la tête.

— Elle a recommencé avec son histoire de Noël – elle était contente qu'on passe la journée ensemble, pour une fois, et avais-je pensé à qui j'allais choisir comme personne pour le Jeu de la Moralité ? « Et Poirot, alors ? Qui va-t-il choisir ? », comme si c'était rigolade et compagnie. Elle a lâché votre nom tout à fait gaiement, à croire qu'elle n'avait pas tenté de vous empoisonner trois jours plus tôt. Passons sous silence que personne dans cette maison ne sera d'humeur à faire des jeux de société le jour de Noël. On aurait dit que ma mère avait oublié qu'un meurtre avait été commis la veille au soir. J'ai bien peur d'avoir perdu mon sang-froid. Je ne m'étais encore

jamais emporté contre elle, à lui crier après, maintenant c'est chose faite.

— Et vous sentez-vous mieux ?

— Non. Encore plus mal. Mais je suis satisfait
d'avoir été enfin sincère avec elle. Je lui ai dit que si,
par manque de bol, je me retrouvais à passer Noël sous
ce toit avec elle, ce serait une conséquence fâcheuse
qui échappait à ma volonté. Elle s'est mise à pleurer.
Cela faisait des années que je ne l'avais pas vue pleurer. J'aurais dû en rester là, mais j'ai continué.

— Ah, fit Poirot d'un air énigmatique.

— Je lui ai expliqué ma théorie du « Maintenant
que c'est là » en lui disant que c'était comme pour les
sapins de Noël. *Maintenant que je suis là* – pour vous
aider à résoudre deux meurtres, Poirot, pas pour autre
chose –, je risque de devoir subir le jour de Noël en
compagnie de ma mère, mais uniquement parce que je
n'ai pas d'autre choix, et uniquement parce que je me
retrouve dans cette maison, où je peux difficilement
faire autrement, hélas.

Mon ami me dévisagea attentivement. Il ne dit rien.

— Oh, nom d'un chien ! explosai-je. Il va falloir
que je m'excuse d'avoir été bêtement méchant, c'est
ça ? Même si c'est une empoisonneuse. N'empêche, je
n'aurais pas dû lui dire ces choses-là. Même si elles
sont vraies. (Je me sentais honteux et regrettais d'en
avoir parlé à Poirot.) Vous étiez passé où, d'abord ? Je
vous ai cherché dans la bibliothèque, mais vous aviez
disparu.

— Je n'avais pas disparu, mon ami, il m'arrive de
me déplacer, vous savez – parfois même sans en être
contraint par vous.

Je souris.

— Comme je ne vous trouvais pas, j'ai téléphoné au sergent Wight. En vertu de quoi je connais la personne qui se présente sous une fausse identité à Frellingsloe House. Il s'agit de...

— Silence ! intima Poirot. Permettez-moi plutôt de vous le dire. Mais minute, pas ici même sur le palier.

Il ouvrit la porte de sa chambre, me fit signe de le suivre et une fois à l'intérieur vérifia que le battant était bien fermé derrière nous. Après quoi il entreprit de m'expliquer à voix basse la nouvelle stupéfiante que j'avais été sur le point de lui raconter.

— Le sergent Wight ne m'a pas dit que vous lui aviez déjà parlé, dis-je, agacé de me voir privé de la primauté de l'information.

— Je n'ai parlé à personne à Scotland Yard, corrigea Poirot d'un air offensé. Ce sont mes propres observations qui m'ont mené à la bonne réponse. À présent, permettez-moi de vous décrire la réaction qu'a engendrée le petit discours que je vous ai fait apprendre par cœur – le terrible accident qui remonte à plusieurs années, à moins que ce ne soit le terrible crime.

— Ça aussi, vous avez deviné ? Allez-y, continuez donc à m'impressionner.

— Sa réaction a été la perplexité, si je ne m'abuse ? Une incompréhension totale. « Quel accident ? Quel crime ? Je ne vois pas de quoi vous voulez parler ! » N'ai-je pas raison ?

— C'était exactement ça.

— Bon.

— Poirot, je vous en prie, dites-moi que cela signifie que vous connaissez l'identité du meurtrier.

Auquel cas, voulez-vous bien transmettre son nom sans plus tarder à l'inspecteur Mackle, afin que nous puissions rentrer à Londres ? Je ne vous demande pas de me le dire à moi – cela peut attendre ; Dieu sait que j'ai bien souvent attendu qu'on éclaire ma lanterne –, mais par pitié, dites-le au moins à Mackle, afin que l'on puisse boucler nos valises et partir d'ici aujourd'hui même.

— Je l'annoncerai à tout le monde en même temps, déclara-t-il. C'est la méthode la plus efficace, et celle que je préfère. Et, Catchpool, vous plus que quiconque… Comment se fait-il que vous n'ayez pas la réponse ? Depuis votre communication téléphonique avec le sergent Wight, vous disposez des mêmes éléments que moi. Vous êtes en bonne posture pour résoudre vous-même l'énigme.

Je poussai un grognement.

— Mais si, mon ami. Désormais, toutes les pièces du puzzle sont à découvert. Il vous suffit de les agencer dans le bon ordre. De faire travailler les petites cellules grises d'Edward Catchpool ! Mais avant, rassemblez tout le monde, que je puisse leur parler – et pas seulement les occupants de cette maison, je vous prie. Également les infirmières Olga Woodruff, Bee Haskins et Zillah Hunt, et Mlle Verity Hunt, la propriétaire de Duluth Cottage. Pas le Dr Wall, sa présence n'est pas nécessaire. L'inspecteur Mackle et ses hommes voudront en être, naturellement.

— Mais alors… vous êtes prêt ? m'enquis-je.

— Tellement prêt que j'ai décidé de chauffer les étapes.

— « Brûler » les étapes, le corrigeai-je.

— Voilà. Je m'étais dit que j'allais m'entretenir une dernière fois avec Zillah Hunt. Puis j'ai compris que c'était inutile. Je voulais seulement l'interroger sur les événements qui s'étaient déroulés dans cette chambre le 8 septembre.

— La chambre d'Arnold Laurier ? Quand Zillah Hunt s'y trouvait en compagnie des cinq Laurier ?

Poirot opina du chef.

— J'ai posé la même question à Vivienne Laurier. Le récit qu'elle m'en a fait a confirmé tous mes soupçons. Inutile que Zillah Hunt corrobore. Même vous pourriez me rejouer ce qui s'est dit dans cette chambre, Catchpool, quand bien même vous n'y étiez pas, dit-il avec un petit gloussement. Divertissez votre ami Poirot. Imaginez-vous sur place. Décrivez le cadre. Jouez-moi la scène.

— Poirot, je ne vois pas comment je pourrais…

— Cessez de tergiverser, Catchpool.

Avait-il toujours eu ce degré d'intransigeance ? Ce trait chez lui allait-il empirer avec l'âge ?

Comme je voulais en finir au plus vite, je serrai les dents et inventai une dispute entre Douglas et Maddie d'un côté et Jonathan et Janet de l'autre, sur les avantages et les inconvénients d'avoir une chambre d'hôpital avec vue. J'avançai de part et d'autre les meilleurs arguments qui me vinrent à l'esprit.

Ma saynète terminée, Poirot m'interrogea.

— Vivienne Laurier penchait de quel côté, à votre avis ?

Je réfléchis à la question.

— En faveur de Douglas et Maddie.

— Vraiment ? Je suis curieux. Dites-moi pourquoi.

— Arnold aurait apprécié voir des gens, et elle l'aurait su, spéculai-je à voix haute. En plus, elle est plus attachée à Maddie et à Douglas qu'à Jonathan et Janet. Ceci étant, je le sais seulement parce que Janet me l'a dit. Et Maddie a affirmé que Janet était persuadée que Vivienne les préférait, elle et Douglas, parce que ce sont les aînés de la fratrie, comme Vivienne.

— Janet a pu se tromper, nuança Poirot. Mais partons du principe que vous avez raison : vous diriez donc que Vivienne a pris le parti de Maddie et Douglas lors de cette dispute ?

— Eh bien, pas devant tout le monde, non. Elle n'aurait rien dit, si ce n'est peut-être les supplier de ne pas se disputer. Vous souvenez-vous le soir de notre arrivée à Frelly ? Elle n'a pas dit un mot au dîner. Elle est restée prostrée dans un silence de mort jusqu'à ce que la virulence des échanges lui soit insupportable, alors elle est partie.

— Très bien, applaudit Poirot des deux mains. Vous venez d'apporter la preuve que vous êtes tout à fait capable d'identifier notre insaisissable meurtrier.

— « Meurtrier » au singulier. Un seul ? Mais alors…

— Oui, Catchpool : c'est la même personne qui a tué Stanley Niven et Arnold Laurier. Et je vous laisse un indice pour vous faire gagner du temps : appliquez votre astucieuse théorie du « Maintenant que c'est là », non seulement à la décoration des sapins de Noël et à votre relation avec votre mère, mais aussi à ce dossier. Vous verrez que vous arriverez à la bonne conclusion. Ayez confiance en Poirot !

34

Objets humains

Deux heures plus tard, nous étions rassemblés dans la bibliothèque de Frellingsloe House, Poirot ayant une fois de plus décrété que tout le monde prendrait place autour de la table. Douglas Laurier se trouvait à ma gauche et le Dr Osgood à ma droite. Me retrouver ainsi attablé avec tout le monde me semblait offrir une représentation assez juste de mon statut dans cette affaire de double meurtre : j'avais beau m'être retourné les méninges dans tous les sens, je n'avais pas réussi à élaborer la moindre hypothèse viable. J'étais tout autant dans le brouillard que les autres – exception notable faite de Poirot et de l'assassin.

Poirot s'était positionné près de la fenêtre, à côté du sapin de Noël. Il s'était habillé pour l'occasion et l'on aurait pu croire à s'y méprendre qu'il s'apprêtait à faire ses débuts au Fortune Theatre[1]. À part Poirot et moi, les personnes suivantes étaient présentes dans la bibliothèque : l'inspecteur Mackle ; ma mère ;

---

1. Théâtre du West End de Londres construit au début des années 1920 dans le style italianisant.

Vivienne, Douglas, Jonathan, Maddie et Janet Laurier ; Enid et Terence Surtees ; le Dr Robert Osgood ; Felix Rawcliffe ; les infirmières Olga Woodruff et Zillah Hunt.

À quelques pas de là, trois personnes attendaient dans le salon que Poirot leur donne l'autorisation de rejoindre notre petite assemblée dans la bibliothèque : l'infirmière Bee Haskins et Mlle Verity Hunt, ainsi que l'un des hommes de l'inspecteur Mackle, dont on m'a donné le nom mais que j'ai oublié. De ce que j'ai compris, ce jeune agent avait pour tâche de les surveiller en attendant de recevoir l'ordre de les introduire dans la bibliothèque.

— Mesdames et messieurs, commença Poirot. J'enquête sur des crimes graves depuis de très nombreuses années et je suis au regret de vous dire que les affaires qui nous rassemblent aujourd'hui – la mort de Stanley Niven et celle d'Arnold Laurier – constituent sans l'ombre d'un doute les deux meurtres les plus tristes que j'aie vus de toute ma carrière. Pourquoi ? Pour deux raisons. La première est qu'il s'agissait de deux hommes véritablement heureux. Des hommes doués pour tirer le meilleur parti de chaque jour, de chaque instant qui passe ; tous deux jouissaient d'une capacité contagieuse à se satisfaire des choses. Leur seule présence rendait le monde plus vivable.

En entendant ces mots, Vivienne Laurier hocha vigoureusement la tête pendant plusieurs secondes. Enid Surtees avait les larmes aux yeux. Elle et son mari Terence avaient murmuré leur approbation. Je me demandai s'ils avaient déjà oublié que la veille encore, ils étaient incapables de prononcer le nom d'Arnold sans vomir des torrents de vitriol.

D'où ma satisfaction quand Poirot remit les pendules à l'heure.

— Bien évidemment, même les meilleures personnes ont des détracteurs. Enid et Terence Surtees en voulaient profondément à Arnold Laurier, comme ils me l'ont expliqué ce matin. Et une cliente du bureau de poste de M. Niven s'en était prise à lui après qu'il avait distribué des lettres qu'elle ne voulait pas recevoir. Néanmoins, mes amis... les gens heureux qui ont le don de rendre les autres heureux sont rarement victimes de meurtres, parce que *personne ne souhaite leur mort*. Les tracas du quotidien, les doléances familiales... Autant de brouilles banales qui font partie intégrante de la vie. Prendre ombrage est sans commune mesure avec le fait de mettre sa liberté et son âme en jeu afin d'entraîner la mort d'un autre être humain. Et dites-vous bien que personne, que ce soit dans cette pièce ou à travers le monde entier, personne ne haïssait Stanley Niven ou Arnold Laurier au point de vouloir les assassiner.

— Alors dans ce cas, il n'y a peut-être pas eu de crime, souffla l'inspecteur Mackle avec soulagement. Si vous êtes en train de nous dire que ces deux hommes ont été tués accidentellement, monsieur Prarrow... (Il s'interrompit, sourcils froncés.) Attendez. C'est impossible.

— En effet, trancha Poirot. MM. Niven et Laurier ont été tués de manière tout à fait délibérée. Dans les deux cas, la mort n'a rien d'accidentel.

— Mais vous venez de dire…, balbutia l'inspecteur avec perplexité.

— Écoutez attentivement, je vous prie : les deux hommes ont été assassinés volontairement *par quelqu'un qui ne souhaitait pas leur mort le moins du monde.*

— Dans ce cas, le tueur a sérieusement du mal à adapter son comportement à l'effet recherché, nota Douglas Laurier d'un ton méfiant.

— Pas du tout, monsieur. Voyez-vous, dans les deux dossiers, les meurtres ont entraîné les résultats ardemment recherchés par le tueur. Mais dans un cas comme dans l'autre, le résultat n'était pas le décès de la victime.

— Êtes-vous en train de dire que, par deux fois, le tueur a commis un meurtre alors qu'il voulait *autre chose* ? demanda Maddie Laurier. Les meurtres étaient… quoi donc ? Un dommage collatéral nécessaire pour obtenir le résultat désiré ?

— Exactement, approuva Poirot. Aucun des résultats escomptés n'aurait été obtenu si les deux meurtres n'avaient pas eu lieu, lui répondit Poirot.

— Je trouve ce petit jeu de devinettes fort détestable, s'impatienta Jonathan Laurier. Puis-je vous rappeler, monsieur Poirot, que toutes les personnes rassemblées dans cette pièce, à part vous, et peut-être les inspecteurs Catchpool et Mackle, ont plus envie de voir l'assassin de mon père traduit en justice qu'une démonstration de votre intelligence. Si vous connaissez l'identité du tueur, donnez-nous son nom qu'on en finisse.

— Vous souhaitez connaître le nom du tueur ? Bien sûr. Cet individu est présentement assis dans cette pièce.

L'air s'emplit de cris et de halètements étouffés, ce à quoi devait s'attendre Poirot, qui continua :

— Je n'aurais même pas besoin de prononcer son nom. Il me suffirait de montrer la personne concernée du doigt pour que vous ayez votre réponse, monsieur. Mais cela ne vous permettrait pas de *comprendre* – après quoi vous me demanderiez comment j'en suis arrivé à cette conclusion et quelles preuves viennent l'étayer. En fin de compte, la discussion durerait aussi longtemps que si je raconte les choses dans le bon ordre, de sorte que l'histoire soit parfaitement logique pour tout le monde.

Poirot s'avança d'un pas vers le sapin de Noël.

— Quand je suis arrivé, il y a de cela plusieurs jours, ce sapin n'était pas décoré. Grâce à l'application de Catchpool, c'est désormais une œuvre d'art. Catchpool, veuillez je vous prie expliquer à tout le monde votre astucieux principe du « Maintenant que c'est là », que vous avez élaboré pendant la décoration des sapins de Noël de Frellingsloe House.

J'ouvris la bouche, puis la refermai aussitôt. Je savais quoi dire, mais me trouvai incapable d'aligner les mots justes.

— Je peux m'en charger rapidement, si vous voulez, Edward, proposa Maddie Laurier avant de se lancer dans son explication.

Son auditoire avait l'air déconcerté, quoique son récapitulatif fût parfait.

— Merci, madame, lui sourit Poirot. Lorsque Catchpool a formulé cette théorie, il l'a fait en lien avec le placement des objets. Ce qui est fascinant, c'est qu'elle s'applique tout aussi efficacement au placement des objets *humains* – c'est-à-dire, à la question du positionnement de divers individus à un moment donné. Permettez-moi d'illustrer mes propos à l'aide d'un exemple…

Jonathan Laurier poussa un soupir sonore et croisa les bras sur sa poitrine.

— Catchpool et moi sommes venus à Frellingsloe House pour élucider le meurtre de Stanley Niven, dit Poirot. Telle était la raison de notre venue. Puis Arnold Laurier a été assassiné. S'il m'avait fallu un ou deux jours de plus pour résoudre ces meurtres, nous aurions vraisemblablement encore été là pour Noël. Nous aurions été deux objets humains situés ici, encore en date du 25 décembre. « Maintenant que nous sommes là », aurions-nous pensé, « nous sommes bien obligés de rester pour le déjeuner de Noël et le Jeu de la Moralité » – partant du principe que la partie était toujours d'actualité, ce qui n'est vraisemblablement plus le cas, mais faisons comme si. Catchpool et moi nous serions sentis dans l'obligation, moralement parlant et en tant que convives, de participer aux activités festives de la maison. Et nous l'aurions fait pour le motif impérieux selon lequel « Maintenant que nous sommes là, c'est encore ce que nous avons de mieux à faire », quand bien même nous n'aurions pas fait ce choix, ni ne nous serions trouvés ici, si nous avions eu notre libre arbitre. Comprenez-vous, mesdames et messieurs ? « Maintenant que je suis là, en ce lieu, c'est ce que je dois faire. C'est le meilleur choix qui s'offre à moi, étant donné que je me retrouve dans cette posture particulière en tant qu'objet humain. »

— Ça alors, quelle grossière…, s'étrangla Jonathan Laurier.

— Je ne vois pas du tout ce que vous voulez dire, intervint Janet. Pas plus que je ne vois le rapport avec le meurtre du pauvre Arnold.

— Oh, vous y viendrez, madame, dit Poirot. N'ayez crainte. Pour faire simple : Stanley Niven a été assassiné parce qu'un individu qui ne le connaissait pas du tout et ne lui portait aucun intérêt s'est retrouvé dans sa chambre d'hôpital.

Poirot avait débité sa phrase à une telle vitesse qu'il me fallut la rejouer en version lente dans ma tête pour en comprendre une bribe.

— Cet objet humain, en se plaçant tout à fait délibérément dans cette fâcheuse posture, s'est retrouvé devant une question épineuse : comment expliquer sa présence à M. Niven ? Il n'y avait aucune justification valable. Impossible de trouver une bonne excuse ! Je ne sais pas exactement ce qui s'est passé, mais je peux spéculer. M. Niven a dû dire quelque chose comme « Bonjour ! Qui êtes-vous ? » Ce à quoi l'individu qui allait devenir son assassin n'aurait pas été capable de fournir une explication acceptable, pour la bonne raison qu'il n'y en avait pas. Pousser une porte et pénétrer dans la chambre d'un inconnu ? Ça ne se fait pas. C'est tout bonnement choquant. N'ayant pas de réponse, et se rendant compte que cet individu avait l'air effrayé, M. Niven a sans doute demandé de l'aide. « Infirmière, infirmière ! » À moins qu'il n'ait

dit : « Voulez-vous que j'appelle une infirmière ? »
En tout cas, en cet instant, l'objet humain dangereux
qui avait soudainement fait irruption dans cette pièce
a pris conscience qu'il fallait à tout prix empêcher
M. Niven de demander de l'aide. Bien évidemment,
il aurait pu lui dire : « Taisez-vous, s'il vous plaît. Je
dois me cacher dans cette chambre en attendant que la
voie soit libre. » Mais aurait-il pris ce risque ? Si vous
étiez alité dans votre chambre d'hôpital, réagiriez-
vous à ce genre de requête en disant : « Mais bien sûr,
indésirable-qui-tremble-de-peur, patientez donc dans
ma chambre aussi longtemps qu'il vous siéra » ? Pour
ma part, la réponse serait non.

— Personne n'accepterait, dit Olga Woodruff. Et à
raison.

— Un homme aimable comme M. Niven aurait
appelé une infirmière autant pour l'individu en question que pour lui-même, dit Poirot. Il se serait dit que
cette personne avait des ennuis et donc besoin d'aide.
L'intrus, qui a décelé cet enchaînement de pensées, a
su en un éclair de panique qu'il fallait de toute urgence
le réduire au silence, sans quoi les docteurs et les infirmières allaient faire irruption dans la chambre et tomber nez à nez avec quelqu'un qui n'avait rien à y faire.
Or ce n'était pas envisageable. Le tueur s'empare du
vase posé sur la table de nuit de M. Niven, jette les
fleurs et l'eau par terre et…

Poirot leva les mains au-dessus de la tête et les
abattit, par deux fois.

— À présent, M. Niven ne dit plus rien, parce
qu'il est mort. À présent, le tueur peut raisonnablement se dire – même si c'est sans certitude – qu'aucun

employé de St Walstan ne risque d'ouvrir la porte et de le surprendre dans la pièce.

— Mais pourquoi le tueur est-il entré dans la chambre de Stanley Niven s'il ne le connaissait pas ? demanda Terence Surtees.

— Excellente question, monsieur. Pour se cacher.

— De qui ? enchaîna Vivienne Laurier. Des docteurs et des infirmières ?

— D'une des infirmières, répondit Poirot.

— C'est insensé, coupa Jonathan Laurier. Pourquoi se rendre sur le lieu de travail de quelqu'un si on ne veut pas le voir ? Ce tueur est un imbécile ou quoi ?

— Jusqu'à cet après-midi du 8 septembre, le tueur ignorait que cette infirmière travaillait à l'hôpital St Walstan, lui répondit Poirot. Ignorait même qu'elle avait choisi la profession d'infirmière.

— Mais alors... le meurtre de Stanley Niven n'a rien à voir avec Stanley Niven, en conclut Maddie. Si son tueur avait poussé une autre porte, s'il s'était glissé dans la chambre d'un autre patient pour éviter je ne sais qui qu'il ne voulait pas voir...

— Exact, acquiesça Poirot. Alors cet autre patient serait mort et M. Niven serait encore en vie.

— C'est horrible, souffla Maddie. Être tué sans lien aucun avec qui l'on est. J'aimerais autant me faire assassiner par quelqu'un qui me voue une haine passionnée.

— Vraiment ? lança sa sœur. Moi non. Quitte à être tuée, autant servir à quelque chose dans le rôle de la victime.

— Je préférerais que mon meurtre ait un rapport avec ma personne, souligna Maddie.

— Par pitié, coupa Jonathan. Arrêtez, toutes les deux.

— Pauvre M. Niven, dit Zillah Hunt. C'était un homme si gentil. C'est insupportable !

Elle enfouit son visage dans ses mains.

— Mademoiselle ! s'écria Poirot en se précipitant vers elle. Restez dans cette position sans bouger, s'il vous plaît !

— Ne malmenez pas cette jeune femme, monsieur Prarrow, objecta l'inspecteur Mackle.

— Ceci est essentiel, inspecteur. Veuillez tous, je vous prie, observer la posture de l'infirmière. Comment la décririez-vous ?

— Elle a la tête dans ses mains, dis-je.

— Qui formulerait ça différemment ? demanda Poirot en interrogeant la salle du regard.

La plupart des convives secouèrent la tête.

— Je dirais probablement qu'elle cache son visage dans ses mains, proposa Terence Surtees.

— Parfait. Merci. N'oubliez pas cette conversation – j'y reviendrai plus tard. C'est important. À présent, retournons dans la chambre de Stanley Niven...

— Monsieur Poirot, navrée de vous interrompre, dit Vivienne Laurier. Vous avez l'air de savoir qui a tué Stanley Niven. Savez-vous également qui a tué mon mari ?

— Oui.

— Pourriez-vous commencer par me le dire, s'il vous plaît. L'attente est une torture.

— Je suis présentement en train de m'y employer, répondit Poirot. Il n'y a qu'un seul tueur. La même personne a tué M. Niven et Arnold Laurier.

Vivienne écarquilla les yeux.

— Mais... je ne comprends pas. De ce que j'ai pu suivre, quelqu'un cherche à échapper à quelqu'un d'autre à l'hôpital et finit par tuer M. Niven – après quoi il tue Arnold en plus ?

— C'est un peu tiré par les cheveux, convint ma mère. Je n'aime pas dire ça, monsieur Poirot, mais il est terriblement injuste de votre part de nous lâcher tous ces petits indices sans jamais toucher au cœur du problème.

— Plus vous m'interrompez, plus il me faudra du temps pour expliquer, dit Poirot en arpentant lentement la bibliothèque. Représentons-nous le pavillon 6 de l'hôpital St Walstan le jour du 8 septembre. Il est quatorze heures passées de vingt minutes. Cinq membres de la famille Laurier sont venus à l'hôpital pour visiter la chambre qui a été réservée pour Arnold Laurier. Ils se tiennent dans le couloir. Ils sont accompagnés par Zillah Hunt, l'infirmière qui va leur montrer la chambre et qui a été convoquée à cet effet par le Dr Osgood. Avant d'entrer, le petit groupe converse sur le pas de la porte. Le Dr Osgood est également présent, à proximité d'Olga Woodruff. Tout est exact jusqu'ici ? Celles et ceux qui étaient dans le pavillon 6 cet après-midi-là, n'hésitez pas à me reprendre si je fais erreur.

— Tout bon jusqu'ici, nota Douglas Laurier.

— Bien, fit Poirot. Le Dr Wall et Bee Haskins, qui venaient de terminer leur tournée du pavillon, quittent la chambre du patient et s'acheminent vers la porte de sortie. Comme ils remontent le couloir, mais avant qu'ils n'arrivent à hauteur de Zillah Hunt et des

Laurier, Zillah Hunt ouvre la porte d'Arnold Laurier et entre, laissant le battant ouvert pour que les proches de M. Laurier lui emboîtent le pas. Ma description des événements est toujours juste ?

Plusieurs têtes acquiescèrent.

— Par la suite, le groupe des Laurier et Zillah Hunt quittent le couloir. Lorsque le Dr Wall et Bee Haskins passent devant la chambre d'Arnold Laurier, *aucun des cinq membres de la famille Laurier ne se trouve dans le couloir.*

Zillah Hunt opinait du chef.

— Tante Bee et le Dr Wall n'étaient plus qu'à quelques pas quand nous sommes entrés dans la chambre de M. Laurier.

— Ah, mais vous n'êtes pas *tous* entrés dans la chambre, précisa Poirot. Seuls quatre membres de la famille Laurier vous ont suivie dans la chambre d'Arnold Laurier, mademoiselle. Le cinquième s'est rendu dans la chambre de Stanley Niven.

— Non, ce n'est pas vrai…, protesta Zillah Hunt.

Le Dr Osgood lui coupa la parole vertement.

— Ça suffit ! M. Poirot ne vous a pas demandé votre avis. Vous êtes infirmière, pas détective, n'oubliez pas. Veuillez vous comporter en conséquence.

Zillah Hunt avait l'air bouleversée.

— Vous avez dû faire erreur, monsieur Poirot. Nous étions tous dans la chambre – je le jure sur ma vie.

— Non, ce n'est pas une erreur, mademoiselle. Comme je l'ai dit : une personne s'est introduite dans la chambre de Stanley Niven. Dans le but de s'y cacher.

— C'est faux, je le crains, intervint Douglas Laurier. Nous sommes entrés tous les cinq dans la chambre de mon père en compagnie de l'infirmière Zillah Hunt : moi, Maddie, mon frère et sa femme, et ma mère. Nous savons que c'est la vérité puisque nous étions tous dans la chambre. Si vous me permettez, Poirot, vous étiez à Londres à ce moment-là. Qui est plus susceptible d'avoir raison : les six personnes qui étaient sur place, ou celle qui était dans une autre ville à plus de cent cinquante kilomètres ?

— Poirot est plus susceptible d'avoir raison, rétorqua mon ami belge avec un sourire.

— Mais c'est faux, insista Janet Laurier. Vous avez tort.

— Parmi le groupe des Laurier, une personne est entrée dans la chambre de Stanley Niven, dit Poirot d'une voix unie.

— Pour s'y cacher ? demanda Terence Surtees.

— Oui.

— De qui ? voulut savoir Robert Osgood.

— Ah ! Je me demandais quand l'un d'entre vous allait me poser la question. De Bee Haskins, lui répondit Poirot.

La cachette

— La situation est insultante et intolérable, s'offusqua Jonathan Laurier en repoussant sa chaise pour se lever. Monsieur Poirot, vous semblez suggérer que Stanley Niven a été tué par l'un de nous : mon frère ou moi, une de nos épouses, ou ma mère.

— C'est plus qu'une suggestion, corrigea Poirot. C'est la vérité.

— Vous vous trompez lourdement, dit Janet Laurier. Nous étions tous ensemble dans cette pièce au même moment.

Poirot opina.

— À mon avis, certains d'entre vous – au nombre de trois – pensent sincèrement que vous étiez présents tous les six – cinq Laurier et Zillah Hunt – tout du long.

Il jeta un regard circulaire à la table, scrutant les visages l'un après l'autre.

— Sur les trois autres, une personne – inutile de le préciser – est l'assassin de Stanley Niven tandis que les deux autres savaient pertinemment que le cinquième membre de la famille était un tantinet à la traîne. Ces deux-là mentent depuis, parce qu'ils sont absolument convaincus que leurs mensonges ne protègent pas un tueur. Il est difficile de concevoir qu'une personne que l'on aime soit capable d'un acte criminel, et beaucoup plus simple de se dire : « Je ne m'explique pas son arrivée dans la chambre un peu après nous, mais je suis sûr qu'il y a une bonne explication. » Souvenez-vous bien que l'assassin a surgi dans la chambre de M. Niven dans le but d'échapper à Bee Haskins. Une fois M. Niven mort, que s'est-il passé ensuite ? Le tueur a probablement aperçu Bee Haskins de l'autre côté de la cour, dans la chambre du Pr Burnett. Le tueur était loin de se douter qu'il lui faudrait se cacher de nouveau de Bee Haskins. En deux temps trois mouvements, notre assassin a dû s'enfuir de la chambre de M. Niven et se glisser dans celle d'à côté, celle d'Arnold Laurier, dont la porte avait été laissée ouverte. Une fois entré, l'assassin referme derrière lui. Ce qui explique que Bee Haskins affirme l'avoir vue ouverte alors que Zillah Hunt insiste sur le fait qu'elle était close tout du long. Lorsque Bee Haskins est entrée dans la chambre du Pr Burnett dans le pavillon 7 et a remarqué qu'une scène déplaisante se jouait dans le pavillon 6, la porte de la chambre d'Arnold Laurier était ouverte. Bee Haskins m'a dit avoir vu *certains* membres de la famille Laurier – ceux qui se tenaient près de la fenêtre : Jonathan et Janet Laurier. Il y avait manifestement d'autres personnes et Zillah Hunt avec eux, mais elle ne pouvait pas les voir d'où elle se tenait. Lorsque la sixième personne, celle qui aurait d'ores et déjà dû être dans la pièce, a enfin rejoint le reste du groupe et fermé la porte, il n'est pas très étonnant que Bee Haskins ne l'ait pas remarquée. Elle était préoccupée par sa nièce Zillah, qui était alors la cible d'une série de méchantes piques.

— Monsieur Prarrow, il y a une chose que vous n'avez pas expliquée, interjeta l'inspecteur Mackle. Pourquoi l'assassin a-t-il tenu à éviter non pas une fois, mais deux fois, Bee Haskins ?

— Être vu et reconnu par Bee Haskins aurait signé la fin des faux-semblants – échappatoire à une souffrance sans nom – qui duraient depuis des décennies, expliqua Poirot. Les conséquences d'un tel télescopage avec la dure réalité… psychologiquement, cela représentait une perspective encore pire que la mort. Comme si tout ce que l'assassin était, et tout ce qui lui tenait à cœur, était destiné à être brutalement rayé de la carte.

— Eh bien, vous m'en direz tant, marmonna Mackle.

— Rejouons la scène dans notre tête, proposa Poirot. Bee Haskins remontait le couloir en compagnie du Dr Wall. L'assassin l'a remarquée, mais Bee Haskins n'a pas encore vu l'assassin – pourtant c'est ce qui va immanquablement se passer sous quelques secondes si aucune mesure rapide n'est prise. Dans l'esprit du tueur, il n'y a que deux options : se retrouver face à face avec Bee Haskins ou se cacher dans la chambre la plus proche…

— La chambre de Stanley Niven, compléta Olga Woodruff.

— Oui, précisément. Se cacher dans la chambre de Stanley Niven jusqu'à ce que l'infirmière quitte le couloir et, sans doute l'assassin l'a-t-il espéré de tout cœur, sorte du pavillon. Alors la voie serait libre pour refaire un crochet dans le couloir et pénétrer dans la bonne chambre – celle qui était réservée à M. Laurier. Dans l'état de panique aveugle qui était le sien, le tueur n'aura pas eu le temps de se dire que sa cachette allait forcément abriter un patient, bien vivant et éveillé, qui allait exiger de savoir les raisons de sa présence inopinée. Bee Haskins serait passée devant la porte de Stanley Niven justement au moment où il aurait appelé à l'aide. Pour l'assassin, il était évident que l'infirmière allait entrer dans la chambre pour porter secours à M. Niven dès l'instant où le patient donnerait de la voix.

Après une courte pause, Poirot poursuivit sa démonstration.

— Je vous ai déjà expliqué comment cet obstacle a été surmonté. Par un meurtre improvisé à la hâte. Mais tout danger n'est pas écarté : il reste Bee Haskins, de l'autre côté de la cour ! Le tueur doit sortir de la chambre de M. Niven sans attendre une seconde de plus et doit de nouveau prendre la tangente, cette fois dans la chambre qui contient déjà cinq personnes. Là, il sera beaucoup plus simple de se fondre dans la masse, et de n'être qu'une simple silhouette. N'oubliez pas : Bee Haskins a vu Zillah Hunt ainsi que Jonathan et Janet Laurier à la fenêtre. Derrière eux, elle n'a pas distingué de visage net, seulement « d'autres personnes » en arrière-plan.

— Poirot, vous semblez suggérer que le tueur de mon père et de M. Niven est soit moi, soit ma femme, soit ma mère, énonça Douglas Laurier.

— C'est exact, monsieur.

— C'est ridicule, rit Maddie avant de se ressaisir puis de laisser fuser un autre rire.

— Attendez une minute, dit Jonathan avant de se tourner vers Janet : Je crois que l'hypothèse de M. Poirot tient la route.

— Non, murmura-t-elle. Non, Jonathan.

Il dévisagea Poirot.

— Dès que je suis entré dans cette chambre à l'hôpital, j'ai pu constater que le choix était indéfendable, à cause de la cour. Je me suis immédiatement avancé jusqu'à la fenêtre pour mieux comprendre la disposition des lieux. Janet m'a rejoint une seconde plus tard. Un instant après, l'infirmière est arrivée. Pendant un long moment, elle s'est employée avec beaucoup de zèle à nous persuader que l'agencement des chambres par rapport à la cour était parfaitement acceptable, que mon père apprécierait la vue et que ces chambres étaient les plus prisées – un ramassis d'inepties, évidemment.

— C'était vrai, se défendit Zillah Hunt. Les patients de St Walstan qui ont vue sur la cour s'estiment chanceux.

— Ne rejouons pas la dispute, puisqu'elle n'a plus d'importance, coupa Jonathan. Je l'évoque uniquement parce que nous trois – l'infirmière, Janet et moi – sommes restés face à la fenêtre qui donnait sur la cour pendant au moins… eh bien, au moins sept à dix minutes, je dirais, le temps que la discussion suive son cours. Je pensais que ma mère, Douglas et Madeline étaient eux aussi dans la chambre et se tenaient juste derrière nous, mais…

— Mais c'était le cas ! s'écria Janet en éclatant en sanglots. Nous étions tous dans la chambre en même temps. Pourquoi racontes-tu des choses pareilles, Jonathan ?

— Par pitié, Janet, je dis ça parce que c'est probablement la vérité ! L'un d'eux était dans la chambre de Stanley Niven, en train de le tuer !

— Malheureusement, votre mari a raison, madame, dit Poirot à Janet.

— J'ai bien peur que votre théorie ait une faille, monsieur Poirot, dit ma mère. Si le tueur voulait échapper à Bee Haskins, pourquoi ne pas tout simplement se précipiter dans la chambre qu'il est venu visiter, celle d'Arnold ? Il n'avait aucune raison de penser que Bee Haskins allait entrer dans cette chambre, si ?

— C'est une bonne question, madame. Le tueur a dû se dire que cela prendrait trop de temps. S'il se tenait à l'arrière du groupe, par exemple, alors, ceux qui étaient devant, au plus près de la porte de la chambre de M. Laurier, auraient pu lui bloquer l'entrée. N'oubliez pas que, tout du long, Bee Haskins remonte le couloir en direction du groupe et ne cesse de combler l'écart. Si le tueur avait bousculé tout le monde pour gagner plus rapidement la chambre de M. Laurier, il aurait suscité trop d'attention, vous ne croyez pas ? Il aurait provoqué une vraie ruade.

— Ruée, le corrigeai-je.

— Oui, une vraie ruée, exactement. Le seul moyen de se volatiliser et de quitter le couloir *séance tenante* consistait à ouvrir la porte la plus proche et se glisser de l'autre côté. Soit, dans la chambre de Stanley Niven.

— Ce n'est que pure invention de votre part, monsieur Poirot, dit ma mère.

— Ce n'est que déduction, madame, rétorqua-t-il d'une voix cassante. En temps voulu, nous aurons la confirmation, de la part de la personne concernée, que j'ai raison.

— Je crois savoir qui a tué M. Niven, dit Jonathan à mi-voix. Si M. Poirot est certain que le tueur faisait partie de notre groupe… Certes j'étais occupé à regarder cette fichue cour par la fenêtre, mais je me souviens très bien des personnes qui ont pris part à la dispute. Douglas et Maddie avaient beaucoup de choses à dire ; ils nous ont pris à partie, Janet et moi, d'entrée de jeu.

— Jonathan, arrête, le supplia sa femme. M. Poirot nous a déjà dit qu'il connaissait l'identité du tueur. Ce n'est pas la peine de le lui dire.

— Je vous en prie, ne me demandez pas qui a parlé ni à quel moment, monsieur Poirot, implora Zillah Hunt d'une voix tremblante.

Je me rendis compte en cet instant qu'elle connaissait l'identité de l'assassin. Tout comme Janet Laurier. Elles avaient l'une comme l'autre procédé par élimination – et moi aussi, en tout cas c'est ce qu'il me semblait. Je me souvenais d'un détail qui ne m'avait pas frappé sur l'instant, quelque chose que m'avait dit Poirot et que j'avais consigné dans mes notes : d'après le compte rendu que l'inspecteur Mackle avait fait des événements, c'était Vivienne Laurier qui avait ouvert la porte. Si c'était vrai, elle se tenait donc plus près de cette issue que les autres – parce qu'elle avait été la dernière à entrer dans la pièce.

— Je doutais de vos capacités, dit cette dernière à Poirot. J'ai eu tort. Au terme de ce long préambule, peut-être serez-vous disposé à nous donner le nom de l'assassin.

Un sourire narquois s'esquissa lentement sur son visage.

— Évidemment, si vous vous apprêtez à dire que c'est Vivienne Laurier qui a tué deux hommes innocents – dont son mari bien-aimé –, j'ai bien peur que vous ne soyez la risée de tout le monde.

— Madame, vous êtes bien Vivienne Laurier, n'est-ce pas ?

— Il m'arrive d'être Vivienne Laurier. Parfois. Monsieur Poirot, vous êtes suffisamment intelligent pour comprendre que Vivienne Laurier n'a rien d'un assassin ?

— C'est une question de point de vue, lui répondit Poirot. Veuillez éclairer notre lanterne : quel est, selon vous, le nom de l'individu qui a commis deux meurtres ?

— Elle s'appelle Iris Haskins, affirma Vivienne.

36

L'élucidation du deuxième meurtre

— Haskins ? répéta Zillah Hunt. C'est le nom de famille de tante Bee.

— Iris est la sœur de votre tante, lui dit Poirot. Son aînée de dix ans.

— Mais... mais si tout ce que vous dites est vrai, alors Iris Haskins est Vivienne Laurier, dit Zillah. Elles ne sont qu'une et même personne.

Poirot opina.

— Oh non, dit Vivienne dont l'étrange sourire à peine soutenable n'avait pas quitté les traits. Ce sont deux personnes très différentes.

— Maman, silence, par pitié, murmura Douglas.

Maddie laissa échapper une sorte de gémissement. Elle serra les poings et les appuya contre sa bouche.

— Ce n'est pas possible, murmura le Dr Osgood.

— J'ai bien peur que si, dit Felix Rawcliffe.

— Bien sûr que non, protesta ma mère. Des balivernes de bout en bout, si vous voulez mon avis !

— Vivienne Laurier est la seule à n'avoir rien dit, commenta Zillah Hunt. Elle n'a pris la parole que bien plus tard. Les deux jeunes couples se sont mis à débattre de la question de long en large dès que nous sommes entrés dans la chambre, à se jeter des remarques désagréables à la figure, mais Mme Laurier ne disait rien. C'est ce que je pensais, en tout cas. Je croyais qu'elle restait silencieuse parce qu'elle trouvait toute cette mise en scène franchement méprisable. Aucun être sensé n'aurait voulu ajouter de l'huile sur le feu. Et puis… quand j'ai fini par me retourner, j'ai constaté que la porte était fermée et nous étions tous les six dans la chambre comme il se devait. J'étais sincère quand j'ai affirmé à l'inspecteur Mackle que nous étions tous ensemble tout du long.

— Je sais, acquiesça Poirot. Tout comme monsieur Jonathan et madame Janet. Quant à vous deux, dit-il en s'adressant à Douglas et Maddie, vous avez menti. Vous saviez, n'est-ce pas, que Vivienne Laurier ne vous avait pas rejoints immédiatement dans la chambre ? Vous aviez laissé la porte ouverte et forcément remarqué qu'elle ne l'avait franchie que plusieurs minutes plus tard, avant de la refermer.

— Nous n'avons rien remarqué du tout, plaida Maddie. Nous regardions devant nous, pas dans notre dos, et nous étions occupés à nous chamailler avec Janet et Jonathan. Je suis partie du principe que Vivienne se tenait derrière moi, à nous regarder nous chicaner en silence, comme à son habitude. Elle ne disait jamais rien quand on s'attrapait, tous les quatre. On pouvait se crier après à longueur de journée – ça arrivait souvent – et Vivienne ne pipait pas un mot, tellement elle avait peur de donner l'impression qu'elle nous critiquait ou qu'elle prenait parti.

— Les frères et sœurs devraient s'aimer et s'entrai-der, dit Vivienne.

Je compris que c'était là ce que Poirot avait à l'esprit quand il m'avait incité à deviner qui avait dit quoi dans la chambre d'hôpital d'Arnold Laurier le 8 septembre. J'étais censé deviner que Vivienne était la seule personne dont l'absence serait passée inaperçue ; elle avait l'habitude de rester muette pendant les prises de bec familiales, et donc son silence n'aurait pas détonné.

— Navré de gâcher la fête, mais je savais parfaitement où était ma mère à chaque instant, se défendit Douglas. Elle est entrée dans la chambre de mon père devant moi et elle est restée à côté de moi tout du long.

— C'est un mensonge, dit Poirot.

— Vivienne n'aurait jamais fait de mal à Arnold, dit Maddie. Je refuse d'y croire. Elle lui était dévouée. Elle aurait préféré mourir que le faire souffrir.

— Et pourtant, dit Poirot. Elle l'a fait pour la même raison qu'elle a assassiné Stanley Niven.

— Je vous l'ai dit : l'assassin s'appelle Iris Haskins, énonça Vivienne en cherchant des yeux le soutien de ma mère.

— N'importe quoi ! s'emporta le Dr Osgood. Écoutez, Poirot, jusqu'ici, j'ai fait preuve de patience, mais je vous prierais de ne pas nous prendre pour des imbéciles. Vous nous demandez d'accepter l'idée que Stanley Niven a été tué parce que l'assassin souhaitait échapper à Bee Haskins. Étant donné que cette dernière n'était pas à Frellingsloe House quand Arnold a été tué, il devenait inutile de se cacher d'elle cette fois-ci. Par conséquent, les deux hommes n'ont pas pu être tués pour la même raison.

— Si, c'est le cas, lui rétorqua Poirot. Catchpool, je vous prie, expliquez pourquoi au docteur.

— Je... je ne sais pas, balbutiai-je. À moins...

Soudain, un éclair de conscience me traversa l'esprit.

— Ah ! Et la lumière fut ! Allez-y, mon ami.

Convaincu que j'allais me fourvoyer, je me lançai avec hésitation.

— Maintenant qu'Arnold Laurier est mort, il n'est plus question de l'hospitaliser à St Walstan en janvier. Arnold et toute la famille se seraient attendus à ce que sa femme lui rende visite tous les jours jusqu'à sa mort. Maddie, vous l'avez dit vous-même à plusieurs reprises : Vivienne serait au chevet d'Arnold jour et nuit. Ce qui lui faisait prendre le risque de pénétrer le lieu de travail de Bee Haskins et donc de croiser sa sœur. Comment faire ? Tout aurait été fichu : Iris Haskins aurait été démasquée. Cette perspective était insupportable. Tout comme était insupportable l'idée d'hospitaliser Arnold sans jamais lui rendre visite.

Vivienne hochait la tête avec lenteur.

— Elle voulait être à ses côtés jusqu'à la fin, profiter de chaque seconde, continuai-je. L'idée qu'Arnold soit à l'hôpital à se demander pourquoi son épouse bien-aimée ne venait pas...

— Doux Seigneur, fit ma mère, dont l'expression me confirma qu'elle était désormais convaincue.

— Excellent, Catchpool, me félicita Poirot avec un large sourire. Tout à fait excellent. Très juste.

Oui, eh bien j'avais la chance d'être enfin tombé sur la clé au moment où Poirot attendait que je dévoile la solution à l'assemblée : si j'avais échoué, je serais passé pour le crétin de service et la honte aurait été cuisante.

— Cette théorie est aussi solide qu'un des infâmes flancs d'Enid, dit Douglas. Si ma mère tenait absolument à rendre visite à mon père à St Walstan – au point de commettre un meurtre – pourquoi n'a-t-elle pas tué Bee Haskins au lieu de mon père ?

— Sa propre sœur ? s'exclama Poirot. Une femme en parfaite santé qui a encore des années devant elle, une femme à qui elle a fait subir la plus brutale des trahisons ? Non, non. Sans compter qu'il est difficile de tuer sans que la victime croise votre regard – ce qui, pour Vivienne Laurier, revenait à révéler l'identité d'Iris Haskins.

— Iris n'a eu aucun mal à tuer Arnold, dit Vivienne sous le regard effaré de la salle. Il s'était assoupi à son bureau. Il n'a rien vu venir.

— Quelle était cette trahison ? voulut savoir Zillah Hunt. Pourrais-je le savoir, monsieur Poirot ? Ma mère et tante Bee ne m'ont quasiment rien raconté et… je ne suis plus une enfant. Tout ce que je sais, c'est que tante Bee avait un amoureux qui s'est suicidé et que sa sœur l'avait aimé – le même homme.

Poirot s'adressa à l'inspecteur Mackle.

— Allez chercher Mlles Verity Hunt et Bee Haskins, je vous prie, inspecteur.

— Oh, non, non, protesta Vivienne d'une voix chantante comme si elle s'adressait à un enfant en bas âge. Ne bougez pas, inspecteur. Nous ne laisserons pas ces personnes entrer dans notre sanctuaire.

— Douglas, qu'elle cesse de parler comme ça, supplia Maddie en retenant ses larmes. On dirait une folle.

Vivienne, ça suffit. Souvenez-vous qui vous êtes. Je suis sûre que ça va s'arranger. N'est-ce pas, Douglas ?

Son mari ne dit rien. Je me demandai s'il continuerait à soutenir que sa mère se trouvait à ses côtés au moment du meurtre de Stanley Niven. Il donnait l'impression de retourner la question dans sa tête.

— Inspecteur. Je vous prie, gesticula Poirot à l'intention de Mackle qui se leva et quitta la pièce.

Je gonflai mes poumons à bloc. Vivienne allait se confronter à Bee Haskins, la sœur avec qui elle était brouillée, et je ne me faisais pas une joie d'être témoin des retrouvailles. J'espérais à moitié que Mackle revienne nous annoncer d'un air navré que Verity Hunt et Bee Haskins étaient parties sans prévenir.

— C'est pour cela que vous aviez peur, dit le Dr Osgood à Vivienne. Votre terreur était sincère, mais vous mentiez sur sa cause. Vous faisiez semblant de craindre que l'assassin allait s'en prendre à Arnold, ou qu'il cherchait à le tuer depuis le début. Ça n'avait ni queue ni tête – parce que vous mentiez.

— Mme Laurier avait peur parce qu'elle venait de croiser sa sœur qu'elle pensait ne jamais revoir – et puis elle venait de tuer un homme, expliqua Poirot au docteur. Les deux événements ont dû peser lourdement sur son psychisme. Et elle avait peur de ce qui arriverait une fois son mari hospitalisé à St Walstan. Comme l'a évoqué Catchpool, l'idée de ne pas pouvoir lui rendre visite lui était insupportable. Il en aurait eu le cœur brisé. Si seulement elle avait accepté de lui avouer le secret honteux de son passé, sa vraie identité… Mais non. Iris Haskins avait été abandonnée à des temps révolus et ne pouvait plus revenir sur le devant de la scène. Passé, présent, futur : son existence n'avait plus aucune place. C'était le seul moyen d'assurer la survie de Vivienne Laurier. Dans la nouvelle existence de Mme Laurier, il n'y avait pas même la place pour une conversation à propos d'Iris Haskins.

Je me fis violence pour la dévisager : l'assassin parmi nous. Elle donnait l'impression de ne pas écouter. Comme si elle se tenait dans une autre pièce. L'ironie de cette observation ne m'échappait pas.

— Un peu plus tôt, je vous ai demandé de décrire la posture de Zillah Hunt, reprit Poirot en portant ses mains à son visage. Elle « enfouit la tête dans ses mains », avez-vous répondu. C'est la posture que Vivienne Laurier a adoptée au moment où elle a appris, dans le couloir du pavillon, que Stanley Niven avait été tué. Elle était si désemparée qu'elle a *enfoui son visage dans ses mains*. En d'autres termes, elle a dissimulé son visage. Elle n'avait aucun moyen de savoir quand Bee Haskins allait revenir au pavillon 6 et il fallait qu'elle réussisse à sortir de l'hôpital sans être vue ni reconnue. Docteur Osgood, vous l'avez promptement sortie de l'établissement et reconduite ici. Olga Woodruff, votre fiancée, vous a vus tous les deux à côté de votre automobile devant l'hôpital. Là encore, Vivienne Laurier se tenait le visage entre les mains – dissimulé.

Osgood hocha la tête.

— Je me demandais pourquoi elle refusait de me regarder. Je pensais qu'elle n'avait pas envie que je la voie pleurer, c'était insensé. Je l'avais vue pleurer tant et plus depuis que je lui avais annoncé que les jours d'Arnold étaient comptés.

Le docteur se tourna vers Olga Woodruff.

— Olga, ma chère, je me suis comporté comme un imbécile – un pauvre imbécile.

Elle le gratifia d'une petite tape sur la main, le visage empreint d'un soulagement indescriptible.

— N'ayez crainte, Robert.

— De retour à Frellingsloe House après la visite à l'hôpital, Vivienne Laurier se met au travail, reprit Poirot. Elle supplie son mari de finir ses jours à la maison au lieu d'aller à St Walstan, brandissant à son avantage le spectre d'un tueur en cavale. Pourtant M. Laurier ne se laisse pas convaincre. Il insiste pour passer la fin de sa vie à St Walstan, où il pourra résoudre ce mystérieux meurtre qui lui tend les bras. C'est là que la peur chez son épouse cède le pas à la résignation. À ce stade, elle décrète que le seul moyen d'empêcher la révélation de son secret est de tuer son mari et perd tout espoir d'une fin heureuse. Pour reprendre ses propres mots : son cœur était déjà mort.

— Que vient faire M. Blesser-la-tête dans tout cela ? demandai-je.

— Ah, oui, le Pr Burnett, dit Poirot. Sans son attitude hors norme, je n'aurais pas réussi à rassembler les pièces du puzzle aussi vite. Il est témoin du meurtre de Stanley Niven. Après quoi, quelques instants plus tard, il voit la responsable, Vivienne Laurier, surgir dans la chambre voisine. C'est pour cette raison que le professeur est sorti de sa chambre, a marché jusqu'au pavillon 6 et s'est posté devant la porte de la chambre réservée pour Arnold Laurier. Pour autant qu'il puisse en juger, les personnes à l'intérieur étaient elles aussi en danger de mort. Il n'a pas tendu les mains vers

Vivienne Laurier pour la supplier de le sauver. Il voulait au contraire *désigner* Mme Laurier cependant qu'il répétait les mots : « Blesser la tête. Blesser la tête. » Il essayait de dénoncer l'assassin de Stanley Niven. Après quoi il s'évertuait à répéter ces mots avec agitation – des jours, des semaines, des mois plus tard – à chaque fois qu'il voyait Bee Haskins. Pourquoi ? Parce qu'avant de perdre énormément de poids, Vivienne Laurier avait les mêmes traits que sa sœur Bee.

— C'est vrai, convint le Dr Osgood. Comment diable ai-je pu passer à côté ? Mais… elles n'avaient pas la même voix et leurs tics…

— Aujourd'hui, Mme Laurier a les joues creuses, dit Poirot. Ce qui a changé radicalement la forme de son visage – la ressemblance n'est plus du tout évidente. Mais avant, elle sautait aux yeux. Dans le bureau d'Arnold, quand j'examinais la scène du crime, j'ai vu des photographies. Plusieurs clichés montraient Vivienne Laurier autrefois. Aussitôt je me suis dit : « Mais bien sûr ! C'est une parente de Bee Haskins. C'est évident, avec ce visage ! » Vous n'avez rien remarqué, Catchpool, pour la bonne raison que vous n'avez jamais vu Bee Haskins. Ces vieilles photographies ne vous ont pas mis la puce à l'oreille. Vous avez noté que Vivienne Laurier avait autrefois un visage rond, rien de plus.

En effet, je m'en souvenais. Mais dans ce cas, pourquoi Poirot m'avait-il dit – quoique après coup – que je possédais tous les éléments nécessaires pour découvrir l'identité du tueur ? C'était faux. N'ayant jamais croisé Bee Haskins, je ne pouvais aucunement déduire que c'était la ressemblance avec la Vivienne Laurier d'avant qui avait incité M. Blesser-la-tête à pointer un doigt accusateur sur l'infirmière. Poirot devait se dire que je finirais par trouver la vérité sans cette pièce manquante ; il n'en restait pas moins qu'il avait bénéficié d'un fort indice visuel dont j'avais été privé pour résoudre l'énigme.

— Iris a été maligne de penser au vase et aux fleurs en papier, déclara Vivienne. Et à l'eau. Comme ça la scène ressemblait à s'y méprendre à celle du meurtre de Stanley Niven. Voyez-vous, Vivienne avait un alibi pour le meurtre de Stanley Niven, donc pour qu'on se dise qu'elle n'avait tué personne, il fallait qu'elle ait recours à la même méthode. Je crois savoir que les assassins ont des modes opératoires très distincts.

— C'est *vous*, Vivienne, dit Maddie en la secouant par les bras. Arrêtez de parler de vous comme s'il s'agissait de quelqu'un d'autre !

— Comment avez-vous rassemblé toutes les pièces ? demandai-je à Poirot. Vous aviez la solution *avant* la communication de Scotland Yard nous informant qu'il n'y avait aucune trace de Vivienne Laurier datant son mariage à Arnold Laurier à l'âge de vingt-neuf ans, sous le nom de jeune fille supposé de Vivienne March.

— Comme les sœurs dans *Les Quatre Filles du Dr March*, dit Vivienne. J'adorais ce livre.

— Mme Laurier a éveillé mes soupçons dès le début, dit Poirot. Tous les autres occupants de cette maison, toutes les personnes que l'on me présentait, pour autant que je puisse en juger, me donnaient à voir une image cohérente d'elles-mêmes – ou en tout cas pas une image profondément incohérente. Seule

Vivienne Laurier faisait exception. Elle semblait composée d'un drôle de mélange de faits disparates. Il est question de ses gènes forts comme un bœuf, n'est-ce pas, qui lui permettront de vivre jusqu'à cent cinquante ans. Et parallèlement, on me rapporte qu'à l'époque de son mariage avec M. Laurier elle a perdu toute sa famille, or elle a vingt-neuf ans quand elle l'épouse. Et monsieur Surtees, n'avez-vous pas dit à Catchpool qu'elle venait tout comme vous d'une fratrie de cinq ?

Terence Surtees approuva d'un mouvement de tête.

— J'ai également entendu que Janet Laurier pensait que sa belle-mère préférait Maddie, sa sœur aînée, parce qu'elle-même était l'aînée.

Poirot jeta un regard circulaire à la table pour scruter nos réactions.

— L'aînée de cinq, répéta-t-il. Des gènes solides. Et pourtant tous ses jeunes frères et sœurs, ainsi que ses deux parents, meurent avant ses vingt-neuf ans ? De quoi sont-ils donc morts ? Certainement pas de maladie – pas si elle est issue d'une famille de saine constitution. Auquel cas, il doit s'agir d'un accident grave. Ou alors d'un crime odieux qui aura entraîné leur mort à tous, assassinés dans leur lit en pleine nuit ? Car ce sont là les seules autres possibilités, n'est-ce pas, une fois écartées les causes naturelles qui frappent les individus de faible constitution ? Bien entendu, il arrive qu'une personne en parfaite santé soit emportée par un virus – mais que ce destin s'abatte sur les six proches de Vivienne Laurier ? Je ne pouvais le croire.

C'était donc pour cela qu'il m'avait fait tendre une embuscade à Vivienne Laurier, pour l'assaillir de ces questions dès qu'il avait terminé de s'entretenir avec elle dans la bibliothèque. Et l'air stupéfaite, elle avait été incapable de me répondre, pour la bonne raison qu'il n'y avait pas eu d'accident ni de crime, toutes ces années plus tôt. Assurément les quatre membres de sa fratrie étaient-ils en vie et en bonne santé. Peut-être était-ce aussi le cas d'un de ses parents, voire des deux. À bien y penser, Vivienne ne m'avait pas dit que tous les membres de sa famille étaient morts, seulement qu'elle les avait « perdus » à l'époque où elle avait épousé Arnold Laurier. Je comprenais à présent qu'elle les avait perdus en cessant d'être Iris Haskins ; en abandonnant son passé derrière elle.

Les questions se bousculaient dans ma tête : quelle était la trahison brutale dont Poirot avait parlé ? Quel événement avait pu être à ce point insupportable qu'il avait engendré l'abdication de tout ce qu'elle connaissait et de tout ce que, a priori, elle aimait, en faveur de la fabrication d'une nouvelle identité ?

L'inspecteur Mackle revint dans la pièce. Il semblait seul et regardait fixement la porte comme s'il attendait quelque réaction de sa part. Quelques secondes plus tard, deux femmes entrèrent : la première avait la cinquantaine et l'autre était plus âgée – plus proche des soixante-dix. La plus jeune devait donc être Bee Haskins. Poirot avait raison : son visage rappelait celui, les traits tirés en moins, que j'avais vu sur les photographies qui jonchaient le bureau d'Arnold. La doyenne avait coiffé ses cheveux blancs de manière curieuse, si bien qu'ils étaient bouclés par endroits et raides ailleurs. Dans sa robe longue de soirée rouge et ses chaussures à talons hauts de même teinte à donner le vertige, elle n'était pas du tout habillée pour l'occasion.

— Monsieur Prarrow, voici Mlle Verity Hunt, à qui vous avez rendu visite à son domicile l'autre jour, annonça l'inspecteur Mackle. Elle est la mère de Zillah Hunt.

— Eh bien..., fit Verity Hunt comme si elle retenait sciemment tout ce qu'elle aurait pu dire.

— Et bien évidemment, vous connaissez Bee Haskins, conclut l'inspecteur.

Zillah Hunt, l'enfant de cette femme chenue en robe rouge ? J'en doutais fort. Bee Haskins et Zillah Hunt avaient exactement la même bouche et le même menton. Or Verity Hunt ne leur ressemblait pas du tout. Les airs de famille étaient une drôle de chose. Zillah ne ressemblait pas à Vivienne Laurier, y compris quand cette dernière était plus ronde qu'aujourd'hui, pourtant il existait entre elle et Vivienne une ressemblance frappante avec Bee Haskins, quoique de manière différente.

— Bee, dit Vivienne en se levant. Que fais-tu ici ?

— Iris, répondit Bee et elle se mit à pleurer. Tu m'as tellement manqué, en dépit de tout.

— Je suis un peu perdue, avoua Vivienne en regardant autour d'elle. Qui sont ces gens ? Où est Nicholas ? Il ne passera pas aujourd'hui ?

— Cette mascarade est inutile, Vivienne, dit le Dr Osgood avec froideur. Vous finirez à la potence quoi que vous disiez. Faire semblant d'être folle ne vous sauvera pas.

— Elle ne fait pas semblant, dit Bee Haskins.

Jonathan Laurier n'avait à aucun moment détaché le regard de sa mère. En fin de compte, la scène lui fut trop insupportable et il détourna les yeux. Janet pleurait sans faire de bruit, les yeux rivés sur ses genoux. Maddie ouvrait la bouche pour la refermer aussitôt. Le vicaire, Felix Rawcliffe, respirait fort en passant tous les visages en revue. Terence et Enid Surtees se tenaient la main en échangeant quelques mots ici ou là. Olga Woodruff était concentrée sur le Dr Osgood, qui se tenait courbé en avant, un pli soucieux sur le front.

La scène semblait figée par la stupeur. Seul Douglas Laurier paraissait égal à lui-même depuis que la vérité sur sa mère avait éclaté. Il avait l'air en pleine réflexion, comme s'il tentait d'élaborer un plan.

Verity Hunt tituba jusqu'à Poirot sur ses talons ridiculement hauts.

— Je crois donc comprendre que vous avez dévoilé les secrets d'Iris à tout le monde ? Ou que vous êtes en train. Auquel cas elle n'a plus besoin de faire semblant. Laissez-moi vous donner, à vous tous dans cette pièce, le meilleur conseil qu'on puisse vous prodiguer, dit-elle avec arrogance en nous dévisageant sévèrement tour à tour. Quelle que soit la chose que vous désirez cacher par-dessus tout, armez-vous de courage puis révélez-la au monde entier. Vous serez instantanément libéré – et cette liberté est merveilleuse ! Et bien plus précieuse que l'approbation des autres.

— Bee ? dit Vivienne. Tu veux bien rester avec moi ? Tu es partie depuis si longtemps.

— Bien sûr, ma chérie, répondit Bee Haskins en essuyant une larme. Je resterai avec toi jusqu'à la fin.

24 DÉCEMBRE 1931

37

Une lettre au fond de ma poche

Nous arrivâmes tard à Londres la veille de Noël. J'avais des choses à faire chez moi, si bien que je quittai Poirot à la gare en lui donnant rendez-vous le lendemain matin à onze heures.

En ouvrant ma valise, je découvris deux articles que je n'y avais pas rangés. Le premier était une enveloppe blanche, scellée, avec mon nom écrit dessus. Je reconnus l'écriture, ou crus la reconnaître, de la liste de cadeaux de Noël que j'avais découverte dans le cahier de la couronne à Frellingsloe House. Si j'avais raison, il s'agissait de l'écriture de Vivienne Laurier. Je réprimai une grimace. Comment avait-elle réussi… ? Avant même que j'aie terminé de me poser la question, la réponse s'imposa à moi. Sur l'enveloppe reposait un petit morceau de papier froissé, sur lequel étaient écrits ces mots :

Cher Edward, Vivienne t'a écrit cette lettre hier. Elle l'a donnée à l'inspecteur Mackle, qui l'a apportée hier soir et m'a demandé de te la remettre. Ne voulant pas te déranger, je l'ai déposée dans ta

valise. Joyeux Noël, mon chéri. Je ne suis pas par-
faite, mais je fais de mon mieux et je t'adore, tu
sais. Ma fierté pour toi n'a pas de limite. Ton père
aussi est fier de toi.

Ta mère qui t'aime.

Je poussai un grognement, écartai fermement l'idée
de lui proposer de passer Noël prochain en sa compagnie, et décachetai la lettre de Vivienne Laurier.
Elle était en date du 23 décembre 1931 : la veille. Je
la lus une fois, une deuxième, et enfin une troisième
fois. C'était sans l'ombre d'un doute le courrier le plus
extraordinaire que j'aie jamais reçu.

Je finis par la ranger dans son enveloppe et sortis
de chez moi séance tenante en l'emportant dans ma
poche. Il fallait que Poirot la lise tout de suite. Mes
bagages pouvaient attendre.

Tandis que je m'acheminais vers Whitehaven Mansions, je me surpris à me repasser les mots de Vivienne
Laurier dans ma tête.

Cher Edward,

C'est moi, Vivienne Laurier, qui rédige cette
lettre. Sous le choc des événements qui se sont
déroulés plus tôt dans la journée, je n'étais plus
moi-même – temporairement. À présent, j'ai recou-
vré toutes mes forces mentales et souhaite exprimer
clairement que je sais très bien qui je suis. Il ne
peut y avoir aucun doute là-dessus. (Veuillez parta-
ger ce courrier avec Hercule Poirot, si cela ne vous
dérange pas. J'aimerais qu'il en prenne connais-
sance, lui aussi.)

360

En qualité d'inspecteur de police, vous avez for-
cément tendance à voir les choses d'un point de vue
légal. Dans un examen strictement factuel, je suis
une seule et unique personne. Cette personne a
changé de nom, d'Iris Haskins à Vivienne March,
puis plus tard, quand elle s'est mariée, à Vivienne
Laurier. Donc, aux yeux de la loi, la même per-
sonne a trahi sa sœur Beatrice, s'est enfuie de chez
elle pour s'épargner la culpabilité et la honte de ses
actes, puis a rencontré un homme du nom d'Arnold,
dont elle est tombée amoureuse et avec qui elle a eu
deux fils, Douglas et Jonathan, qu'elle a aimés de
tout son cœur. Aux yeux de la loi, cette même femme
qui a consacré sa vie entière à sa nouvelle famille
a également détruit sa famille d'origine – puis,
plus tard encore, a assassiné un inconnu dans une
chambre d'hôpital, et tué son mari.

Je ne souhaite aucunement prétendre que je
n'étais pas responsable des deux crimes qui ont été
commis (et par ce « je » j'entends l'entité que je
suis dans le cadre criminel et juridique). La main
qui rédige cette lettre est l'une des deux qui ont sou-
levé les vases et les ont abattus sur la tête de deux
victimes innocentes. Je suis tout à fait disposée à en
payer le prix.

Ceci étant clairement posé, je souhaite expli-
quer autre chose, tout aussi essentiel pour moi et
je vous supplie, vous et M. Poirot, d'essayer de le
comprendre : Vivienne Laurier n'a pas commis
ces meurtres. Elle n'aurait jamais fait une chose
pareille. Ce que je sais être la vérité, en tant que
seule experte, seule personne à avoir vécu ma vie,

c'est qu'Iris Haskins est l'assassin. C'est Iris qui ne voulait pas que sa sœur Bee la reconnaisse. Iris ne voulait plus du tout exister, voyez-vous. Si Bee la voyait, elle n'avait d'autre choix que de recouvrer son identité. Ce qui aurait voulu dire que Vivienne Laurier n'avait plus nulle part où vivre – plus aucun corps à habiter. Iris savait qu'elle était un monstre détestable d'égoïsme. Elle était suffisamment intelligente et honnête pour trouver sa propre existence insupportable, et elle a sciemment disparu de sorte que Vivienne, une personne entièrement différente, puisse prendre sa place. Iris ne voulait pas recouvrer la vie – et étant aussi impitoyable que dépravée, elle était prête à tuer pour se l'épargner.

Je vous demande de considérer ce qui suit : avant le 8 septembre, moi, Vivienne Laurier, j'avais mené pendant de nombreuses années une existence vertueuse d'amour et de service pour ma famille. Je n'avais fait de mal à personne, j'avais donné le plus d'amour possible et jamais je n'avais été prise à hausser le ton, pas une fois. Grâce au sacrifice d'Iris, j'étais à même d'être une personne bonne et utile dans le monde. Si moi, Vivienne, j'avais fait preuve de cruauté et de violence, je n'aurais pu vivre cachée pendant aussi longtemps. La vérité est que je suis innocente. Iris est coupable. Je me répète : je suis prête à payer le prix de mes crimes, contrairement à elle, car je reconnais que c'est là ce qu'exige la justice. (Si Iris était encore là, ce qui n'est pas le cas, alors elle prétendrait ne pas avoir toute sa tête pour échapper à la potence. Moi, Vivienne, je souhaite me comporter de manière *honorable, et je n'ai aucunement l'intention d'essayer d'échapper au châtiment.)*

Iris le mérite, cela ne fait aucun doute. Si seulement elle était ici pour le recevoir... Mais je suis convaincue que personne ne la reverra jamais. Je suis contente, en tout cas, que Vivienne en ressorte victorieuse, même après le choc d'aujourd'hui. Pour moi, cela représente le triomphe du bien sur le mal, et j'ai la ferme intention d'y croire jusqu'au bout.

Je souhaiterais vous parler un peu d'Iris, si vous permettez : de ce qu'elle a fait à sa sœur Bee, et par conséquent, à Zillah Hunt. Comme vous le savez déjà depuis l'épisode de la bibliothèque, Bee n'est pas la cousine issue de germain de Zillah. C'est sa mère. Jusqu'à aujourd'hui, Zillah croyait que ses parents avaient contracté la tuberculose lors d'un voyage à l'étranger et qu'ils étaient morts alors qu'elle était bébé. Verity Hunt l'avait élevée, c'est ce qu'on racontait.

La vérité, la voici : à l'âge de dix-neuf ans, Bee Haskins est tombée amoureuse d'un homme appelé Nicholas Streeter. Il l'aimait lui aussi et ils avaient pour projet de se marier. Les deux familles étaient ravies, à l'exception d'Iris, la sœur aînée de dix ans de Bee. À l'insu de tout le monde, Iris, qui n'était toujours pas mariée à vingt-huit ans, était amoureuse de Nicholas. À l'annonce de leurs fiançailles, elle devint haineuse envers sa sœur. Puis un jour, un an tout juste avant le jour du mariage, Bee découvrit qu'elle était enceinte. Les parents de part et d'autre, les Haskins et les Streeter, étaient des chrétiens dévots que leur cercle social aurait exclus s'ils avaient eu un petit-enfant en dehors des liens du mariage.

Bee se tourna vers son ancienne institutrice, Verity Hunt, qui était la personne la plus originale et la moins conventionnelle qu'elle connût. Bee et Nicholas ne supportaient pas l'idée de se séparer de l'enfant à la naissance, pas plus qu'ils ne pouvaient supporter la perspective d'essuyer la honte et le courroux de leurs parents s'ils avouaient leur embarras. Bee était persuadée que son père exigerait de faire adopter l'enfant et elle savait qu'elle n'aurait pas la force de caractère pour lui tenir tête. La situation semblait insoluble, et le couple était désespéré. Comment faire pour avoir leur enfant, qu'ils aimaient déjà, et le garder sans que leurs familles s'en rendent compte ?

Verity Hunt trouva la solution : elle emmènerait Bee avec elle sur le continent en qualité de compagne de voyage. À l'étranger, Verity ferait le nécessaire pour que ses amis apprennent que le vrai motif de son voyage était qu'elle était enceinte et qu'elle désirait accoucher de cet enfant aussi loin que possible des regards indiscrets de son cercle en Angleterre. Verity, qui était financièrement indépendante et n'aimait rien tant que de choquer son entourage, ne s'était jamais souciée de ce que l'on pouvait penser d'elle. Bee pourrait écrire à ses parents en leur faisant part de sa stupéfaction lorsqu'elle avait appris la grossesse de Verity, dont elle ignorait tout avant d'entreprendre ce voyage. Dans une série de courriers adressés à ses parents,

Bee se montrerait très critique envers la duperie et les mœurs dissolues de Verity – car cette dernière n'était pas mariée, elle non plus. Puis, quelque temps plus tard, le plan était de faire passer Verity pour une mère inadaptée. Bee et Nicholas, qui entre-temps se seraient mariés, proposeraient d'adopter la pauvre enfant afin de lui offrir un meilleur départ dans la vie. Verity assurait à Bee qu'aucun de leurs parents n'y verrait à redire ; en tant que couple chrétien marié et dévoué à l'intérêt public, c'était la chose à faire.

Toutefois, Bee commit une erreur fatale : quelques jours avant de quitter l'Angleterre, elle se confia à Iris, qui avait toujours été sa sœur préférée jusqu'à ce qu'elle lui tourne le dos, après l'arrivée de Nicholas dans leur vie. Bee espérait que cet appel au secours permettrait à Iris de se souvenir qu'elle avait autrefois aimé très fort sa petite sœur. Malheureusement, l'âme d'Iris était si corrompue que l'inverse se produisit : Iris vit l'occasion rêvée de causer des ennuis au jeune couple qui l'avait tant fait souffrir, et elle s'en saisit. Elle dénonça les projets de Verity et l'enfant illégitime à ses parents. Ces derniers l'annoncèrent aux parents de Nicholas, qui le congédièrent séance tenante de l'entreprise familiale et le renièrent. Deux semaines plus tard, Nicholas mettait un terme à ses jours.

Les parents de Bee se montrèrent plus indulgents que les Streeter : plus indulgents envers Bee, mais pas envers Iris, qu'ils accusèrent d'être cruelle et dénuée de charité chrétienne. Ils affirmèrent que Bee pouvait se repentir et être pardonnée pour ses péchés, tandis qu'Iris brûlerait en enfer pour ce qu'elle avait fait. Toutes les autres sœurs d'Iris étaient de cet avis, et Iris se retrouva rapidement en position de paria dans sa famille. Personne ne lui adressait la parole, on l'évitait. Comme si elle était un fantôme sous son propre toit.

Puis, un jour, elle abandonna sa famille et sa vie d'avant. Elle ne revit pas sa sœur avant le 8 septembre de cette année, lorsqu'elle l'aperçut tout au fond d'un couloir d'hôpital.

Anéantie par la mort de Nicholas, Bee n'était pas en état d'élever un enfant, et comme ses parents ne s'en sentaient pas la force non plus, ce fut Verity qui s'en chargea. Elle adopta Zillah et sept années plus tard, quand Bee se fut enfin remise et pouvait prétendre vivre une vie normale, Verity inventa l'histoire de « la cousine issue de germain » afin que Bee puisse être présente dans la vie de Zillah et tisser une relation étroite avec sa fille. Au cours des années suivantes, Verity conseilla fréquemment à Bee de dire la vérité à Zillah, mais Bee refusa. Elle craignait que Zillah la rejette si elle apprenait que, sept années durant, elle avait négligé son devoir de mère – c'est ainsi que Bee se représentait les choses, en tout état de cause. Verity avait beau lui répéter de cesser de se mortifier, car elle n'avait rien fait de mal, Bee préférait occuper la place de la tante probe dans la vie de Zillah, plutôt que de courir le risque de se présenter sous les traits de la mère qui avait abandonné, quoique involontairement, sa fille.

Verity, Bee et Zillah vécurent ensemble dans le South Devon jusqu'à il y a deux ans. Ce n'est qu'en novembre 1929 que Verity, alors en visite dans le Norfolk, tomba amoureuse du Duluth Cottage, qui était en vente. Zillah et elle emménagèrent rapidement dans leur nouvelle maison et Bee les rejoignit quelques semaines plus tard. Bee et Zillah, qui étaient toutes deux infirmières, trouvèrent du travail à l'hôpital St Walstan. Elles étaient à des lieues de se douter qu'Iris, la sœur odieuse qui avait disparu des années plus tôt, était devenue Vivienne Laurier et habitait à proximité de là, à Frellingsloe House.

J'aimerais que vous sachiez une chose, Edward, c'est que Bee s'est rendu compte que je n'étais plus l'Iris qu'elle a connue. Elle a une nouvelle sœur, à présent : moi, Vivienne. Elle m'aime, et je l'aime. Quelle bénédiction d'éprouver un tel bonheur à la fin de ma vie, et quel réconfort pour Bee de se rendre compte que le comportement d'Iris envers elle m'a tellement choquée que j'ai pris les mesures nécessaires pour que cette créature malfaisante ne cause plus aucun mal à personne.

En dépit de tout, je suis heureuse que votre mère m'ait persuadée de vous convier, vous et M. Poirot, à Frellingsloe House. Mon cher défunt mari, avec qui je suis constamment en communication (non, je ne m'attends pas à ce que vous me croyiez, c'est néanmoins la vérité), est ravi que son meurtre ait été résolu par l'immense Hercule Poirot.

Avec mes sincères salutations,

Vivienne Laurier.

25 DÉCEMBRE 1931

38

Le dernier mot, et le bon

Poirot et moi passâmes une journée de Noël déli-
cieuse à Londres, et nous nous abstînmes de tout
commentaire sur les meurtres du Norfolk, si ce n'est
pendant quelques brèves minutes après le déjeuner.

— Nous avons bien de la chance d'être rentrés à
temps pour Noël, commenta Poirot.

— J'ai du mal à croire que nous ayons réussi. À
quelques heures près. Pauvre vieux George – il nous
aura préparé au pied levé un vrai festin.

Le valet de Poirot était une perle. Je levai mon verre.

— Joyeux Noël, Poirot.

— À vous aussi, mon ami. Mais votre pauvre mère.
Comme elle doit être déçue de ne point passer Noël
avec vous.

— Tant mieux ! Qu'elle soit déçue. Le père Noël a
un sens trop aigu du bien et du mal pour récompenser
les mères qui empoisonnent les amis de leurs fils.

Poirot gloussa.

— Et dire qu'en ce moment même nous pourrions
être en pleine partie du Jeu de la Moralité, si les choses
s'étaient passées différemment.

371

Incidemment, cette remarque formulée par Poirot le jour de Noël me donna l'idée, le soir du Nouvel An, d'élaborer ma propre version du Jeu de la Moralité, afin que Poirot et moi puissions y jouer. La feuille de papier que j'avais froissée en boule et jetée vers la cheminée, après avoir décrété que mon entreprise était du plus mauvais goût, contenait les noms de mes cinq candidats au titre de Pire Personne à Frellingsloe House, ainsi que des notes sur les raisons de leur décerner cette appellation.

Pour les personnes que cela intéresse, voici la liste en question :

Ma mère – pour avoir empoisonné Poirot.

Vivienne Laurier – pour avoir tué Stanley Niven et Arnold Laurier, sans parler de tous les méfaits commis par Iris Haskins.

Jonathan Laurier – pour être la personne la plus antipathique dans cette maison.

Janet Laurier – pour avoir traité sa sœur de manière déloyale pendant des années.

Robert Osgood – pour son traitement épouvantable de sa fiancée, Olga Woodruff.

Puisque je suis déjà rendu au Nouvel An – à l'endroit même où j'ai commencé mon récit – autant reprendre au commencement : l'évocation de ce qui m'avait le plus étonné et m'avait incité à prendre ma plume, l'erreur manifeste que commettait Poirot concernant le mobile de Vivienne Laurier pour les deux meurtres.

Les lecteurs attentifs se souviendront qu'au tout début de cette histoire Poirot a déclaré que Vivienne avait tué

Stanley Niven et son mari pour éviter de dévoiler son secret, à savoir qu'elle était, ou qu'elle avait été, Iris Haskins, une personne cruelle et destructrice.

Je lui ai alors répondu qu'il se trompait lourdement.

— Ce n'est pas qu'elle voulait empêcher les autres de le découvrir, objectai-je, même si elle savait que c'était nécessaire pour atteindre son objectif.

— Lequel était ? demanda Poirot.

— Elle voulait *ne plus jamais être, de quelque manière que ce soit, Iris Haskins*.

Poirot me dévisagea avec perplexité.

Je tentai une explication.

— Quand elle a tourné le dos à sa vie, laissant derrière elle sa famille, son passé, et toutes ses relations, elle ne s'est pas contentée de faire semblant d'être une autre. Dans son esprit, elle est *devenue* une toute nouvelle personne. Son existence ne lui était supportable que si elle cessait totalement d'être Iris, la sœur jalouse qui avait causé tant de mal. Elle est *devenue* Vivienne ; une nouvelle personne. Naturellement, elle avait peur que les gens l'apprennent, mais ce n'était pas qu'on puisse le découvrir qui était la perspective la plus insoutenable. Elle avait peur de devoir faire face à la vérité. Elle savait que si Bee Haskins et elle se retrouvaient face à face, comme cela aurait pu se passer au pavillon 6 le 8 septembre, elle serait identifiée en tant qu'Iris Haskins. Ce qui ferait indéniablement d'elle, dans sa conscience de l'instant, Iris Haskins et non pas Vivienne Laurier.

Poirot secouait déjà la tête.

— Désolé, mon ami. Vous avez tort. Vivienne Laurier a toujours su, en son for intérieur, qu'elle était

Iris Haskins. Quand elle vous a raconté qu'à vingt-neuf ans elle avait déjà perdu toute sa famille, elle voulait parler de la famille d'Iris. Par conséquent, elle savait qu'elle était Iris.

— Oui, mais...

— Je comprends votre argument, Catchpool. En plus de vouloir cacher son secret aux yeux du monde, elle ne voulait pas être perçue en tant qu'Iris Haskins, ni ressentir la culpabilité d'Iris Haskins.

Poirot sourit avant de conclure.

— Pourrions-nous tomber d'accord pour dire que nous avons raison tous les deux ?

— Oui, d'accord, mais...

— Bien. Nous avons tous les deux raison. Personne n'a tort.

Je décidai de ne pas insister.

Après un silence de quelques secondes, Poirot leva les yeux de son livre.

— Même si je pense que vous avez un petit peu plus tort que moi, Catchpool.

REMERCIEMENTS

Un grand merci comme toujours à James et Mathew Prichard, Julia Wilde et tout le monde chez Agatha Christie Ltd ; à mon incroyable agent Peter Straus ; à mon incroyable éditeur David Brawn (qui a trouvé le titre parfait) et à toute l'équipe de HarperCollins ; à toutes les maisons d'édition à l'étranger qui font un travail merveilleux en permettant à mes romans mettant en scène Poirot de toucher tant de lecteurs et de lectrices dans le monde entier.

Merci à ma famille : Dan, Phoebe, Guy et Brewster, à ma mère et ma sœur, à Emily Winslow pour les retours éditoriaux sans pareils, comme toujours ; à Alex Michaelides, mon « frère jumeau de deadline » qui m'a tenu compagnie pendant le sprint final jusqu'à la remise (et la suivante, après qu'on a raté la première), et à Alex et Kemper Donovan pour les services de consultation en urgence !

Un immense merci à Kate, à qui ce livre est dédié, grâce à qui le roman est resté sur les rails de bout en bout ; à Faith et Naomi, les merveilleux experts de mon site web et de ma newsletter ; et à toutes celles et tous ceux qui ont participé à Dream Authors, avec qui j'ai pu débattre des évolutions de ce roman pendant son écriture.

Merci à toutes celles et tous ceux qui lisent mes livres et qui m'écrivent pour me dire qu'ils les ont appréciés. Cela me touche beaucoup.

Et enfin, un grand merci au site web Rightmove pour son inspiration – et plus précisément pour avoir attiré mon attention sur un manoir étrangement bon marché sur la côte du Norfolk, qui s'est révélé être « une belle affaire » parce qu'il allait sombrer dans la mer dans les cinq ans.

Table

28 DÉCEMBRE 1941

29 DÉCEMBRE 1941

Le démon du sommeil

Remerciements, sources, bibliographie ....

Nous sommes Seth ...

Aux éditions du Masque

Nous ne sommes rien, 2016
L'homme qui pleurait, 2018
L'enquête ne fera pas de cadeaux, 2018
Nous sommes Seth, 2019, etc.

Agatha Christie®

PAR SOPHIE HANNAH

Le Livre de Poche s'engage pour
l'environnement en réduisant
l'empreinte carbone de ses livres.
Celle de cet exemplaire est de :
150 g éq. CO$_2$
Rendez-vous sur
www.livredepoche-durable.fr

PAPIER CERTIFIÉ

Composition réalisée par PCA

Achevé d'imprimer en août 2024 en Espagne par
BLACKPRINT
Dépôt légal 1re publication : septembre 2024
LIBRAIRIE GÉNÉRALE FRANÇAISE
21, rue du Montparnasse – 75298 Paris Cedex 06

60/7517/1